南西旧事

夏诺多吉——著

中国出版集团公司
中国民主法制出版社
全国百佳图书
出版单位

图书在版编目（CIP）数据

南西旧事 / 夏诺多吉著．—北京：中国民主法制出版社，2018. 9

ISBN 978-7-5162-1836-5

Ⅰ．①南…　Ⅱ．①夏…　Ⅲ．①长篇小说—中国—当代　Ⅳ．① I247.5

中国版本图书馆 CIP 数据核字（2018）第 138573 号

图书出品人：刘海涛
图 书 策 划：谭　军
文 案 统 筹：高文鹏　崔　一
责 任 编 辑：翟琰萍　金　伟

书　名 / 南西旧事
作　者 / 夏诺多吉　著

出　版 · 发　行 / 中国民主法制出版社
地　址 / 北京市丰台区右安门外玉林里 7 号（100069）
电　话 / 010-63055259（总编室）　010-63057714（营销中心）
传　真 / 010-63055259
http: //www.npcpub.com
E-mail: mzfz@ npcpub.com
经　销 / 新华书店
开　本 / 16 开　710mm × 1000mm
印　张 / 17.5　**字数** / 265 千字
版　本 / 2018 年 9 月第 1 版　2018 年 9 月第 1 次印刷
印　刷 / 北京天宇万达印刷有限公司

书　号 / ISBN 978-7-5162-1836-5
定　价 / 39.00 元

目录

第一章　重逢

二〇一四年夏，黑马河。

给祝南浔办理退房手续的是一个身材高大的年轻男子，戴木质镜框的眼镜，大眼睛，薄嘴唇，唇边有淡淡的胡茬。他边结账边把一个厚厚的牛皮纸扎线本子递到祝南浔面前：“美女，要走了，留点什么话吧。”

祝南浔向来对这类事情不感兴趣，随手翻了翻本子的前几页，大部分都是驴友们记录的旅途心情和一些带着文艺气息的矫情句子。

“不用了，谢谢。”她说完合上本子，拿到退还的押金后直接塞进口袋，然后大步往门口走。

没走几步，大眼男浓重的西北口音在身后响起：“你沿着青海湖辗转了三家青旅，每次都住三五天，今天……应该是要离开黑马河了吧。”

听见这话，祝南浔停下脚步，转过身面带笑意地看着大眼男，语气却凉飕飕的：“你怎么知道？”

大眼男耸了耸肩，一只手撑着脸，另一只手灵活地转着笔：“早上你在房间里订车时我正好路过听见。还有啊，你环湖所住的这三家青旅凑巧都是我的。”

“那还真是挺巧的，不然，我还以为是有人跟踪我呢。”祝南浔放下背包，认真审视着对方。

“怎么？不走了？是准备向我打听你要找的人？”大眼男问。

祝南浔有些烦躁地揉了揉后脑勺打结的头发，这个一看就不像前台更不像青旅老板的年轻男人似乎早就知道她此行的目的。

“怎么说？你认识他？”她边说边走回到大眼男面前，重新翻开牛皮本子，拿起笔洋洋洒洒地写了起来。

“他已经离开青……”

“南浔，我总算是找到你了。”

大眼男的话被门口冲进来的一个打扮时髦的男生打断，祝南浔感觉自己被身后的人环住，抬起头的一瞬间眉头紧蹙。

“男朋友啊？”大眼男打量起二人，目光游移的时候，祝南浔发觉他的视线有意无意地落在自己身后的某个地方。

她本能地快速回头，走廊上果然闪过一个人影，她想起存在手机里的那张照片，勾了勾嘴角，故作镇定地问身后的人：“白城，你怎么来了？”

祝南浔感觉耳边拂过一阵微弱的风，是大眼男暗自舒的一口气。

对于那个身影，大眼男显然比她更惊慌。

“你来青海玩，怎么不叫上我啊？”白城身后站着一男一女两个大学生模样的年轻人，他抱怨完又向祝南浔介绍，“这是路上遇到的驴友，艾米，星仔，他俩包了车明天出发去敦煌，——你不是一直想去敦煌吗，要不我们跟他们一起去吧？”

祝南浔看着眼前的三个人，微微皱起眉头。她可不是来玩的。

发觉祝南浔对这个过分热络的男生没什么好感，半天不接话，大眼男又开口：“敦煌好啊，从青海湖走西线过去，一路上会经过海北藏区草原、祁连山……”

“没兴趣。”祝南浔冷冰冰地打断眼前说话的人，目光却像藤蔓一样缠在他身上。

大眼男被看得心虚，摊了摊手表示无奈，顺便还在心里恨恨地骂了她一句，就没见过这么跩的姑娘！

“姐姐，你真的不跟我们一起去吗？我们预约的包车师傅可是前段时间在微博上很火的那个帅哥啊！”叫艾米的女孩话音刚落，祝南浔和大眼男同时看向她，一个略带惊讶，而另一个慌张无比。

惊讶过后，祝南浔回过头在本子上加了一句话，之后便和白城一行人离开了这家青旅。

大眼男看见人离开，拿起牛皮本子看上面的留言，字迹很大气飘逸，一点也不像出自女人的手笔：“没有热水，没有空调，环境一般。另，老板是个骗子。”

“靠！”大眼男边对着祝南浔的背影骂一声，边把这页纸扯下来揉成一团，见人走远后，又朝着后门的方向吼道，“陆西源，你给老子滚出来！”

半个月前，一个三线女明星在青海湖拍摄的一组写真在微博上被炒热，其中的一张照片更是引发了网友们的热议。照片上，女明星坐在车顶挥动着手里的丝巾，旁边一个英俊挺拔的男人背靠车头迎着落日低头点烟。女人身材性感，男人潇洒不羁，再加上绝佳的构图，这张照片一下子吸引了无数网友的眼球。

之后，大量的女网友开始深挖这个男人的背景，有个女文青评论该微博，说自己曾经在青海湖坐过这个男人的车，指明此人经常跑西北大环线，会顺路捡驴友，还形容这个男人的身上有一种辽阔而神秘的气息，像久经风沙打磨的岩石。随后一些女生蠢蠢欲动，表示想去青海湖寻人。

而祝南浔根本没空关心这背后的八卦，她只是在看到照片后，立刻就订了隔天飞西宁的机票。

“程诺，能把你这破眼镜摘了吗？看着怪别扭的。”

这个叫陆西源的男人穿过走廊走到柜台前，伸手一捞，拿起柜台里一盒只剩下几根烟的利群烟盒，用骨节分明的手指捻出其中一根，转过身靠在柜台上低头点烟。

他比程诺个子略高一些，肤色也更深，身上穿的深灰色短T恤下有紧实的肌肉线条。他头发黝黑，两侧剃得略短，看起来很精神。

嚓的一声，是老式打火机的声音。火光燃起的时候，他微微眯起了眼睛。再抬起头时，目光落在外面熙熙攘攘的街道上。正值午后，阳光刺眼，但他依然能看到刚刚离去的人的背影，和在太阳底下闪着光的长卷发。

程诺自己也点了根烟，猛吸了一口：“这叫文艺范儿你懂不懂？拜你所赐我成了骗子，你得赔偿我名誉损失费。”

“你骗的姑娘还少？”

“哎哟，我这暴脾气，你几个意思？”

陆西源懒得理会他的抓狂，抓起桌上的纸团打开看，看了一会儿后异常认真地做出评价："字儿不错！"

"呸！要不是哥对业务不熟练怕她等得无聊，才不会让她写什么留言。你说这姑娘长得倒挺好看，怎么性格这么独？这下可好，她明天铁定跟那帮驴友一起坐你的车，我倒要看看这笔生意你做还是不做。"

"做。"

"靠，你疯了？"

"暂时还没有，不过以后没准儿，谁知道呢！"陆西源慢慢地吐着烟圈儿，一句话掰成三句说，嘴角的笑意愈发让听者看不明白。

程诺往柜台外走，与陆西源并肩而站，懒洋洋地说："得，你这点破事儿我也管不着，要不是你招来的那几个小年轻突然冒出来，说不定我真帮你把她打发走了。不说了，我知道你心里有数。"

陆西源半晌没说话，过了会儿，转过身用手抬起程诺的下巴，认真端详他的脸："骗过那么多姑娘都没穿帮，你今天怎么偏就栽到她手里了？"

程诺气急败坏地打落他的手，一拳捶在他肩上："靠！这就是命！"

也不知道程诺指的是谁的命。

炽烈的七月是青海湖一年中游客最多的时候，小镇路边的青旅门前总会停放着一些山地自行车，那是驴友们环湖骑行的座驾。

艾米不情愿地走在最后边，嘴里嘟囔着："为什么不住刚刚那家青旅？网友们评论说老板程诺人很帅的，刚刚那个店员看起来就很不错啊。"

"行了，南浔姐不愿意住肯定有她的理由，你就别念叨了。"星仔是个挺懂事的男生，似乎之前在旅店里看出了什么，他一直向着祝南浔说话。

祝南浔听到艾米的话，心中了然，她做出判断："那个店员就是老板程诺。"

"天哪，我又错过了一场艳遇！姐姐，要不你和白城哥哥去别家住，我和星仔回去……"艾米说到后面，语气开始犹疑，从见祝南浔第一眼开始，她就觉得自己有点怵这个女人。

“不住一起，那先说好明早在哪里集合。”祝南浔懒得拐弯抹角，总之她已经决定要上那辆车。

白城没搭话，对于祝南浔做出的这个决定，他丝毫没感到惊讶。

看见后面两人落得挺远，祝南浔对白城说：“我知道你对西北没兴趣，真没必要千里迢迢跑来讨好我，我这次来是有正事要办。”

白城却痞痞地说：“你难得犯一回花痴，我倒想看看这个微博上的红人到底有多大的魅力，能让我拿糖都喂不甜的祝南浔这么上心。”

祝南浔：“……”

拒绝的话说多了也是徒劳，反而激发挑战者的战斗力，在和白城过招的这几年里，祝南浔深谙其道。白城虽不像程诺那般高大，但长得不赖，性格爽快，在哪里都吃得开，而且还挺招女生喜欢。可从上大学开始追祝南浔到现在两个人研究生毕业，祝南浔偏就对他不上心。

“明早八点，在刚刚那个青旅门口，不见不散。”星仔被艾米拖走前留下这句话。

祝南浔看了白城一眼：“赶紧找住的地方吧，三天没洗头了。”

白城打量祝南浔的行头，帆布鞋、防晒衣、牛仔裤、大背包，问她：“你来了这么多天都没找到人？今天是打算打道回府？”

怎么好像谁都知道自己此行的目的，祝南浔咬了咬嘴唇：“你小时候玩过捉迷藏吗？”

白城一脸茫然。

她怎么可能打道回府？

第二天早上七点半，祝南浔已经在白城的房间门口等了半个钟头。她站在二楼的走廊边看下面的街道，站姿几乎一直没变，只是手指把墙皮抠掉了一大片。她有个习惯，紧张的时候喜欢抠东西。

“从来都是我等你，今天头一回被你等。”白城穿了件祝南浔没见过的衬衣，发型也是收拾过的。

“出来玩，打扮得这么认真干吗？”祝南浔说。

白城有些意外：“你可从来不关注我穿衣打扮的。”

祝南浔毫不留情：“你在见情敌的时候总会盛装出席。”

白城：“……”

白城觉得今天的祝南浔和以往很不一样。

陆西源按照约定的时间把车开到青旅门口。程诺老远看见是他的车，愣装作不认识。

艾米和星仔下楼时,程诺正坐在沙发上喝茶。艾米想过去攀谈几句，看到门外祝南浔和白城已经赶到，又打消了这个念头。

陆西源倚在车门上抽烟，烟雾很快被风吹散，他像在琢磨着什么的表情，隔着墨镜远远看到祝南浔二人走过来，下意识地把冲锋衣的领口往上提了提。

祝南浔穿一身淡蓝色的冲锋衣，也戴着墨镜。她头发扎成团子状，露出额角一块浅浅的疤痕。

星仔率先冲其他人打招呼，然后和白城一起放置行李。艾米绕过越野车才看到陆西源，看到他的第一眼整个人就有点傻傻的，陆西源对着她点了点头，她那一声嗨说得底气全无。心跳的速度充分说明了看真人的感觉比看照片爽一百倍，艾米此刻很想发微博。

白城走近车门时揉了揉艾米的头，刚想对陆西源说话，陆西源先开了口："多了两个人，得加钱。"

"加多少？"白城问。

"三千。"

星仔不解："我和艾米两个人你都只收一千，怎么加了两个人，你要加这么多呢？"

"我是顺路带人，不是跑这条线的专职司机，自由定价，谢绝还价。"

陆西源说话字正腔圆，嗓音略低沉，他说完话正好抽完最后一口烟。此时，祝南浔也正好走到他面前站定，隔着墨镜他也知道她几乎是在审视他。

祝南浔发觉手心疼，不用看也知道上面全是指甲抠红的印迹。

八年前，她不敢看那个男生的眼睛，只敢看他手上的珠子。八年后，她不再胆怯，却过分紧张。

晨光很温柔，祝南浔逆光而站，身体形成的阴影几乎全部打在陆西源的身上。

陆西源不自知地挺直了背。

一旁的艾米和星仔窃窃私语，商量着车费的问题。按照规矩，驴友是要均摊车费的，可加的价显然超出了她的承受范围。

祝南浔显然没心情关心这件事情，她看着陆西源，想要开口，嘴都张开了，话却说不出口。最后，她竟然问陆西源："抽的利群？"

这一定不算是一个好的开场白，陆西源也有些错愕。

她昨天就闻到程诺身上同样的味道了，此刻似乎在急着证明什么。

陆西源笑了笑，摘下墨镜把祝南浔看得更清楚时，表情明显僵了一下。

"是，来一根？"他强做淡定地说。

祝南浔也僵住了，两个人就这样对视了几秒。她心尖儿发麻，嗓子里都是苦的。而陆西源的眼睛里有东西在闪，像是被烈日灼伤。

"谢了，不抽烟。"祝南浔慌忙避开陆西源的眼睛，转过头对半天没商量出结果的艾米和星仔说，"你们出你们本来该出的，多出的三千我给。"

声音是颤抖的，但还算冷静。祝南浔再次握紧了拳头。

连价都没还。白城没感到意外，陆西源也没有。

星仔觉得不太好意思，艾米倒很坦然。祝南浔和白城一看就不像是没钱的人，她唯一想不通的是这样一个充满魅力的男人竟然会在金钱上如此计较。

白城知道和祝南浔在一起时自己基本上是没有决策权的，但跟艾米不一样，白城丝毫不觉得是这个男人计较，而觉得这是他故意所为。他觉得陆西源和祝南浔之间有一种奇妙的化学反应，就好像他们在很久之前就已经认识了。

"出发吧。"这三个字被陆西源说得掷地有声。

"我晕车，我要坐前面。"艾米话音刚落，祝南浔已然拉开副驾驶的门坐了进去。

陆西源此刻还未上车，看到眼前这一幕后放缓了脚步，静等两个男生去处理。

"艾米，你身材娇小一些，坐后面我们三个人不挤。"白城先化解尴尬，他知道祝南浔根本懒得解释。这些人中只有他知道她不喜欢和人挨得太近，那会让她很不自在。

“就让南浔姐坐前面吧，我查过了，路好，不会晕车的。”星仔也帮腔。

艾米瞪着星仔，不情不愿地上了车。

陆西源看了眼祝南浔，才发现她正毫不避讳地看着自己。他只好重新戴上墨镜。

祝南浔只是个儿高，但绝对不胖，她心里清楚身材这个理由只是在这个时候被过分利用。她必须霸道一回。

“怎么称呼？”陆西源上车后问她。

“姓祝。”她的眼神始终游走在他身上。

“祝小姐，你把安全带系好。”陆西源又回头对艾米说，“小妹妹，你也坐好了，没关系，待会儿换你坐前面。”

一个是小姐，一个是妹妹。

祝南浔调整了一下坐姿，啪的一声，带了些力道把遮光板放了下来。随后她注意到遮光板上贴着一些卡通贴纸，后视镜上还挂着一个玩具小布偶。

“你多大了？”她问陆西源，直截了当。

“快三十了。”陆西源发动车子，如实回答。

祝南浔指了指贴纸问：“小孩子弄的？”

“嗯。”

“你的？”

“……嗯。”

祝南浔按了按太阳穴，没再说话。

“陆大哥，你都结婚有孩子了？”后座的艾米震惊不已。

陆西源只是笑了笑，没答话。他看似无意地看了祝南浔一眼，她的嘴巴抿成一条线。

艾米叹气：“你知道你在微博上多火吗？要是知道你结婚了，估计很多姑娘都会觉得遗憾。”

“得了吧，陆师傅才看不上你们这些小姑娘。”星仔补刀。

陆西源还是笑笑不说话。

祝南浔被“陆大哥”“陆师傅”这些称呼弄得头晕，直接问：“就叫你陆西源行吗？”

“行，怎么都行。”

祝南浔念“行”的时候是前鼻音，而陆西源是后鼻音。隔了几秒，她又问：“你是哪里人？”

“就这边的人。”陆西源说。

祝南浔一下子就想起那个夏天。

“你们从哪里来？”那年夏天，浔溪畔，阿浔问那个男生。

“南京，我是南京人。”

关于南京，阿浔第一反应就是历史上那次著名的大事件，她问男生：“所以南京人都很珍惜生命吗？”

“所有人都该珍惜生命，对逝去的人最好的怀念方式就是好好活着。”男生知道，这个十六岁的小女孩刚刚失去双亲。

记忆太深刻，男生的话也太深刻。

拉回思绪，祝南浔问：“没骗人？你口音不像西北的。”

“你还懂地方口音？”陆西源问。

祝南浔正想回话，陆西源的手机在这时响了，是程诺打来的。陆西源没说几句便挂了，祝南浔却没再追问。

“陆大哥，西北男人都像你这么高吗？”

祝南浔听到艾米的声音就觉得头皮发麻，塞上耳机靠在窗户上闭上了眼睛。

陆西源从后视镜看她，巴掌脸，肤色白，唇珠很明显，鼻梁右侧有一颗小小的痣。

“我好看？”祝南浔说话的时候嘴角微微翘起，原来她只是装睡。

“嗯，好看。”陆西源坦荡荡地说。

“不觉得我额头上的疤痕很丑？”她本来不打算说这句话的，最终却没忍住。

车速突然减慢，陆西源握紧了方向盘，问她：“……怎么弄的？”问完却没再看她。

“忘了。”祝南浔笑了笑，轻描淡写地说。

早餐是在车上胡乱吃的，祝南浔只啃了半个面包就没了胃口。到了鸟岛附近的公路边，大家下车休息，陆西源面对着湖面抽烟，祝南浔站在他身边吹风。

星仔凑到陆西源身边问他：“陆大哥，你真的结婚了吗？”

“你觉得呢？”陆西源笑了笑，说完看了身旁的祝南浔一眼。她低头咬着手指，眉头紧锁，此时她已经连续挂掉三个来电了。

电话上显示的姓名是，祝南泽。

“我看不像。南浔姐，你怎么一直不接电话啊？”星仔问。

祝南浔难以回答，电话又响起时，她只好走到一边去接。

陆西源隐约听到她对电话里的人说了一句这样的话：“你就醉生梦死吧，等我找到他们，带她回来替你收尸。”

陆西源觉得这口烟的味道有些呛。

阳光正好，洒在湖面上金光闪闪。青海湖是嵌在青海高原上的明珠，更是藏族同胞眼中的圣湖，沿途总有朝圣者的身影，给这片本就充满神圣色彩的圣地又增添了一份庄严。

越野车旁有环湖骑行的游客在休息，大多是男生，他们看起来意气风发。

艾米得不到陆西源的青睐，一路上一直和白城嬉嬉闹闹，此刻两个人正和坐在路边休息的几个驴友谈笑风生。

祝南浔挂掉电话，转过身看到一个穿藏袍的老人在沿着公路磕长头，他没有戴手套，手掌上被磨出厚厚的茧，额头也已经是红红的一片。走了一路也看了一路的朝圣者，这位老人大概是最年长的一位。随后，祝南浔看到一旁的陆西源双手合十向老人行礼。

她有种心脏被击中的感觉。

陆西源微微弯下腰，神色平静，姿态虔诚，他合掌的时候手腕处露出一小段佛珠，阳光下的侧影呈现出一种摄人心魄的美。

这应该比跟女明星的合照更动人吧，祝南浔想。

随后她走过去轻轻握住他的手腕问他：“三天前你在哪里？”

“塔尔寺。”陆西源淡然得很，丝毫不介意她突如其来的亲密。

他倒是坦诚，祝南浔紧绷的神经瞬间松了下来。她一只手握着他的手，另一只手把那串佛珠取下来说：“这个，卖给我怎么样？”

三天前，她也在塔尔寺，看中了这串佛珠，当时没买，再回来时却被告知已经被人买走了。

佛珠取了下来，她却没有松开他的手。他的手掌很宽大，很暖，她的手指很细，也很凉。她再次想起那年的盛夏，她带那个男生在浔溪边纳凉，脚下石头打滑，她没站稳，男生抓住她的胳膊时，她感到一阵灼热，她对男生说："你的手心真烫。"

"祝小姐，君子不夺人所爱。"陆西源笑着，挣开她的手。

祝南浔摘下墨镜，意味深长地笑着凝视他，边把佛珠戴到自己的手腕上边说："以前我遇到一个人，他送了我一串珠子，比这个好。他比你大方。"

他戴三圈，她戴四圈，都是刚刚好。

"南浔姐，没有你这么霸道的吧？"星仔在一旁说。

陆西源这才看到祝南浔的一双眼睛，心头一颤。他说不出是什么感觉，好像心里打了退堂鼓。大火没能烧毁她眼睛里的光，她还和从前一样。

最后，陆西源对星仔说："不值多少钱，随她吧。"

这里的人，大概只有陆西源和祝南浔知道，这串佛珠，能值一半的车费了。

祝南浔握着珠子，小心地抚摸着，这一串，像极了当年的那一串。而那一串，早已沾满大火的痕迹。

她看中珠子，他买下，再送给她。这像是一场新的重逢。

上车之前，祝南浔故意走在陆西源后面。陆西源足足比她高一个头，她害怕他听不清，特意踮起脚靠近他耳朵轻轻地说："那天在塔尔寺，你穿的衣服比昨天的好看。"

陆西源惊愕地回头，祝南浔却快步越过他走到了他的前面，就好像刚刚说话的人并不是她似的。

烟味让她确定昨天躲在青旅里的那个人是他，佛珠让她确定前几天在寺庙里看见的那个人也是他。

那天，她寻人无果，去塔尔寺拜佛。她并不是信佛的人，与其说是拜佛，不如说是许愿。

但她永远都记得八年前大火汹涌的那个夜晚，有个男生抱着她逃出画室，他将她放在地上时像个虔诚的教徒般说了许多话。

她只记得其中的一句：“佛祖，如果你真的灵验，等她醒过来，让她失忆吧。”

大概是灵验的吧，她做到了忘记那些痛苦，她当成是失忆。那她的愿望呢，能实现吗？

那天在塔尔寺许愿，她准备从蒲团上起身的时候，看见在她身旁跪拜的男子迅速闪进了人群，像是在躲，所以她轻易就注意到他。她起身去追，他却瞬间消失在人海中，像一场幻觉。这样算来，他们在那天就已经相遇了。

她确信那个人就是他。

“祝小姐……”祝南浔快走到车边时，陆西源叫了她一声。

祝南浔抬头看他：“怎么了？”

陆西源勾着食指，用关节处顶了一下自己的鼻尖，像在犹豫。最后，他摆出正经的样子问她：“白城到底是不是你男朋友？”

祝南浔明显一怔，但随后却故意承认：“是啊！”

“那你……先别过来。”陆西源说完大步走到车边，然后用力地拉开后座的车门，将里面的两个人拽了出来。

先出来的是白城，他的唇边还有艾米的唇膏痕迹；而艾米，衣服褪到了肩头，头发也十分凌乱。这对男女，显然是趁着他们不在时在车上苟且。

祝南浔脸上的笑意瞬间消散，她看着陆西源。陆西源也看着她，他看她的眼神里有太多的内容，但总结一下大概就是一句话：你的男朋友丢了你的人！

她该在乎吗？她不在乎白城跟谁在一起，做了什么，她只是后悔自己不该给白城太多面子，默认了他们的情侣关系。因为眼前的场景让她很难堪。

这显然比他之前在学校里故意拈花惹草做给她看更让她苦恼，毕竟这次出来她没精力理会他这些小把戏。

是看她对陆西源太感兴趣？祝南浔低头咬着嘴唇，没说话。

看到她的眼神里装满了无奈，陆西源绕到车后，打开后备厢对白城和艾米说："别在我车上做这些龌龊的事情。拿好自己的东西，走吧。"

这个瞬间，祝南浔突然觉得陆西源替她打抱不平的样子很有趣。可能他自己都没有意识到，他这个"不平"，打抱得过于严肃了。

"我女朋友都无所谓，你一个外人少管闲事。"一旁的白城终于开口说话了。他看着祝南浔，话却是说给陆西源听的。他太了解祝南浔，料定她不会在这个时候跟他撇清关系，所以才敢这样说。

可遗憾的是，尽管在这种时候，祝南浔眼睛里仍然没有他。

"艾米，你去找找星仔，该出发了。"祝南浔和白城就像默契十足的对手戏演员。

可一旁的陆西源面对这样的戏码，只剩下愤怒。

祝南浔对艾米说完这句话后，又对着陆西源轻轻地笑："总不能把他们丢在这里吧。"

艾米看得出来，白城和祝南浔还没到男女朋友的份儿上，但她没想到祝南浔会是这样的反应，她有点心疼白城。

陆西源面无表情地看了眼祝南浔，这个姑娘，显然比他想象中更难以捉摸。

啪的一声，他用力关上了后备厢。这之后，他才惊觉，自己很久没有这样失态过了。

第二章　危机

正午的时候，车子驶进刚察县城。

陆西源将一行人放在一家餐馆的门口，约定好出发的时间后独自驱车离开。

“我没胃口，出去转转。”祝南浔丢下这句话后也出了门，她沿着不够宽阔的街道往车子离开的方向走，路边总有当地人打量她。

刚察地处海北藏区草原的南部，小城不大，建筑落后，居住的大部分是藏民和回民。县城里的餐馆都集中在这条要道上，以清真为主，大多为回民所开，所以基本上是很难找到可以吃米饭的地方的，但是刚刚那家有。

车上都是南方人，陆西源是考量过的。

又往前走了一会儿，祝南浔看见陆西源的车停在一个狭小而破旧的院子里面。

这辆车是个普通牌子，不算新了，但挺干净。祝南浔之前的目光都集中在人身上，眼下靠近车才细细地打量了一会儿。她看见后备厢里除了大家的行李外，有一个被打开的袋子，里面是一些儿童书籍。她把后备厢打开去翻袋子，发现里面除了书本还有许多文具和糖果。

她正疑惑，有脚步声传来，是陆西源。

“我……我找点东西。”祝南浔快速关上后备厢后说。

陆西源没想到她会找到这里，见她手足无措，问她：“找到了吗？”

“嗯……”

这时，屋里又走出一个人，是个满脸胡茬的穿藏袍的老头。他看着祝南浔笑，用藏语对陆西源说：“这是你的客人？很漂亮。”

陆西源同样用藏语回他：“好看是好看，就是不好对付。”

祝南浔听不懂，问他们说了什么，陆西源一本正经地解释道："老人家说你漂亮。"

"那你答了什么？"她又问。

陆西源没看她，微微眯起眼睛："我说，一般吧。"

"……"

"走了，下次再来吃你煮的羊肉。"陆西源跟老人家打了声招呼，准备离开。

"等着你。下次别买那么多东西，我替孩子们谢谢你了。这女子看起来不简单，你悠着点，这几年来找你的人是越来越厉害了。"老人家答了很长一串话后进屋去了。

祝南浔只听懂了一个词：谢谢。这是她之前看一个西藏纪录片时学到的。她还留意到老人说最后一句话时特意看了她一眼。

"上车。"陆西源叫她。

祝南浔站着没动，用盘问的口气问他："你到底是做什么的？"

他北方口音纯正，会藏语；他偶尔走西北大环线拉驴友，收费看心情；他神秘莫测，车里装一大口袋的儿童读物和用品；他抽烟抽得很凶，遇到朝圣者却像个虔诚的信徒。

祝南浔站在车外，陆西源坐在车里，他又想点烟时，她突然快速拉开副驾驶的门坐了进去。紧接着，祝南浔把头深深地埋在陆西源的脖颈处，双手紧紧地搂着他的腰。陆西源反应过来想挣脱时，透过副驾驶的车窗看到不远处神色凝重的白城。

陆西源没再挣脱，反而浑身放松了下来，他任由祝南浔像只树袋熊一样扒在他身上，还用一只手点燃了烟。

"你身材挺紧实的嘛！"祝南浔听见打火机的声音，靠在他的脖子上缓缓地呼出一口气。

陆西源从后视镜里看她的表情，没有半分害臊的意思，再看自己，眼中带火。他猛吸了一口烟后，抓着她的帽子一把扯开她："滚下去！"

祝南浔没想解释，这本就是一场戏，做给白城看，更是做给陆西源看。她被人"欺负"了，就要用自己的方式"欺负"回去。

她拍了拍屁股就下车了，只是关车门的时候用了拆门的力气。

陆西源给足了她面子，直到白城走后他才赶她下车。被利用的滋味一点也不好受，几个小时前，他还教训了“那一对”，眼下自己却成为这样的人。

这姑娘让他头疼。

车就这样被陆西源开走了，祝南浔不追，反而朝着反方向走。

阳光下，她的背影倔强得很。陆西源看见她越走越远，毫无回头的意思，只好一个急转弯，又去追她。

“上车！”陆西源把车打横停在祝南浔面前，说话时却没有看她。

祝南浔轻笑了一声，拉开车门对他说：“我才走了不到一百步你就回来了，是怕丢了这笔生意？”

“嗯，投怀送抱的买卖放着谁都想做。”陆西源转过头打量她，视线在她身上扫视，像在撩拨。

她喜欢他克制又严肃的样子，不喜欢他故作轻佻。祝南浔顿时觉得没意思极了，迅速钻进了车里。两个人的距离一下子拉近了。

陆西源收回视线，以为她开不起玩笑，抽动了一下嘴角。

“你笑什么？”祝南浔问。

陆西源：“幼稚。”

祝南浔气结，知道他是指自己和白城这种无聊的小把戏，于是话锋一转，问他：“你跟程诺什么关系？”

陆西源猝不及防，但仍镇定接话：“朋友。”

“你为什么让他骗我？”祝南浔直接进入重点。

“来青海湖找我的姑娘太多了，每个他都是这样打发的。”

“……”

陆西源的回答似乎没有什么漏洞，如果要问之前在塔尔寺相遇的事情，恐怕他会用缘分去解释吧。

挫败感，强烈的挫败感。祝南浔咬着手指看着窗外，看起来云淡风轻，内心却已是风起云涌。八年的时间，或许早已改变了一个人的心，而那些真相，早晚会浮出水面。

好在，她正在靠近她要找的人。路还长，她可以慢慢揭开谜底，她不急。

回餐馆的路有一段长长的斜坡，道路两旁都是低矮的楼房，楼房的缝隙间可以看见远处的草场，一大片一大片的绿色。

两个人都没有说话，整条路上只有这一辆车在行驶着，气氛诡谲。

祝南浔咬着手指看窗外，陆西源看了眼她的脖子，又白又细，靠近背部的地方有一块小小的文身，是一双翅膀。

车子略有些不稳，是他握着方向盘的手有些松动导致的。

即使是七月，青海的天气也并不炎热，但快到餐馆时，祝南浔却把冲锋衣给脱了。陆西源以为她热没理会，可紧接着她又把里面那件速干衣的拉链拉开。

陆西源急了，问她：“你做什么？”

祝南浔没理会，继续往下拉，然后又把头发散开，甩了甩头。

陆西源停好车后，祝南浔已经把速干衣丢到了后座上，然后慢慢地穿着外套。

“你又想做什么！”陆西源低声呵斥她。

她撩了撩头发，说：“我热，里面的衣服湿了，穿着不舒服。”

“那你丢到后备厢里去。”

“我懒得下车了。”

“……”

陆西源偏过头一看，白城三人正走到车前。妈的，又来了！陆西源低头骂了句脏话。

艾米看到白城黑着张脸回来，就知道祝南浔肯定是去找陆西源了，她知道祝南浔对这个男人感兴趣，而且，很感兴趣。

拉开车门，艾米叫得很夸张：“南浔姐，这是你的衣服吗？”

白城看了眼祝南浔凌乱的头发，没说话，不动声色地把衣服丢在了车座后面。

星仔不知道之前发生的事情，见气氛不对，打圆场说：“车里确实有点热啊，我也想把衣服脱了。”

艾米阴阳怪气：“我也想脱了，脱外面的就行了，没必要脱里面的。”

祝南浔像个没事人似的，理了理头发后塞上了耳机。轮不到艾米来教训自己，五十步笑百步，给谁看呢！

车子驶出刚察不久，天色竟慢慢暗了下来。

青海的草原不像内蒙古和新疆的那般广阔无边，而是在草原的边缘就能看到连绵起伏的山脉，因海拔高，山脉看上去并不高耸，云层也低低地落在一座座山峰上。草地是黄绿色的，山峰因没有植被包裹，看起来是深蓝色的，云朵是灰白色的。

整体的灰色调正是祝南浔所钟爱的。没有比这种灰色更高级的颜色了，她靠在车窗上看着外面，静静地想。

六岁正式开始学画，一开始跟着爷爷学书法，画国画，学到十岁那年，爷爷去世。之后，妈妈又教她油画。到了十六岁，国画、油画、水彩都能拿得出手，得过全国大大小小的青少年绘画比赛一等奖。

她最爱的还是油画。她钟爱莫奈，跟着父母参加过各类画展，也曾远赴卢浮宫亲眼看过莫奈的《睡莲》和《日出·印象》。她以为自己会像爷爷和妈妈那样，未来也成为知名画家，但父母意外离世和那一场大火改变了她的人生轨迹。

“美术世家祝家画室被烧毁，多幅价值不菲的藏画下落不明，其中著名画家陆怀信的代表作……”这是祝南浔能倒背如流的一则新闻，当年的报纸至今还躺在她的背包里。

纵火之人，至今仍未查出，而救她的人，却离奇失踪多年。

大火之后，她在医院接受各种治疗长达半年，出院后，她的容貌发生了些微的变化，整个人也和以前大不一样了。

照顾她的阿姨对她说：“我们阿浔是浴火重生的凤凰……”

是啊，大火烧不毁她的翅膀。

那个人求遍了神佛，只要她活着。所以，她必须好好活着。

除了爷爷和妈妈，还没有人像他那样动过她的画。祝南浔看了后视镜里的陆西源一眼，他正专心致志地开着车。

陆西源知道祝南浔在看他，但他的注意力都放在后面的那辆车上。那是一辆“浙”字开头的商务车，在鸟岛休息的时候，他就看到过这辆车。

“我们到前面休息一会儿吧。”

车速减慢，车子停在了公路边上。身后的车没有停，越过他们开走了。

陆西源这才点了根烟。

摄影发烧友星仔往远处拍照去了，可远远看着，他却一直在打电话。祝南浔、白城和艾米坐在草地里休息。陆西源站在车边，也在打电话。

风呼呼地吹，气温开始下降。祝南浔一头长发被搅得凌乱，她把头发拨到耳后，想听清陆西源到底对电话里的人说了什么。

看着远处的山脉，她想回车上拿相机，就站起来往车子那边走。

电话是给程诺打的，看见祝南浔走过来，陆西源挂了电话。

“跟女明星拍照，有意思吗？”她问他。

陆西源揉了揉鼻尖：“女明星漂亮。”

“跟我比呢？”

“身材比你好。”

“……”

“快下雨了，叫星仔他们过来吧。”他对祝南浔说。

祝南浔拿了相机，冷冷地回他：“要叫自己去叫。”

和她根本不能好好说话，陆西源有些无奈。

接下来的路，似乎并不好走。再次出发，祝南浔仍坐在前面。

陆西源瞟了她一眼，发现她在研究女明星的微博。

“胸是垫过的。”她说。

她竟然真的计较起来，陆西源没有说话。

“男人都是视觉动物。”

陆西源还是没理她。

“南浔姐，你学什么专业的？”星仔一路上对祝南浔充满了好奇。

“心理学。”

陆西源抿着嘴唇，始终没有加入他们的话题。

“陆大哥，那你以前是学什么的啊？”星仔又问陆西源。

祝南浔看着他，心里期待着答案。

陆西源笑了笑说：“地质。”

祝南浔放松下来，问：“哪个学校的？”

陆西源：“不出名的。”

祝南浔追问：“学校在哪个地方？”

“南京。”说出这个地名，陆西源心里千回百转。

祝南浔暗自呼了口气，往事好像就浮现在眼前。她挑了挑眉：“南京大学不出名？”

“你怎么知道是南京大学？”艾米问。

“猜的。”

陆西源没有否认。

星仔说：“南京大学的地质学专业很出名的，陆大哥，你很厉害啊。”

艾米一脸崇拜：“你看起来越来越不像个司机了。”

“那像什么？”

“卧底。”

“小妹妹，你想象力可真丰富。”

祝南浔忽然觉得，艾米的形容很是贴切。

过了湿地，草原开始呈现出茂盛的状态。此刻天空也放了晴，一路上总能遇到放牧的藏民。他们骑着骏马，缓缓地行走在草地里，做了记号的牛羊成群结队地走在他们的马前，偶尔低头享受着美味的餐食。

车子再停下时，是羊群挡住了去路。

星仔格外兴奋，打开车窗，近距离拍摄车边的绵羊。

“你不拍吗？多好的机会。”陆西源问祝南浔。

“我只对人感兴趣。”她只对他感兴趣。

拍了几张骑马的藏民，角度不好，祝南浔很不满意。

“给我。”陆西源要她的相机。

她递给他时故意用手指刮到他的手掌，他没在意，拿着相机仔细地调整焦距。

“这么贵的东西，买了就好好练练手。”陆西源对她说。

祝南浔是新手，对摄影完全不懂，除了按快门，最拿手的也就是构图了。她问陆西源：“你会摄影，所以女明星才找你拍照是吗？”

“明星应该都有专门的团队跟拍吧。”艾米接话。

陆西源答：“嗯，我只是碰巧遇到他们。”

“你碰巧遇到的人真多。”祝南浔暗指自己。

“……有缘分就能遇到。”他说。

那会儿他需要钱，接女明星的活儿钱多，而女明星又一眼看中他，包了他的车。拍照是无心之举，他也没想到那张照片最后会被选用。

出名是被迫的，对他而言，这显然不是一件好事情。他至今都很无奈。

陆西源拍了几张羊群，祝南浔拿过来一看，果然比她拍的要好。

羊群过完了马路，车子再次出发，没走多久，又有牦牛群挡道。

这次陆西源竟又遇到了熟人。

“洛桑大嫂，又搬家吗？”他用藏语跟骑着牦牛的藏族妇女打招呼。

妇女的前面还坐着一个两三岁的小孩，他穿着肥大的藏袍，红红的皮肤，大大的黑眼睛，吃着手指害羞地看着车里的人。牦牛的背上驮着他们要搬运的东西，有毛毡，有被褥，还有老式的瓷盆和水壶。

“是啊，再往北边走走。”妇女答道。她脸上的笑容非常淳朴，这种在车里人看来只停留在书本上的生活是她过了半辈子早已习惯的事情。

她身后那头牦牛的背上，还有一个七八岁的姑娘，她编着独辫，身上的褐红色藏袍几乎和她的肤色一样。她盯着祝南浔的墨镜，看得出神。

陆西源下了车，打开后备厢拿出几本书和一捆铅笔走到小姑娘的牦牛前，他用汉语跟她说：“格桑，拼音学得怎么样了？”

“都学完了，只是念得不好。”格桑语速很慢，声音沙哑。

“镇上的老师下半年还教吗？”他又问。他这样问是有原因的。西北教育落后，支教的老师稳定下来的并不多，而许多藏民家的孩子因为游牧也无法固定上课的地点。

“你找来的老师都愿意留下。”洛桑大嫂笑着说。

“行，好好学。”陆西源说。

之后，他把书和铅笔放进了女孩的背篓里，温柔地拍了拍她的头。

祝南浔听不懂那些藏语，但是大概能猜到他们在说什么。看来他还是个慈善家。

“星仔，我感觉我快爱上陆大哥了，他和我想得太不一样了。”艾米赞叹。

“你怎么想他的？”祝南浔难得跟艾米搭了句话。

艾米沉浸在对陆西源的崇拜中，说：“炒作！我看到微博，第一反应就是炒作，还以为是陆大哥想红。后来他接了我们的单，我才发现他压根儿不知道自己在网上有多火。”

“陆大哥比那些网红男明星有格调多了。”星仔也加入崇拜的行列。

白城始终没有说话，对于这个高深莫测的男人，他心里一直浮着一层酸。

陆西源并不知道他们在车里讨论自己，而是把注意力都放在离他们不远停着的那辆车上。还是那辆“浙”字开头的车，这会儿他看到车上下来的都是统一着装的壮汉。

不是她带来的人，她到青海有一阵儿了，没见她用过车，她一直都是自己一个人找，不和任何人打交道。如果是她的人，她何苦这么费劲？不是驴友，穿着打扮不像，行事作风更不像。更不是那天在塔尔寺的人……这帮人明显更有组织性。

陆西源静静地思考着，上车前又给程诺发了条信息。

程诺却打趣道：“请神容易送神难。”

从她出现在青海湖的那一刻，他就知道有些东西逃不了。

果然，他们的车越过那辆车之后，那几个男人便上了车。陆西源加快速度，打算先绕路到前面的镇子上去，再做试探。

“我们怎么总能遇到后面那辆车？”祝南浔也看出不对劲，问他。

“驴友吧。”陆西源决定先瞒着。

到了小镇上，陆西源把车停在熟悉的老乡家屋后，让大家自由活动。

白城表示不满：“照这个速度，晚上能到祁连吗？”

陆西源抽着烟没说话，艾米解围：“白城哥，咱们不急，出来玩就是走到哪儿玩到哪儿。”

“这破镇子有什么好玩的？难道某人又要做慈善事业了？没必要拉着我们一路观摩吧。”

白城的话听着有点酸，陆西源没理会他。祝南浔冷眼旁观，星仔拿着相机拍照去了，气氛一度尴尬。

“走，白城哥，那边有油菜花，我们过去拍照吧。”

艾米拉走了白城，留下祝南浔和陆西源，祝南浔又来了精神。

“我男朋友就是那个脾气。”

“你不跟过去？他俩看起来倒像是一对儿。”

祝南浔看到艾米挽着白城的胳膊，两个人有说有笑，她靠近陆西源，抬起头凝视他说：“你觉得他喜欢艾米还是喜欢我？”

“说不准。”他避开她，往边上站了一点。

这个答案让祝南浔觉得自己是自讨没趣，她又问：“那你呢？”

“我什么？”

“你觉得谁好？”

“都不是我的菜。”陆西源笑着，看着祝南浔的笑容慢慢僵在嘴角。

“我想起来了，你都有老婆了不是？你老婆漂亮吗？”祝南浔的牙齿在打架。

“不是所有男人找老婆都看脸。”陆西源说完这句话，走到车后面打开后备厢拿东西。

祝南浔彻底笑不出来了，其实她也不想这样跟他说话。她从来不会拿自己跟任何人比，也从不觉得自己有多好看。

“你每次拉活儿都给孩子们带东西？”她转移话题。

“也不是每次，怎么？看祝小姐出手挺阔绰的，想不想做点好事？”

“怎么做？”

“来，过来帮我拿着东西。”

祝南浔走过去，却被陆西源一把拉进怀里，他按着她的头低声说：“别动。”

“你干什么？”她问话的时候是笑着的。

两个人紧紧贴着，就这样抱着，有好一会儿的工夫。

“没事了。”片刻之后，他松开她。

“占了便宜就想走？”她拉住他。

他看见远处的车走了，绷着的心松懈下来，这才回过头对她说：“矜持点，你男朋友看着呢。”

刚才两个人靠在一起的时候，她的心是颤抖的，比起她主动扒在他身上那一回，她更喜欢这样的感觉。他身上有剃须水的味道，混合着烟味，他按着她头的手力道很大，让她动弹不得。她也没想动弹，只是惊讶他为什么会突然这样。

“是你主动的。”祝南浔说完又紧紧抓着他。

“你玩儿了我一次，我还一次，扯平了。”陆西源指的是她利用他做戏给白城看那件事。

祝南浔松开他往四周看了看，只有一个姑娘的背影。

“你的老相好？”她问他。

陆西源没说话，那姑娘他的确认识，是镇上的老师，算是误打误撞吧。

“你自己到处走走，我有点事。”他说完拿着东西离开了。

白城老远看到祝南浔跟在陆西源后边，心里不是滋味。

“白城哥，南浔姐真的是你女朋友吗？”艾米问。

白城没答话，艾米又说：“她对陆大哥是真的有意思，你难道看不出来吗？”

“我们之间的事情你少管。”白城没忍住发了脾气。

“可是我喜欢你啊白城哥。”艾米软软地说。

陆西源走到几间平房前面，叫了一个名字，刚刚在草原上的姑娘从屋里走了出来。

“来了啊。”姑娘声音温柔，看见陆西源身后的祝南浔，想起刚刚那一幕，笑容又往回收了收。

“我拉的客人。”陆西源跟她介绍祝南浔。

“你好。”

祝南浔冲她笑了笑，算是回礼。

这里是一所学校，屋子的外墙刚粉刷过，里面的桌椅也是新的，院子里有一个木头搭的升旗台，旗杆矮矮的，但国旗飘扬得很有精神。

“我把东西拿进去。其他几个老师都回家了吗？”陆西源边四处打量边说。他拿的是一些吃的，都是这里买不到的，是专门给年轻的老师们带的。

“嗯，外地的老师们回家休假了，就剩我和本地的还在，这几天也打算回家了。”

“老校长在吗？给他带了酒。”

“在的，在里屋给几个小娃娃补课，都是新迁过来的藏民。”

随后陆西源进了屋。

“哦，我叫茶卡，这儿的老师。你随便看看，我给你倒杯水。”

陆西源只跟女老师说她是客人，却没有向她介绍这位女老师。祝南浔怎么想都觉得不舒服。

茶卡……她前几天刚去过茶卡盐湖，是个好名字。她对女老师倒是挺有好感。

“你们这里学生多吗？”祝南浔接过茶卡倒的水，一种橘黄色的液体，色素很重，像是橙汁。

“怕你喝不惯这边的水，喝点饮料吧。”茶卡想尽可能招待好她，却不知道这个没有牌子的饮料拿不出手，看到祝南浔一饮而尽，她又接着说，“学生不太多，我们这儿藏民多，很多小孩从小跟着大人跑惯了，不愿意念书。”

祝南浔点了点头，环顾四周说：“学校收拾得不错。”

茶卡说：“都是陆老师出钱粉刷的，桌椅教具也是他弄来的。”

“陆老师？哦，是他。”祝南浔反应过来，若有所思。

“他前几年在这里教过一段时间课，我那时候叫习惯了。”茶卡不好意思地低下了头。

“那后来怎么不教了？”

“他说他不专业，怕教不好，就找了支教的老师们来。”

祝南浔笑了，也有他做不好的事情啊！

“妹子，你是陆老师的女朋友吗？”茶卡突然问她，语气带着迟疑。

祝南浔怔住了，问：“他没结婚？”

“结婚？”茶卡不解。

就知道他在骗人，可细想想，他也没承认过什么。祝南浔又问：“那孩子呢？”

“从这儿到内蒙古他家那边，上不起学的都是他的孩子。”

“他家在内蒙古？”祝南浔十分惊讶。

"你不知道吗？他住在阿拉善盟，巴丹吉林。"

巴丹吉林她听过，中国第三大沙漠，有世界上最高的沙丘，他竟然会跑到那么远、那么偏的地方去。祝南浔的脑海中浮现出一大片荒凉的景象。

茶卡说到陆西源，眼睛都是笑的。祝南浔向来直接，问她："茶卡，你喜欢陆老师？"

茶卡低着头，脸红红的，小声地说："没有姑娘不喜欢他。"

"可以。"

茶卡也不知道祝南浔的这个"可以"是什么意思，大概是表示认同吧。

其实祝南浔的意思是：陆西源，你可以啊。

过了一会儿，几杯饮料下肚，祝南浔胃里一阵翻江倒海，坐在升旗台上出了一额头的汗。

"茶卡，这个你拿着。"这是她身上全部的现金，找不到信封，她把钱夹在随身带的本子里一起递给茶卡。

茶卡推辞："你给我钱做什么，我不要。"

"给孩子们的，一点心意。"她压低声音把本子塞进茶卡怀里，然后起身。她不想让陆西源知道这件事情。

屋子门口，陆西源和老校长正好一起走出来。

"这姑娘是谁？"老校长问他。

"客人。"

"普通客人你会带过来？"老校长打趣他。

陆西源无奈地摇了摇头："她自己跟着过来的，没办法。"

"你一向招姑娘喜欢，这个啊，不一般。"

陆西源笑了笑，这个啊，确实不一般。

躲在老校长后面的几个孩子也好奇地打量着陆老师带来的年轻姑娘，她可比外面来的女老师还要漂亮。祝南浔冲他们眨眨眼，他们又害羞地跑回屋里去了。

两个人刚走出学校大门，祝南浔就难受地蹲在了地上。她实在是坚持不住了。

“你怎么了？”陆西源走过去搀起她。

“肚子疼。”她捂着肚子，说话有气无力的。

陆西源皱起了眉头：“怎么回事？”

“小声点，快走。”祝南浔忍着疼快步走远了点，她是怕院子里头的茶卡听到了。

陆西源大概明白过来，问她：“茶卡给你饮料喝了？”

“嗯……你这‘相好’不会是下毒害我吧？”她开玩笑。

“那姑娘热情，好东西都拿来招待客人，可镇上卖的饮料，外人喝不惯。”陆西源扶着祝南浔往前走，她顺势往他身上靠。

“这么好的姑娘，你没动心？”

“你脑子里能不能想点别的？”

“陆西源，我中毒了，走不动了。”祝南浔装可怜。

“别瞎说，再走几步就到了。”陆西源不为所动。

祝南浔又蹲在地上，死活不肯往前走了。

“那你在这儿等着，我把车开过来。”陆西源试图离开。

她一把抓住他的裤腿：“你背我。”

陆西源最终还是妥协了，背着祝南浔一路走到停车的地方。祝南浔很满意，肚子也没那么难受了。

“下来吧，这点儿路，你自己走过去。”还没到目的地，他就把她放下来了，他是怕其他人误会，特别是白城。

“你怕什么？”祝南浔问。

陆西源提高了音量：“我怕什么，他又不是我男朋友。”

祝南浔轻笑：“陆西源，你谈过恋爱吗？”

他没答话。

“你觉得，我做你女朋友合适吗？”她又问。

“不合适。”

“为什么？”

“我们不是一路人。”

“呵，我们都走了一路了，还不是一路人？”

“和我一路走的人多了，你不算特别。”

这算是很伤人的话了吧，但她克制着没生气。

她走在他后边不再招惹他，他高大的背影像一道屏障挡在她面前，她想起了壮阔的山脉。她刚刚趴在他背上时，觉得稳妥，安心。就像八年前，那个男生说的每一句话，都让她觉得妥帖。

时间好像带走了许多东西。

星仔拍到了好东西，拿着相机给艾米一一展示。艾米发现相机里除了风景，还有很多的“他们”，比如陆西源和祝南浔。

车子继续向北方行驶，另外三个人谁都没有说话。

祝南浔的肚子依旧不舒服，撑着额头闭着眼睛，想睡却怎么也睡不着。

“今天走不了了。”说话的是陆西源。

他话音落下，星仔先发问：“为什么？”

“有人不想让我们赶到祁连，得回刚才的镇子。”陆西源镇定地道。

星仔不作声了，艾米和白城不明就里，艾米问他：“什么意思啊陆大哥？”

祝南浔从倒车镜里看到身后的那辆车，心下了然，扶着额头说：“我肚子疼，得马上看医生，拖你们后腿了，不好意思。”

“你怎么了？”白城急了。

“坚持住，先往回走，我会找个靠谱的医生。”陆西源默契地接上祝南浔的话。

“南浔，你肚子怎么突然不舒服了？”白城又问。

祝南浔没回头，挥了挥手对他说：“没事，待会儿看了医生就好了。”

车子一个急转弯，往来的方向开去。跟着他们的车毫无防备，看着车子与他们擦肩而过，想追却又担心暴露，只好先停在了原地。

路上没有别的车，陆西源开到时速一百公里，祝南浔死死地盯着倒车镜。

草原上的太阳开始缓缓落下。

“到哪儿了？”陆西源在接到程诺的电话时，人才松弛下来。

程诺正开着车准备跟他们接头，电话里他语气轻松：“去拜拜佛。”

阿柔大寺见。

第三章　隐藏

阿柔寺坐落在藏区草原上，始建于清代，是祁连县境内最大的格鲁派寺院。此时，寺里刚举行完供养会和住夏活动，除了途经的游客偶尔进寺参观，寺里寺外一片寂静。

程诺在转经筒前踱着步子，远远看到陆西源的车行驶到寺前，快步走到门口迎接。

艾米最先看到程诺，激动不已，问陆西源："程诺哥哥怎么来了？"

星仔和白城下了车，祝南浔坐在车上没动。陆西源对他们说："接下来的路，他送你们。"

艾米没反应过来，呆呆地看着正要下车的陆西源。祝南浔拽着他的衣袖，一字一句地说："我不跟他走。"

"怎么样了？"避开那三个人，陆西源和程诺站在路边抽烟时，问他。

程诺回头看了车上的祝南浔一眼，说："跟着她到的西宁。"

"什么目的？"

"不知道，只听说要找什么东西。"

陆西源眉头深锁，熄灭了烟说："找那幅画。该来的躲不掉。"

"你绕到默勒镇上，他们都跟过去了，你车上的人不对。"

"我知道，交给你了。"

"行，你怎么谢我？"程诺贱贱地说。

陆西源捶了他一拳："办好了再说。"

"要是办不好怎么办？"

"办不好，你就别在青海混了。"

"下车，我带你去看医生。"陆西源拉开副驾驶的车门。

"我也去。"白城道。

陆西源看了祝南浔一眼，祝南浔心领神会，对白城说：“你要是跟着，艾米也会去，人太多，不方便。”

“那你……电话联系。”眼前这两个人一唱一和，白城只好作罢。

“走吧小妹妹，我带你们参观参观。”程诺招呼艾米和星仔他们，星仔拿着相机不太情愿的样子，艾米倒是兴高采烈的。

“能看看你的相机吗？”程诺问星仔。

星仔将相机握紧：“我不给人看原片的。”事实上，他刚刚还给艾米看过。

“大几了？学什么专业的？”程诺又问他。

星仔神色有些紧张，说：“毕业了，学的美术。”

“学画画的？”程诺若有所思，接着问，“你们怎么遇到的？”

“在黑马河啊，听说我叫了陆大哥的车，他就跟着我了，陆大哥魅力真大。”艾米说。

星仔没作声，他紧紧地握着自己的相机若有所思。

那一天，艾米在青海湖边遇到了星仔，她告诉星仔，她从网友那里死缠烂打才打听到陆西源的联系方式并约了他的车。于是星仔表示他愿意承担全部车费，和艾米一同去敦煌。艾米自然愿意，之后，两人又在黑马河遇到了正在寻找祝南浔的白城。

陆西源之所以愿意接下这笔生意，一是他正好想离开黑马河了；二是，艾米的身份让他放心。

可命运的安排往往出人意料。

为掩人耳目，陆西源是开程诺的车带祝南浔走的。

一路上，两人都沉默着，直到祝南浔呻吟了一声，陆西源才问：“肚子还疼得厉害？”

“是啊陆医生，要不，你现在就帮我看看。”

他听出来她是装的，淡淡地说：“上几次厕所就好了，没必要看医生。”

“那车我不认识。”祝南浔直接进入话题。

陆西源抿着嘴，过了一会儿才说：“我知道。”

“找你的？”她问，然后又感叹，“现在的粉丝真疯狂。”

陆西源嘲讽她："你思考问题用的是脚趾头吗？"

听这话的语气，倒像是生气了。祝南浔是开玩笑的，她知道"浙"字开头的车只可能是冲着她来的。

"怎么惹上这麻烦的我也不知道，你叫了程诺来，是想替我摆平吗？"她把事情往自己身上揽，但看起来似乎毫不担忧接下来的事。

陆西源说不出话来了，这姑娘，聪明着呢。从她佯装肚子难受开始，就在帮着他撒谎。

"你来青海的事儿，还有谁知道？"他问。

"那你是什么时候知道的？"她反问。

陆西源顿了顿，说："前几天。你到处找我，这边认识我的人又多，再不想知道也知道了。"

"为什么躲着我？"

"来找我的姑娘不少，像你这样死找的还真没有。我怕啊，年轻的时候玩儿得多了，万一是以前伤过的姑娘来寻仇，怎么办？"陆西源难得的不正经，一口气说了这么多话。

祝南浔冷笑一声："那你好好看看，你以前认识我吗？"

她说完凑近他，把脸伸到他面前。他清晰地看到她的睫毛，一个急刹车，车子停在了路中间。

落日余晖打在车身上，微风轻轻地拂过路边的野草，车内的空气中似乎弥漫着一种迷魂剂，两个人的心都像是中了招。

"我以前遇到过一个人，那会儿我父母刚走，我不爱说话，连他的名字都没问。他跟我说，对逝去的人最好的怀念方式就是好好活着。后来我差点死了，他救了我，重新活过来后，我决定好好活，就想把以前的事情都忘了。忘得时间久了……我不记得他了。"祝南浔静静地说道，像是说给空气里的第三个人听。

她确信这个人听得到，也听得懂。

"可他始终欠我一个解释。所以我得把记忆的闸门暂时打开，我得找到他。我不纠缠，就想问他一句话。"祝南浔接着说。

"……什么话？"陆西源的声音低沉得前所未有，像来自远方的一声沉吟。

祝南浔抽了抽鼻子，偏过头看着远处被放牧人驱赶回家的羊群和徐徐落下的太阳。之后，她无比平静地说："我就想问他一句，他躲了这么多年，是因为歉疚还是因为……他没有办法。"

如果是因为歉疚，我一定要找到你，告诉你，这些年，我很好；如果是因为没有办法，过去的已经过去，那就让我们重新认识。

二〇〇六年夏，南浔古镇。

下着细雨的祝家老宅子里，穿一身黑裙的少女安静地坐在院子里画画。她沉浸在自己的世界里，丝毫不理会周遭发生的事情，一坐就是一整天。

"这是我妹妹。"少女的哥哥引着三位客人进门，经过院子里边的长廊时低声向他们介绍。

"阿泽，你妹妹……"三个人中的女孩欲言又止。眼前的少女像个木偶人似的坐在雨中，这画面很难不让人产生遐想。

"她没事。"阿泽的眼眸低垂着，但声音坚定，说完他撑着雨伞大步走到少女面前，语气温柔，"阿浔，落雨了，我们进屋吧。"

少女被领进屋里，客人们也走到了屋前。

阿浔沉默地看着眼前的三个人，一位中年男子和一男一女两个大学生，男生俊朗，女生漂亮，中年男人有气场。只是她的目光却停在年轻男子手上的那串珠子上，眼神里突然有了光。

"小妹妹，你可真漂亮。我们找不到住的地方了，你家房子这么多，收留我们几天行吗？"女大学生知道祝家兄妹不久前刚刚失去双亲，见小姑娘这副可怜模样，忍不住想逗逗她。

阿浔依旧不说话，只盯着珠子看。

"这个，给你。"男生取下手上的念珠，送到阿浔面前。

阿浔看了他一眼，觉得他和别人不一样，于是接过珠子，小心翼翼地抚摸着。阿泽一脸惊讶地看着自己的妹妹，在这一刻，她不再面无表情，而是浅浅地笑。

中年男人的眼神也停留在阿浔的身上，眼睛里装满了内容。

一天清晨，阿浔依旧在院子里画画。男生从屋里走出来，走到阿浔旁边,低头看她的画。灰色调,明度低。阴雨天气,一只没有翅膀的鸟。

男生拿起水彩笔蘸了点白色的颜料，笨拙地在鸟的身侧各加上一只翅膀。

阿浔的画风虽然略显灰暗，但她技法娴熟，画是值得一看的，眼下加了两只毫无章法的翅膀，显得不伦不类。她皱着眉没说话，默默地把画和笔都收了起来。

看她不喜欢，男生觉得自己多事，有些后悔动了她的画。

过了好一会儿，阿浔终于开口:“你是谁?”因为很长一段时间未曾开口说话，她发音困难，嗓音低沉沙哑。

男生怔了一下，心想她应该是问他的来历，于是认真地清了清喉咙才答她:“我跟老师和同学一起来古镇采风，被你哥哥邀请住进你家……”

“我哥哥喜欢那个姐姐?”她把一切都看在眼里。

男生一时语塞。阿泽的确是因为喜欢那个看起来有故事的女同学，才把他们三人领回家的。

“可她喜欢的是你。”她重新拿起画笔，说话时眼角眉梢的沉静让她看起来丝毫不像是一个年仅十六岁的少女。

男生更加不知道该说什么好，抿着嘴唇，眉心浅皱。

“放心，我不会告诉我哥哥。”她继续说。

男生觉得小姑娘太孤僻，像只捂着伤口一声不吭的小兽，不免心生怜悯。但见她如此聪慧，似乎并不需要安慰，男生把想说的话全都咽回了嗓子眼里。

阿浔把笨拙的翅膀修饰出羽毛，低声对男生说:“谢谢。”

男生心头一颤，她懂就好。他抬眼看了看头顶的天空，正好有一只白鹭掠过。

“阿浔，路还长，得继续飞。”

她失去了双亲，就像一只失去翅膀的鸟，她不想飞，也飞不动了。他却给她珠子，给她画翅膀，告诉她得继续飞。她倔强，不哭不闹，只用沉默表达悲伤。他跟别人不一样，不问也不多说话，只说几句，却都落在心坎上。

几天之后，三位客人决定次日离开古镇。阿泽和女大学生难舍难分，男生等阿浔来送，却被告知她去画室画画了。

中年男人听闻此事，问阿泽：“祝家在这里有个画室，怎么之前没听你提过？”

阿泽答：“爷爷过世后，父母就把画室从杭州迁回了老宅子里，我不学画，画室一直都是阿浔在打理。”

阿泽感觉到这个中年男人对祝家有着浓厚的兴趣。

当天夜里，祝家画室迎来一场大火。

祝家是美术世家，藏有多幅价值不菲的画作。除了被大火烧毁的，还有一些画被人趁机盗走。大火燃起时，阿浔刚离开画室不久，她想起父母和爷爷留下的那些画，飞奔回画室里……

男生出现时，阿浔躺在火海里早已没了意识，手里却紧紧地抱着一捆画。他抱着阿浔逃出火海后，衣衫不整的阿泽和女大学生才急忙赶到，而中年男人一直不见踪影。

浓烈的烟雾不断升腾，火光依旧在蔓延。等待救护人员的时候，男生跪在被烧伤的阿浔身边，虔诚地说了很多话。他也不知道该向谁祈祷，只好把所有神佛都念了个遍。

佛祖，上帝……求求你们，别让她死。

她的路还长，她得好好活着。

……

“关于外界对纵火之人是中年教师及其学生的猜测，祝家兄妹均予以否认。中年教师虽有不在场证明，但其学生却在大火时出现在现场并救出祝老的孙女，有人认为是祝家在袒护……”这是关于祝家的众多新闻中最受瞩目的一则。而对于祝家兄妹来说，谁是纵火之人，似乎早已不那么重要，他们更想知道的，是那三位客人为何突然来到南浔？那个中年男人，他究竟是谁？

阿浔出院后，第一时间便回到祝家老宅，画室已毁，剩下的画作都放在母亲的房间里。她在收拾那些画的时候，发现了抽屉里的一个暗格。

打开暗格，里面藏有一幅画。

是母亲所作的画，而画上的人，竟然是他……

陆西源的胸口积攒着一股情绪，祝南浔的一字一句像重拳一样击打在这些被挤压变形的情绪上，他紧紧地握着方向盘，神经紧绷，一言不发。

我欠你一句解释，可我们没有办法再见面啊。我带着万分的歉疚在另一片土地上尽力地弥补自己犯下的过错，日日祈祷你好，盼望你能继续展翅飞翔。只求，你别来找我。

"如果你找不到他……或者他根本不在这里……"他开口。

祝南浔从往事中回过神，斩钉截铁地打断他说："不会的。"

车子继续往前开，气氛压抑，陆西源开了音乐，是张国荣的一首老歌——《当爱已成往事》。

"我送你去西宁，你回南方去。"他做出决定，声音果断。

"你急什么？那帮人说不定跟我一个目的，想顺着我摸线索。"

祝南浔把话说到这个份儿上，陆西源被噎得哑口无言。这正印证了程诺那句话，这都是命。

"陆西源，我什么都不怕。你接了我这笔生意，你是个男人，你必须护我一路周全。"

陆西源苦笑，摸了根烟点燃，说："我是司机，不是保镖。"

"那你还收我三千？"

"谁让你不把钱当钱，在青海湖挥霍了那么久。"

"陆老师需要钱？"

陆西源："……"

祝南浔摸到手上的佛珠，摘下来塞回给他："这个还给你，我有串更好的。"她说着从领口里扯出另外一串。这一串，她戴了八年。尽管上面满是烧过的痕迹，但是这串珠子，承载了太多的东西。

再看到那串珠子，恍若隔世……陆西源沉默着，万千情绪最终只化作一句："都收着吧，都是好东西。"

她知道珠子贵，买珠子的钱估计是他好不容易省出来的，但她却不知道，为什么这么贵他还要买。选择承担，就要守得住这份秘密。

两个人都有各自的路要走，也许是同一条路，又或许在终点才碰头，就让命运去指引吧。

程诺趁艾米和白城没注意的时候，凑到星仔耳边问他："你是浙江人？"

星仔魂不守舍，支支吾吾："……是啊。"

"祝家的画有那么值钱吗？"

星仔："……"

"别跟了，你想找的人五年前就死了。"

"美术世家祝家画室被烧毁，多幅价值不菲的藏画下落不明，其中著名画家陆怀信的代表作《浔溪畔》也于当晚被盗。祝老先生的孙女在大火中受重伤，正在医院接受治疗，其孙祝南泽表示失火原因不明，警方正介入调查……"

"祝老的弟子中，最出色的当属陆怀信，但他风头正劲的时候却被逐出师门，而那幅留在祝家的《浔溪畔》，一直都是众多买手争相追逐的佳作，十年前就被炒到了八位数……"

"还有人说，祝老的儿媳比陆怀信更有才气，她也有一幅画在圈子里颇有盛名，只是见过的人不多……"

这些，有的是新闻，有的是外界对祝家的猜测和评论。八年过去，很多人都遗忘了江南的祝家，但对那幅价值连城的画作却始终怀有觊觎之心。

这几年，祝南浔和哥哥一直托人四处暗访当年祝家被盗的那些画，赝品见过了许多，爷爷的真迹却从未看到。当年关于那场大火的报道覆盖面太大，偷了画的人小心翼翼，隐藏得太好。

《浔溪畔》原本一直收在画室的保险柜里，她只看过一次，是爷爷临死时拿出来的。她记得，画上有一个女子的背影。

那个女子，像极了她的母亲。

爷爷把保险柜的钥匙做成两个坠子，兄妹俩一人一个。那时他们还小，不知道坠子的用途，哥哥嫌坠子太女气，不愿意戴；妹妹却一直戴着，直到那一天。

那一天，在浔溪畔，男生对她说："阿浔，你的坠子很好看，能借给我看看吗？"

祝南浔想着这些过去的事情，静静地闭上了眼睛，身边的人开着车往草原深处走，路上偶有颠簸，他开得格外慢。

落日圆，草原宽广却有尽头。牛羊回了家，放牧人的骏马也不再飞驰，远处雪山的轮廓像这片土地的守护神，庄严地端详着大地上的一切。

都是有迹可循的，不管是消失的，还是隐藏的。

祝南浔笃信。

"程诺大哥，能让我再见南浔姐一面吗？"转经筒前，星仔问程诺。

程诺拍了拍星仔的肩膀："现在的富二代都这么厉害吗？为了找一幅画从江南追到西北。所幸这个人是你，要是别人，那姑娘还真招架不住。"

"我就是个爱画之人，没办法，只有她能找到那幅画。"

"让你的人回去吧，别跟了，那个人死了，那幅画……没人知道在哪里。"

"业界都知道那个人死了，但当年和他一起去南浔古镇的人还活着……"

程诺没接话，这小子知道的太多了。

星仔接着说："跟着南浔姐的人，可不止我一个。其实我也明白，就算找到画，画也是南浔姐的，我就是想看看。"

"那你带着这么多人干吗？"

"我家里也是做……这方面生意的，找到了画，我不抢，买还不行吗？"

"买不了强买？"程诺质问。

"不，不……程诺哥，你别这样想我。"星仔急忙解释。

程诺叹了口气："这世上，贪心的人太多了。不过我信你。"

"有你这句话就够了，我带着我的人走。麻烦你转告南浔姐，我真没有恶意，如果她找到画，我去杭州找她，请她一定不要拒绝我。"

“行。”程诺见小伙子真诚，答应下来。

“你怎么确定是他？”车上的两个人也在讨论被跟踪的事。

陆西源直视着前方说：“他拍了一路，每到一个地方就消失一会儿。还有在之前那个镇子上，那帮人没多久就跟了过来，路上没网络，只有他打了个电话。”

“就凭这些？”祝南浔质疑他的判断。

陆西源转过头看着她：“在老校长的办公室里，我从窗子里看到那辆车在他身边停了一下。”

祝南浔冲着他扬了下下巴，问：“万一是问路呢？”

“那你觉得是谁？”陆西源不太喜欢被质疑的感觉。

“我也觉得是他。因为不是白城，更不是艾米。白城是我的人，艾米脑子不够用。”此时的祝南浔很傲娇。

“你的人？”陆西源的关注点在这三个字上。

祝南浔转了转眼珠子：“难道是你的人？”

“我对这样的男生没兴趣。”

“对我有兴趣？”

话题显然跑偏了。陆西源原本的意思是，如果他是女生，他对这样的男生没有兴趣。

“现在去哪儿？”见陆西源不说话，祝南浔又问。

“镇上住不了了，去朋友家里躲躲。”

“这么折腾就为了我？”

“也为了我的三千块钱。”

“……那我的人怎么办？”

“放心，程诺会带着‘你的人’和他的艾米妹妹与我们会合。”

“……”

草原的夜幕落下，只有车灯和天上的星星在发着光。

一切沉入黑夜，那些白天的热烈和焦灼一点点被黑色瓦解。但还有一些正在出动，比如那些压抑着的躁动和不冷静。

星仔走了，跟艾米和白城道别的时候，寺庙的大门正在关闭。他没有过多解释什么，很多话好像都被锁进了庙宇里。

祝南浔不是简单的女子，陆西源也不是简单的男人，再加上一个程诺。他必须要离开。

艾米和白城非常不理解，问他："这么晚了能去哪儿？"

他说跟着他们太闷了，他遇到了更有趣的驴友，还转给了艾米一千块钱车费。

程诺解释："他在寺庙里遇到了心仪的姑娘，追着走了。"

艾米破口大骂："见色忘友。"

一段小插曲，一场虚惊。路上的人还得继续走。

祝南浔和陆西源走后，白城一直不在状态，祝南浔的电话始终打不通，他还担心着她的胃。

"我们现在去找他们。"上车之后，程诺说。

"你们为什么要换车开？"白城问他。

程诺答："我的车好啊，看医生得跑得快。"

"陆大哥到底是不是卧底？"艾米沉浸在自己构想的世界里。

"你脑子里一天到晚想什么呢，警匪片看多了？"白城挖苦她。

"白城哥哥，你就是忌妒，忌妒陆大哥比你有魅力。"

"是，我忌妒。"这句话，白城说得相当苦闷。

艾米不说话了。

程诺看着后座的两个人，摇了摇头。现在的小年轻，真是不如哥当年。

陆西源把车停在一间毛毡房的前面，下车敲了敲门，屋子里走出来一个约莫五六岁的小男孩。

"陆叔叔！"小孩显得很兴奋，说完又跑回屋里拿出一支手电筒，打开了朝两个人照着。

"穷达，就你一个人在家？"陆西源用手揉着他红扑扑的脸蛋。

穷达看着他身后的祝南浔，害羞地说："姐姐去镇上了，爷爷赶牦牛还没回来。"

"乖。今晚叔叔要借用你家的帐篷了。"

穷达很开心："等爷爷回来，我叫他找最好的给你。"

"穷达……"祝南浔喃喃地念着。

陆西源解释说："藏语，老幺的意思。他是家里最小的，上面还有哥哥姐姐。"

"他爸爸妈妈呢？你跟他们家很熟？"

"他父母都在城里做事，很少回来。我们认识好多年了，有愿意在草原露营的客人，我会带到这里来。"

祝南浔问："都住帐篷？"

"嗯。"

"你也住？"

"不，我住他们家里。"

"你住哪儿我住哪儿。"

穷达笑了，捂着嘴。

"你怎么不跟小孩介绍我？"祝南浔又问。

陆西源接过穷达的手电筒，漫不经心地对他说："这是今天的客人，你可以叫姐姐。"

"不行，得叫阿姨。"祝南浔反驳道。叫他是叔叔，怎么可以叫她姐姐？

"我以为年轻姑娘都不喜欢被叫阿姨。"陆西源边说边走到另一间屋子里去找帐篷。

就在这时，穷达的爷爷回来了。

"来啦！"老人拍拍陆西源的肩膀，又看着祝南浔笑。

看着老人一身藏袍，腰里还别着马鞭，祝南浔想起了今天在路上遇到的骑着马的放牧人。老人虽然年过七旬，看起来却十分健朗。

"我车里有酒，待会儿喝两杯。"陆西源熟稔地跟老人攀谈起来。

竟然没有说藏语，难怪客人们会被带到这里露营。借着月光，祝南浔四处打量。

这里是个好地方。

没过多久，程诺的车到了，老人的饭菜也正好上桌。

除了祝南浔和白城，其他人围在毛毡房里准备吃饭，有肉有酒，气氛正好。

屋外，一听到晚上要在这里扎帐篷，白城立刻表示反对："晚上温度低，睡帐篷谁受得了？”

祝南浔嗤之以鼻，问他：“吃不了苦？”

“这是没必要吃的苦。”

“那你回杭州吧。”

“我……”白城哑口无言。

祝南浔刚想进屋，白城拽住她的胳膊：“就问你一句话，你是不是对他……”

“是。”她承认，直接打断他。

“好。”说完这个字，白城一把抱住祝南浔。

看这架势，是要强吻她。可他的嘴刚要凑上来的时候，穷达的狗叫了。

祝南浔一把推开他：“白城，我们还没到这个份儿上。”

白城苦笑了一声，说：“我追了你六年，就是到不了那个份儿上。”

听到狗叫声，穷达和陆西源一起从屋里走了出来。

“怎么了？”陆西源问。

白城往屋里走，撞到了陆西源的肩膀：“关你屁事！”

“穷达，这句别学。”陆西源淡定得很。

一旁的穷达瞪大眼睛看着这些大人，然后走过去教训他的狗：“不许乱叫！”

陆西源拍拍穷达的头，走到祝南浔身边问她：“你惹的？”

祝南浔笑得很玩味：“谁惹的谁知道。”

“还能一起走吗？”陆西源懒得理她。

“试试？”她靠近他，呼出的气喷在他的喉结上。

他往旁边躲：“人家小伙子对你一心一意，你这样可不厚道。”

“吊着他才是不厚道。”

他说不过她，看着远方：“别坏了我的生意。”

“坏不了，出钱的主儿在这儿呢。”她又靠近他一点。

“汪汪……”又是狗叫，而一旁的穷达，早已进了屋。

吃饭时大家都喝了点酒，只有祝南浔没沾。她其实一直不太舒服，只喝了几口奶茶，就和穷达到一边玩抓羊骨头。

“姐姐，你从哪里来啊？”穷达问她。

“从南方。”

“南方什么样子？”

“有树，很多树，还有很多铁做的笼子，没意思。没你们这里好玩。”

“笼子？关藏獒用的？”

“不是，关不听话的大人。”

“那你被关过没有？”

祝南浔被穷达的天真逗笑了，说：“关过啊，所以逃到你们这里来了。”

“藏獒就逃不出去，逃出去可不得了。”

“你见过藏獒？”

穷达摇了摇头，笑着说：“没有，我听说过，可凶了，比我家藏狗还凶。”

“这里有狼吗？”

……

陆西源远远地听着两个人的对话，动了动嘴角，一口气喝完了一整杯的酒。

他想回巴丹吉林了。

“陆大哥，你酒量真好。”艾米称赞他，说完又转头看了看程诺，“程诺大哥，你也不错，是不是西北的男人都能喝酒。”

程诺看了陆西源一眼，说：“刚来的时候也没这么能喝，时间久了，练出来了。”

“你来青海多久了？”艾米又问。

“三四年了吧。”

“那陆大哥呢？”

陆西源没说话，程诺替他接话：“比我早几年。”

“那你们是怎么认识的？”

两人对视一眼，还是程诺接的话：“年轻的时候四处浪啊，路上认识的。”

“陆大哥也浪？”

“不浪能招女明星喜欢？”这回，接话的是白城。

这一插话，气氛陷入尴尬。

“女明星审美不行，我比他帅多了。”程诺说。

艾米啧了一声，说：“那女明星怎么没找你？”

“那会儿哥哥正好在西宁办事，这便宜让你陆大哥占了。等哥回来一上网，我嘞个去，哥的青旅都被订满了，都是冲他来的。当然，也有冲哥来的。”

“你就满嘴跑火车吧。”陆西源不屑。

艾米被两人逗笑，说：“你的青旅人气确实很高，我之前也想订没订到，还好后来南浔姐退了房，不然我还住不上呢。”

“看到没？这也是哥的小粉丝啊。”程诺得意地拍了拍艾米的头。

“南浔姐，你为什么当时也住程诺哥的青旅啊？”艾米跟祝南浔搭话。

祝南浔这才把注意力投向他们，淡淡地说：“走到门口，累了，就进去了。”

“喂，你住的三家可都是哥的。”程诺对她的回答表示不满。

祝南浔轻笑一声，说：“哦，是吗？可能是青旅的名字比较骚气，吸引了我吧。”

程诺的青旅叫：众里寻她。除了白城，众人都笑了，老人也笑了。

抛开白城始终黑着的一张脸，这顿在草原小屋里的晚餐是十分和谐且愉快的。最后，穷达抱了只刚出生的羊羔放在火炉边，老人唱了藏歌，炉子上的酒被喝得精光。

到了安排住宿的时候，分歧出现了。

“我睡车里。”说话的是白城。

陆西源和程诺对视一眼，说：“行，那姑娘们睡穷达的床，我带着穷达跟程诺睡帐篷。”

“我不，我要住帐篷。”祝南浔反对。

“我也要住帐篷。”艾米附和。

陆西源就没遇见过这么麻烦的客人，他说：“行，那你俩睡帐篷。”说完他和程诺拿着东西走到屋子外面，动手支帐篷。

祝南浔紧跟在他后面：“我要上厕所。”

“自己去。”

“你带我去。”她拉着他的胳膊。

陆西源甩开她的手：“你多大的人了？”

“穷达说，这里有老鼠。”

“……”

两个人一前一后往屋子后面走，祝南浔看见月光下的雪山屹立在不远处，打了个寒战。

“就没有正经的厕所？”她问。

“就这条件。”

“你怎么解决的？”她又问。

他偏过头去，不知道怎么回答：“我是男人。”

祝南浔笑了，说：“男人就可以随便？”

陆西源瞪着她：“你到底上不上？”

“上谁？”她轻笑，看到他的脸变了色，又听到草地里有动静，她比了个噤声，“嘘！”

陆西源用手电筒照过去，那东西一下子跑远了。

“是什么？”祝南浔问。

“狐狸。”

“狐狸？这里有狐狸？”

“有，想看吗？”

“嗯。”

“跟紧我，脚步轻点。”陆西源嘱咐她。

祝南浔干脆抓住他的衣服下摆。触碰到他腰的时候，他感觉脊椎骨一阵发麻。两个人猫着身子往狐狸逃跑的方向走，除了轻微的脚步声，周遭一片静谧。

祝南浔觉得冷，顺势搂着他的腰。陆西源感觉到她在微微发抖，没推开她。

“看。”又走了一会儿，陆西源抓着祝南浔的胳膊把她往前推。祝南浔顺着手电筒的光看过去，草丛深处果真蹲着一只狐狸。

原来草原上真的有狐狸啊！原来狐狸是长这个样子的啊！

月光，草原，狐狸，男人……非常浪漫。

她静静地感受着此时此刻，很想抓住空气中每一个躁动的分子。她站在他面前，他在她身后打着手电筒。她弯着腰看狐狸和他的影子，他站得笔直，看见她的发梢被微风吹起。

突然，她猛然转过身，他往后退。她踮起脚，他扬起头。

“你干什么？”陆西源急了。

“你见过的草原和狐狸太多了，而我就这一回，如果我不做点什么事，你就记不住和我一起遇见的这一回。”说完她抓紧他的胳膊，再次踮起脚尖往他脸上凑。手电筒掉在了地上。

他继续躲。最终，她只碰到他的下巴，这还是她拼尽了全力的结果。

她第一次觉得男人太高不是什么好事。

流动的空气有一瞬间的凝固，两双含义不同的眼睛在月色下凝视对方，眼神交织的时刻有火星出没，但这不一定是悸动。

他并不喜欢下巴上刚才那柔软的触碰，他不喜欢被动。

“够了。”他最后说。

祝南浔借着月光看他的脸，黑得像雪山上的岩石。

她偏过头，笑得很满足。

第四章　骗局

两人回到小屋，程诺已经搭好了帐篷，就在离小屋不远的草地上，很大的一顶帐篷，足够睡两个人。

老人拿了最好的两床被子给姑娘们用，穷达把自己的小花枕头也贡献出来。艾米和祝南浔尴尬地站着，彼此都想象不出她俩睡在一起的情景。

“不行，我害怕。就我们两个姑娘，一点安全感也没有。”艾米说。

祝南浔没说话，但眼下难得没觉得艾米太小女生。

“怕什么，我们就在屋里。”程诺说。

陆西源最后做出决定：“我把车开过来，白城在车里睡，你们挨着。”

只好这样了。

祝南浔躺在帐篷里，侧着身体能从气窗上看见外面的星星，她脑袋中一直想着刚才的狐狸，仍觉得那么不切实际。

艾米背对着身子问她：“南浔姐，你是不是喜欢陆大哥？”

祝南浔转了个身，平躺着，呼出一口气，说：“不讨厌。”

“虽然你比我大三岁，但我觉得你真幼稚。”

祝南浔心里咯噔一下，这姑娘是要教训自己？

艾米挺认真地说：“你要是不喜欢白城哥，也别用伤害的方式去拒绝。”

这话有道理，祝南浔要对这姑娘刮目相看了。

“我们之间的事情你别管。”她跟白城说了一样的话。

“我才不想管呢。可我觉得白城哥是个好人，他喜欢你，你不喜欢他，这不是他的错，你要是喜欢陆大哥你尽管去追，但请你跟白城哥说清楚啊。”

艾米语气有些急，祝南浔倒觉得她很可爱，她对艾米说：“我从没想过伤害他。”

要怎么跟你说呢，很多事情都出于人的本能啊！我是做给谁看，只有我知道；我们之间的事情，只有我们自己明白。

“白城是个不错的男生，如果你喜欢，可以去追。”祝南浔又说。

艾米不做声了，过了一会儿才说：“你不要的推给我？”

“别把事情想得这么复杂，多累啊。”

喜欢谁不喜欢谁，心决定，脑子无法控制。不被喜欢的不代表不好，被喜欢的也不是非他不可，对于男女之间的感情，祝南浔心里明镜儿似的。

其实艾米看得出来，白城不是祝南浔的菜，而白城过激的言语并不是因为她不要他，只是因为另一个人出现了。祝南浔一直在等着这个人出现，这是白城怎么也比不了的。

祝南浔起身的时候，艾米还没有睡着，她问祝南浔：“你去哪儿？”

祝南浔扶了扶额头：“我饿得头晕，去找点吃的。”

打开帐篷，月亮西垂，草原深处有一种神秘的雾气浮现，像有妖精在出没。

气温极低，她就裹了条毯子往屋子里走。毛毡房是两间连在一起的，她走到厨房所在的那一间外面，看到里面的炉火还在燃。

“谁？”是陆西源的声音。

“是我。”祝南浔轻轻地说。

“干什么？”他问。

“我饿了，找点吃的。”说完她笑了，就那么轻轻的一下。

他听见了，问她：“你笑什么？”

“我觉得我们像在……接头。”

里面的人用钩子拨了拨炉火，说：“这儿没吃的了，你去车上找吧。”

祝南浔说：“我就想吃油饼，车上没有。”

陆西源还是不想开门，但接着听见她在呵气搓手。然后，他起身走过去开门。

只点了一盏煤油灯，两个人坐在炉火边，陆西源把油饼用干净的纸包起来，放在炉边温着。

“吃完了赶紧去睡觉，明天一早出发。”他说。

“你就这样坐着睡？”祝南浔问他。

陆西源指了指身后一张躺椅，她看了一眼，上面连被子都没有铺。

她又问：“和程诺睡得不舒服？”

“两个大男人睡在一起，别扭。”其实他是怕穷达睡不好，小孩子得睡好，才能长个。

“还以为你俩多熟呢。”

“这和熟不熟没关系。”

没话可说了，她伸手去拿油饼，没几口就吃完了一个。再伸手去拿的时候,陆西源把剩下的油饼收起来:“太腻了,别吃太多。去睡觉吧。”

“再吃一个。”她说话时的样子像在撒娇。

他只好又温了一个。

“还想喝点奶茶。”祝南浔又说。

陆西源看她一眼，倒真像是饿极了。也是，她一天没怎么吃东西。她吃东西的样子像牙膏广告上的海狸，是可爱的。

奶茶的香气飘满了整间屋子，炉火燃得异常热烈。陆西源看了看窗外的月亮，大概凌晨两点，月亮快要落山了。

“巴丹吉林的星星是不是比这里的更美？”祝南浔喝着奶茶问他。

陆西源一愣，她怎么会知道巴丹吉林？

“嗯，星星更多。”他说。

“从张掖过去挺方便的。”她的意思是她想去。

他答：“和敦煌不是一个方向，我们不到那里。”

“跑西北大环线的师傅都不走内蒙古吗？”

“不走，那边苦一些，玩儿的人少。”

“要是我不怕苦呢？”

“……”

她总能说一些他接不上来的话。陆西源沉默了，这样的夜，眼下的境况，似乎是时候给她一个交代了。她这次来西北停留时间太久，目的太明确，跟着她来寻画的人又岂止是星仔一个？

他看着她，做了一个比当年选择离开祝家更加艰难的决定：“阿浔……接下来的路，或许比你想象的要苦得多。”他低沉的声音穿过静谧的夜，也穿过他躲避的这八年。

这声“阿浔”叫得太轻，就像含在嘴巴里珍藏已久的珍宝被慢慢地交出。

祝南浔甚至怀疑自己出现了幻听，急切地问他：“你刚刚叫我什么？”

陆西源揉了揉鼻尖，挺直了背，然后，说出一句压在心里八年的话：“阿浔，对不起……”

“别说了！我……我回去睡觉了。”祝南浔丝毫不觉得这句“对不起”是一个好的开场白，她不知道自己在害怕什么，但此时，她只想逃。

他对不起她的是什么？或许，他们的定义不一样。

她确信，那场火，与他无关，所以当初面对警方的询问，她斩钉截铁地回答：“绝不是他。”

那幅《浔溪畔》的主人公究竟是谁？中年男人为什么要处心积虑地拿走？这个秘密，只有她一个人知晓。

午夜梦回，她一直都在忏悔，是她太轻易地相信了那个男生，随便就把保险柜的钥匙给了他。是她，没有看管好爷爷交给她的画室。

可母亲所画的那幅画上的人，正是那个中年男人。

而那个中年男人，就是陆怀信。

天还蒙蒙亮的时候，穷达已经在院子里喂狗了。

祝南浔从帐篷里走出来，对穷达招了招手，问他：“你平时也起得这么早吗？”

穷达皱起眉头：“平时我才不会起这么早，是程诺叔叔睡觉老爱抱着我，我实在是睡不着了。”

“噗——”祝南浔没忍住笑了。

“那陆叔叔睡觉会抱着你吗？”她又问。

“陆叔叔不抱我，因为要是陆叔叔在，程诺叔叔就会抱着他了。”

祝南浔：“……”

“姐姐，我偷偷告诉你一件事情哦，你可千万不要告诉别人。”穷达凑近祝南浔说。

“什么事？”

“陆叔叔夜里就走了。”

祝南浔迅速绕到屋子后面，陆西源停在那里的车果然不见了。

“穷达，你会骑马吗？”

穷达去牵马的时候，祝南浔背着背包走到程诺的车旁。

“白城……你醒醒，我有话想说。”

“你说吧，我没睡。”白城一夜未眠。他打开车门，一阵寒气袭来，他打了个寒战，看到祝南浔小小的脸在朦胧中显得异常认真。

气温很低，祝南浔裹紧了围巾：“我找了他八年。你知道我家里的事，我必须找到他，为了祝家的名声，也为了我哥哥。白城……”

“南浔你别说了，这一路我都看在眼里，不管怎么说，我也没白来，要是没有我，你还不一定找得到他。”说完，白城苦笑了一声。

祝南浔替他关上了车门：“白城，程诺会带你和艾米走的，你们不要去敦煌了，赶紧回南方吧。”

“南浔，觊觎画的人肯定不止星仔家的人，你……多保重。”

“嗯。”祝南浔也不知道这声轻若未闻的回答白城有没有听到。

他坐在车里，仿佛一尊雕像。

“祝姐姐，我骑马很快的，你可要坐稳了。”上马之前，穷达对祝南浔说。

“放心，我骑过马。”她胸有成竹。然而上马没多久祝南浔就后悔了，她是骑过马没错，但是像这样疾驰却是头一回。

耳边的风呼啸而过，草原上的太阳正在缓缓升起。他们的马追着日光奔驰，祝南浔感觉自己随时都可能落马，但此刻，她什么也顾不上了，只想追上他。

“穷达，你确定这个方向是对的？”

这条路离国道很远，沿途经过了大片湿地，他们几乎是在沿着河流狂奔。

“这是去镇上最快的路，陆叔叔每次都从这里走。有一次他带我和姐姐去镇上赶集，也是走这里。”

祝南浔仔细查看地上的痕迹，的确有车胎轧过的新痕。

“穷达，他大概什么时候走的？”

“好像是月亮落山的时候。”

“具体时间呢？”

“三点钟左右吧。”

“你怎么知道是三点？”

“因为今天是初十啊，是凸月。陆叔叔教我的。”穷达得意极了。

祝南浔看了看手机上的日期，果然今天已经是初十了。

“姐姐，你是不是还漏掉一个问题？”

祝南浔拍了拍穷达的头：“人小鬼大，你说吧，什么问题？”

“你还没问我为什么陆叔叔一定会去镇上呢。”

他教出来的小孩子都这么伶俐吗？祝南浔顺着他的话说：“他是不是要去加油呀？”

“姐姐，你真聪明。放心吧，这路不好走，陆叔叔的车不一定跑得过我的马。”

祝南浔：“穷达，你也加油。”

到了镇上，两人只能牵着马走。穿藏袍的小男孩和大城市来的姑娘，这样的组合让人充满好奇。

好在镇子不大，不一会儿他们就走到了加油站。这是一个简陋的私人小油站，所有来加油的人都需要自己动手。穷达用藏语问老板陆西源是否到过这里，老板懒洋洋地指着远处一个小面馆，果然，门口正停着陆西源的车。

祝南浔拍了拍衣服上的尘土，嘴角噙起一丝微笑，但转眼间，笑容便消散开。

“姐姐，我得回去了，爷爷今天要去刚察办事，我要回家放牦牛。”穷达说完，牵着马就要离开。

祝南浔叫住他，然后蹲在他身前拿出随身带的小本子，从上面撕下来一张纸递给他：“穷达，这个你收好。”纸上是祝南浔昨天晚上给穷达画的速写头像，圆圆的小脑袋十分可爱；而纸的背面是她的电话号码。

穷达眼圈红红的，低着头没说话。他小心地将纸塞进口袋里，然后牵着马就往回走。走了几步，他又回头看祝南浔，祝南浔依然站在原地看着他。

“姐姐，再见了啊。”穷达小声地对她说。

黎明的阳光洒满了小镇，这个看起来十分落后的镇子升起了袅袅炊烟。

小饭馆里只有零星几个人在吃东西，桌椅油腻腻的，破旧的小木门门口还摆放着煤球，地上到处是食物的残渣，可这丝毫不影响食客的食欲。

陆西源叫了一碗面和一笼包子，连夜赶路后需要补充体力。他正吃着面，突然看到祝南浔背着行囊走进店里。她头发凌乱，衣服上有许多泥点，看起来落魄不已，脸上却神采奕奕。

陆西源像没看到她似的，继续埋头吃面。

祝南浔也不着急，走到他对面坐下：“面好吃吗？”坐下的一瞬间，她皱了皱眉，骑马骑久了，被颠得屁股疼。

陆西源还是没理她。这个男人的吃相很好看，微微侧着头，大口大口的，很干脆利落。

“老板，来碗面。”她要跟他一起吃。

面上来，祝南浔却难以下咽：“你也不问问我是怎么追过来的？”

“我知道，”陆西源边说边把笼屉推到祝南浔面前，“面太油了，吃包子吧。”

“你等我多久了？”

“没多久。”

“昨晚的话……还算数吗？”

“什么话？”

祝南浔气结。

骑马出发之前，祝南浔问穷达，他为什么要告诉自己陆西源早已偷偷离开。穷达笑得憨厚：“姐姐是个好人，姐姐喜欢陆叔叔。”

祝南浔叹了口气：“穷达，姐姐喜欢诚实的小孩儿。”

“是陆叔叔让我这样做的。”

夜里，祝南浔“落荒而逃”后，陆西源在小屋的附近发现了手电筒的光亮。祝南浔已经睡了，他不想打草惊蛇。交代完穷达后，他先行离开引开那帮人，然后凭借对地形的熟悉绕了回来。

让穷达带祝南浔骑马抄小路与他会合，是因为他知道那帮人是冲着他们两个来的，他不可能再让她一个人上路。

“吃饱了好上路。”陆西源说着，把祝南浔吃不下去的面端过来大口吃光。

祝南浔吃了两个包子，发觉味道竟不错。

“你说，店门外的人是跟着你过来的还是跟着我过来的？”刚刚在加油站，祝南浔已经发现了这几个鬼鬼祟祟的中年男人，他们必定跟踪了很久。

陆西源喝了口面汤，说：“那要问问艾米。”

该死的微博定位。甩掉艾米和白城不仅是因为他们一路上都在暴露行踪，更重要的是，陆西源必须确保他们的安全。

程诺起床后，发现陆西源不见踪影，想起夜里听到的动静，知道他是先离开了。

此时收到陆西源的短信，程诺才彻底放下心来。走了几步，觉得头昏昏沉沉的，他懒洋洋地走到帐篷边叫里面的人：“太阳晒屁股了，出发了。”之后又走到车边去叫白城。

可两人，竟都没有回应。

程诺往车里仔细看，车内根本没有人，再掀开帐篷，衣物凌乱，艾米也不知去向。

“他大爷的！”程诺反应过来，回屋里去叫穷达的爷爷。

老人惊醒过来，程诺这才意识到他们被人下了药，他拿了东西就跳上车去追。

陆西源接到程诺电话，迅速和祝南浔上车离开。待和程诺约定好会合的地点后，他看着后视镜里的祝南浔问：“害怕吗？”

祝南浔戴上眼镜：“艾米现在应该更害怕。”

“那帮人的目标是我，他们不会有事。”

“早知今日，你又何苦在青海湖跟我玩捉迷藏。”祝南浔嘲讽他。

陆西源抿着嘴，过了会儿，他说：“谁知道你这么难打发。”

“接我生意是发现自己暴露了？”

“是发现有人跟着你了。”

“什么时候？”

“塔尔寺。”

“……陆西源，你真够可以的。”

在塔尔寺露面是因为他发现有人跟着她，所以他只好也跟着她。

事情过去了八年，这八年间，有不少人得到消息来西北找他，但他都轻松应对过去。这一次，只因为来找他的人是她，他不想再躲了。

再说，该来的也躲不掉。

陆西源先在镇子上绕了几圈，然后瞅准机会找了个岔路口甩掉了身后的人。

“你也不傻，知道程诺的店人气最高，沿途都住他的店。”

“所以……网上的评论是你放的？”祝南浔似乎想起来什么。

在青海湖找人的日子里，祝南浔做了大量的功课，微博上所有关于陆西源的消息她都不敢错过。而程诺的青旅就是在这段时间里被炒起来的，有评论显示陆西源经常出入他的青旅。

陆西源抽了抽嘴角：“熟人的店方便我进出。”

“是更方便监视我的一举一动吧。”祝南浔气结，语气并不友好。她本以为是自己聪明，才被她找到了陆西源的踪迹，没想到他才是布局的人。

对陆西源来说，熟人的店方便他进出，也更方便保护她。

她来青海湖找他，苦苦地找了这么多天，还引火上身，他只能拼尽全力，让她知难而退，护她周全。

“如果那天白城他们没来，我就这样离开青海了怎么办？”

“正合我意。”

“陆西源，说你去西宁的消息也是你自己放出来的？”她气急败坏。

那会儿他必须要离开青海湖了，而她回西宁比在青海湖要安全。

“去了西宁没找到你，我还是不会善罢甘休的。”

“没关系，让跟着你的人认为你是打道回府就够了。”

祝南浔仔细想了想，那一天，她得到的消息是他要去机场接人。机场……的确容易让人误以为她要打道回府。

“塔尔寺那天，你刚刚回青海湖吧。”

“嗯。”陆西源承认。

“其实你可以不回来的，这样……或许就没有后来这么多事了。”

“现在想来，的确是这样。”

“不过你不会。”你不会明知道我来找你，你还不出现。

“是你太蠢，被人跟着也不知道。”

“我当然知道。”祝南浔急了。

“你知道还不回去？”陆西源怒了。

祝南浔翻了个白眼：“这八年我只要离开杭州，去哪里会没人跟着？”

“也是这帮人？”陆西源心里不好过。

“不一定。”

“他们会不会对你……”

“一般不会，只有一次……”祝南浔欲言又止。

“一次什么？”陆西源语气急切。

“绑架。”

砰！是陆西源砸方向盘的声音。

五年前，有人放出消息说《浔溪畔》出现在南京，祝南浔和祝南泽第一时间启程前往。尽管他们知道画作十有八九是假的，但只要有一丁点希望，两人都会去一探究竟，因为他们不仅要找画，更要寻人。

到了南京后，才知道这是个骗局。兄妹二人被人用恶劣的手段绑走，以祝家名画为要挟。

“惦记祝家的人太多。绑架我的是些受人指使想捞点小钱的狂徒，星仔是另外一种，爱画之人，想看一眼《浔溪畔》。还有一些呢，目的不在我，而是要顺着我找人。在他们看来，我和祝南泽哪配当家，他们想让那个人重回祝家主持大局。”祝南浔冷静地道，说完却轻声笑了。

陆西源此时的反应和表情让她很满足。从不谙世事的少女到如今能独当一面，她历经辛酸，早已练就一颗钻石心。

而陆西源又怎么会不懂呢？他只是恨，他不欠任何人，唯独亏欠于她。

“那南京那次，最后是怎么解决的？”陆西源问。

“骗呗，我给了他们我画的画。那帮人蠢，印章都是我伪造的，他们竟看不出来，等他们发现时，我们已经趁机会脱身了。”

祝南浔边说边重新扎了个头发。她侧过头看倒车镜，后面的道路像磁带一样被拉长，没有车再追上来。

“行，就用这个办法。”半晌过后，陆西源说。

省道通往祁连县，沿途的景色越来越丰富。经过一个岔路口时，陆西源走了小路，没过多久，他们到了另一个小镇。

小镇名叫“卡黑白”。

陆西源把车停在马路边，下了车边抽烟边打电话。他神情平静，微微眯着眼，电话里的人不是程诺，他说的是当地的另一种方言。

祝南浔环顾四周，这哪里是个镇子，充其量只能算个小村落。不过，她喜欢这地方。看惯了江南的山水古镇，西北荒凉的孤独感更让她着迷。

牛羊群是放养的，一些牦牛直接卧倒在马路上晒太阳。村落安静，连放牧的人也不见踪影，他们能分辨出自己的牛羊吗？祝南浔寻找着它们身上的记号，笑着想。

看她的样子，似乎并不担心接下来要发生的事。

在他们不远处的土房门口，停着几辆当地牌照的越野车。陆西源抽完烟，朝那边招了招手，从车上下来一个穿背心、留胡子的小伙子。看上去，他应该是当地人。

“人在哪儿？”陆西源问小伙子。

“车上。”

“哈尔做的？”

“是。哥，你这女伴挺漂亮。”小伙子边说边坏笑着打量祝南浔。

祝南浔听不懂他们的对话，走到一边避开了小伙子的目光。远远看去，程诺的车出现在公路的尽头。

陆西源又问：“对方给你们多少钱？”

小伙子笑呵呵的，伸出十个手指比给陆西源看。

“就这点儿？”

“哥，我们可不贪心。”小伙笑得猥琐至极。

“给我什么价？”陆西源摸了两根烟出来，顺手给了小伙子一根。

小伙子谄媚地帮陆西源点了烟：“哈尔说了，人给你，他放心，这个数怎么样？”他用手比了个六。

陆西源拍了拍他做手势的手，冷笑一声：“还算给我面子。”

此时，程诺的车突然响起了警报。祝南浔仔细一看，他的车顶上竟真有个警报器。

有点儿意思。

小伙子正要跑，陆西源将他一把抓住：“告诉哈尔，把人放了，警察这边我来搞定，你们不要再给那伙人做事。”

“好，好……”小伙子撒腿就跑。

等程诺的车开过来后，对方果真把艾米和白城放下车，然后驱车离开。

程诺收起了警报器，朝陆西源打了个响指：“你那老相好一听是你，冒着被处分的危险也要把警报器借给我，真是给力。”

“她怎么没来？”陆西源问。

程诺看了祝南浔一眼，笑嘻嘻地说：“你这都有人了，人家巴巴地来干啥？”

祝南浔不屑一顾：“女老师、女警察……陆西源，你口味真丰富。”

陆西源扔了烟屁股，瞪了祝南浔一眼：“你的人你不去管？”

远处，白城和艾米正可怜巴巴地站着。

“我们被绑架了，你们还演戏？我要报警。”艾米的眼睛哭肿了，哭腔明显。

“不许报警。”说话的是祝南浔，命令的口吻。

“为什么不能报警？”

看到艾米急了，祝南浔放缓了语气：“你们现在不是安然无恙吗？那帮人也没有对你们做什么，我们……没证据。”

艾米抽了抽鼻子：“我就是出来玩的，怎么会碰到这么多破事，我想回家。”

“艾米，以后出门在外发微博别再定位了，不安全。”祝南浔直截了当地说。

“可是这帮人又不是冲着我来的。”艾米又哭了。

“是冲着我来的，谁让我长得漂亮又有钱。”

祝南浔此话一出，陆西源和程诺相视了一眼，互相交换着此刻的心情。陆西源的是，真是个聪明的姑娘；而程诺是，你的女人真狡猾。

权当是一场误会。找当地人来绑人，还绑错了人，好在陆西源认识这几个地头蛇，略施小计便打发了。

如果不是他们给程诺下迷药，陆西源也无法判断是当地人所为。真要报警，除了更加暴露陆西源，更会破坏陆西源和哈尔他们多年来建立起来的关系。哈尔是这些人的头儿，他在当地黑白通吃，对陆西源来说，此人用处极大。

“以后这一片你是混不了了。”陆西源对程诺说。

“哥压根儿也没想混这块儿。”程诺不屑。

“你走了店里生意谁管？”

“靠，你终于想起来我还是个有生意要做的人了？一个电话就把我叫过来了，快补偿我的损失。”

陆西源耸了耸肩走开了，脸上写着三个字：想得美。

“喂，我还要帮你把人送到西宁呢。”程诺冲着他背影喊。

陆西源摇了摇手：“这事我不管，找漂亮又有钱的人报销去。”

祝南浔在一旁听到这话，对程诺微微一笑：“把发票收好，实报实销。”

“南浔，其实你现在比以前更开心。”一旁的白城喃喃地说。

祝南浔没作声，握了握白城的手。

白城冲她一笑：“他值得你这样。”

祝南浔看了陆西源一眼，他也正看着自己。从开始的小心翼翼到现在默契配合，他们不是一路人，现在终于走成了一路人。

“对不起啊，拖累你了。”祝南浔轻声对白城说。

白城抱了抱祝南浔：“你要的你从来也不说，因为你知道谁也给不了，是我输了。”

“回去的路上小心些，到了杭州，如果有人找你麻烦，去找祝南泽，他会帮你的。”

“好。”

看着程诺的车离开后，祝南浔与陆西源才回到车上。

“接下来怎么走？”祝南浔问陆西源。

陆西源发动引擎：“去祁连。”

“你什么时候带我去见他们？”

陆西源没吱声。

“尤惜……也在巴丹吉林吗？”

陆西源还是没吱声。

“你和尤惜……”

“现在还不是时候。”陆西源终于开口。

“我知道现在不是时候。”祝南浔撇了撇嘴，“女警察又是怎么回事？”她向来思维跳跃。

“昨天那镇子上的警察，认识很多年了。”

“怎么认识的？”

“进局子认识的。”

“犯的什么事？”

“卖姑娘，专挑你这种卖。”

他竟然会开玩笑，祝南浔又撇嘴：“陆老师，你艳遇真多。”

“凑合吧。”

祝南浔努努嘴：“真不要脸。”

所有来援青的人都是陆西源的好朋友，女警察也不例外。那个荒凉的小镇上，一共就两个警察。他背后的故事还有很多很多。

艾米留在车上的零食解决了两个人的午餐。

追他们的人只是暂时不见了踪影，他们心知肚明，丝毫不敢懈怠。

到达祁连县城时，已是傍晚，夕阳中，祝南浔终于看到了一点点城市的影子。

县城里最大的商场门口正在举行小型促销活动，红彤彤的台子搭得很简陋，上面有穿着暴露的美女在跳十年前流行的舞曲，一旁的主持人像上了发条一样，激情昂扬地大声叫卖，要卖的产品是：不粘锅。

舞台前聚集的人还算多，人们都对美女没有抵抗力。祝南浔也是其中一个。

“走过路过不要错过……”在南方，这样的促销活动已经很少见到了，拥有年代感的叫卖声更是少之又少。

扑哧！祝南浔笑出了声。

陆西源在超市里买东西，所买的东西，大部分是食物，还有极少数是生活用品。他向来简单，在路上一般不需要准备这些东西，可是现在带了个姑娘，姑娘需要。

祝南浔挺喜欢吃糖，他也不知道什么牌子好，拣最贵的那几种挑了几小盒，付完款直接塞进了口袋里。

走出超市，在看热闹的人群中一眼看见了她，陆西源放下心来，又去一旁的水果摊买了一些新鲜的水果。但刹那间，他突然感受到周围磁场的变化。

有人在监视他。水果摊旁有，超市门口有，对面的街道上有，舞台的侧面也有。

身边的人在讨论着舞台上的人，他们大部分只看不买。有美女跳舞的时候他们会拍手叫好，冷场的时候他们会三三两两地散去。

音乐再次响起时，人群又开始沸腾。

“别动！”祝南浔感觉到腰部被人用匕首抵住的时候，她已经没办法脱身了。

身后的男人隐藏在人群中，脸带笑意。周遭的人目光都集中在舞台上，没有人会注意到他们。祝南浔站的位置相对靠后，如果硬来，那人很容易脱身，所以，她不敢轻举妄动。

“你也来买锅？”她声音异常冷静。

没想到她会这样问，那人稍稍松懈了一下。

“我要一个锅！”祝南浔突然对着台上的主持人大喊。

来了生意，主持人两眼发光：“好，让我们请这位美丽的小姐上台来。”

众人的目光一下子聚集到祝南浔的身上，身后的男人瞬间慌了手脚，慌忙收起匕首，试图离开。

“往哪儿走？”说话的是陆西源，他一把搂住这个人的肩膀，又扣住他的手，将他的匕首夺下，“不想见警察就叫他们乖乖离开，大街上持刀杀人……”他故意把话往重了说。

“我没想杀人，我……我们只是问她点儿事。”那人果然畏畏缩缩地解释。

“什么事？”陆西源加重了手上的力道。

“陆……陆怀信。”

“请我们的礼仪小姐给这位小姐拿一个不粘锅。”祝南浔走到台上，主持人高昂的声音再次响起。

祝南浔看见人群中陆西源挟持着刚才拿匕首的男人，又看到四周蠢蠢欲动的这个男人的同党。当蹬着恨天高的礼仪小姐把锅递给她的时候，她故意手一软，没接到锅。

砰的一声，铁锅砸到了台子上，惊得礼仪小姐崴了脚直往祝南浔身上倒，祝南浔顺势也往后一倒，扯下了舞台上的帷幕，支撑帷幕的架子轰然倒地。

一旁的主持人和跳舞的女孩们惊慌地跳下舞台，台下的观众一片惊呼。

陆西源趁大家乱成一片，将那个男人推进人群中，看到祝南浔正好趁乱跑过来，他抓住她的胳膊护着她往车停的方向跑。

那些人没敢再追，因为不远处的巡警正在赶来。

上了车才发现，陆西源的手里一直提着一大袋东西，祝南浔从里面拿出一个苹果，咬了一口：“真甜。”

“架子倒下来砸到你怎么办？”陆西源急了。

祝南浔捋了捋被弄乱的头发，像没事人一样：“上台之前我观察过架子的构架，我站的那个位置刚好是空的。”

“手怎么回事？”陆西源又一把抓住她的手。

她的右手手背上被擦红了一大片，是倒下去的一瞬间她护住礼仪小姐的头时在地上磨破的。她收回手，嬉皮笑脸地问：“心疼了？”

陆西源没理会她，眉头深锁：“县城里不安全，我们得去山上住。”

“如果没有这些人跟着，你是不是早就把我送回去了？”祝南浔问他。

“刚接你们这单生意的时候是这样打算的，我低估你的影响力了。”

“刚刚这些和早上的是同一伙人，绑架、持刀……都是没脑子的，为了画来的。”

“还是星仔家里的人。”

“怎么确定的？”祝南浔问。

陆西源把匕首递给祝南浔，祝南浔看不出任何端倪。

“这是把藏刀，星仔在塔尔寺那边买了好几把，路上他拿给我看过。”

“这小子真不厚道。”

“跟他没关系，估计他也被蒙在鼓里。”

“怎么说？”

陆西源拿出手机递给祝南浔看，是星仔的微博，他今天的定位在茶卡盐湖。祝南浔又往下翻了翻，发现了一张星仔和那个男人的合照。应该是关系很好，才会送他一把刀。

“你还玩微博？”祝南浔返回界面，回到个人主页，想看看陆西源的微博，然后，被一个令人恶寒的微博昵称惊到了，“众里寻她千百度……陆西源，你怎么会取这么恶俗的名字啊？”她一脸嫌弃。

陆西源瞥了她一眼：“你动动脑子好吗？”

她又往下看，原来这并不是陆西源的微博，而是程诺的。

祝南浔把程诺的微博翻了个遍，都没在里面找到任何关于陆西源的内容。而且这个微博一共只有不到十个关注，除了陆西源让他关注的艾米和星仔，其他的几个昵称都带有“飞燕草”这三个字，只是组合形式不同。

“飞燕草……”祝南浔念出声来。

“程诺以前的女朋友喜欢用这个昵称，他也不确定这些微博中有没有她，他们在一起那会儿还没有微博。”

祝南浔沉默了，这程诺还是个挺痴情的家伙。

通往山上的公路修得很好，祁连有国家森林公园，还有号称“东方小瑞士”的卓尔山景区，眼前的景色终于不再荒凉。

这里海拔较高，层层叠叠的云朵就像是长在山顶上，搭配着具有特色的丹霞地貌，绿色、橙色、白色、蓝色，浓烈饱满，像调色盘上一笔笔显眼的颜料。

如果没有这些事情的干扰，这样的旅途当真让人欣喜。

车子一个转弯，一个巨大的广告牌映入祝南浔的眼帘：天境祁连。

第五章　惊心

车大约开了四十分钟后，他们来到一个幽静的牧场。

牧场里圈养着绵羊，栅栏外面还有几匹低头吃草的马。牧场旁边是几栋建筑风格类似的二层小楼，每一栋小楼前都有一个小院子。陆西源将车驶进其中一个院子，院子里有几个妇女在洗菜，屋子里走出来一个约莫十七八岁的小伙子。

"陆大哥，你好久没来了！"小伙子凑近车窗，满脸笑容。

陆西源停好车："考得怎么样？"

"正常发挥吧，志愿想填北京的学校。"

"没问题的。"陆西源拍拍他的肩膀。

祝南浔从车上下来后，陆西源跟小伙子介绍她："来旅游的，祝南浔。"

"你好，我叫麦蒙。"小伙子很热情地跟她打招呼。

"卖萌？"祝南浔觉得十分有趣。

"哦，呵呵，我是回民。"

麦蒙笑起来很好看，白白的牙齿像雪玉一样。他帮着陆西源把行李拿下来，又招呼家里的人招待两位客人。

小院布置得很别致，楼上是一排客房，楼下是餐厅和厨房，整体设计也不落后，都是新式的。麦蒙把两人带到餐厅里唯一的包间，祝南浔走到窗边，看见大片的牧场，她想起电视里播放的牛奶广告。

世外桃源，心情舒畅，仿佛刚刚被匕首威胁的并不是她一样。

"随便坐，就当是自己家。"麦蒙把煮好的奶茶端进来，又走到门口冲楼上喊，"阿舍儿，陆大哥带漂亮姑娘来啦！"

"是哪个不要脸的女人？"未见其人，一个姑娘的声音已经先飘了下来，紧接着他们便听到咚咚咚的下楼声。

陆西源喝着茶没有说话，只是看着祝南浔，看见她眉毛快要打架。

“麦蒙，你要死啊！”门口出现一个编小辫、穿白衫的姑娘，她眼睛像葡萄，小脸像苹果，模样十分可爱，叉着腰目中带火看着麦蒙的样子格外动人。

“这是阿舍儿，我姐，母夜叉。”麦蒙是这样跟祝南浔介绍这个姑娘的。

“这是祝小姐，陆大哥带来的客人，大城市来的。”这是他对祝南浔的介绍。

“陆大哥，你终于想到来看我了。”阿舍儿并不理睬祝南浔，径直走到陆西源身边坐下，笑得天真无邪。

一旁的祝南浔并不介意稚嫩情敌的无视，招了招手对麦蒙说：“麦蒙，陪我去牧场看看吧。”

她起身的时候被陆西源抓住胳膊：“注意安全。”

“嗯。”祝南浔故意面露羞涩。

阿舍儿果真瞪圆了眼睛看着他们二人。

麦蒙领着祝南浔到了自家的牧场，打开栅栏的门，他故意去追赶羊群，小羊们四处逃窜，发出咩咩的叫声。

“等我去北京上大学之后就见不到它们了。以前啊，我爸妈卖羊我都会生气的。他们笑我，说我傻，把牲口当宠物，可那会儿我在电视上看到大城市里的人都把小狗当孩子养，就想，小羊不比狗乖多了，怎么就不能当宠物了？”麦蒙抓了只小羊羔抱在怀里，绘声绘色地讲给祝南浔听。

祝南浔摸了摸小羊羔的头，觉得可爱极了，便把羊羔接过来自己抱着：“我只养过鸟，每天在院子里叽叽喳喳的，很热闹。”

麦蒙问：“那后来呢？”

“后来……我哥哥有恐鸟症，我没养几天就把它放了。”

想起祝南泽，祝南浔拿出了口袋里的手机，看了看麦蒙，又把手机放了回去。

“恐鸟症？就是害怕鸟类吗？”

“嗯。”

“阿舍儿怕鸡，也算恐鸟症吗？可是我才不会为了她把家里的鸡都放了。”

麦蒙和阿舍儿像一对冤家，其实祝南浔很羡慕这样的姐弟感情。

“那她吃不吃鸡肉？”祝南浔问。

麦蒙冷哼一声：“怎么不吃，每次鸡腿都是她的，鸡翅膀才是我的。”

祝南浔笑了，又问：“你们是怎么认识陆西源的？”

“陆大哥啊，他总是把客人带到我们这里来，别的师傅都会收回扣，只有陆大哥从来不要。他说他带的大部分都是来旅游的学生，没什么钱，让我们少收些房费，就当抵了回扣。我们觉得他跟别人不一样，时间长了，关系就熟了。何况啊，阿舍儿对陆大哥情有独钟。”说到后面，麦蒙一脸鄙视的样子，忍不住又补充了一句，“她就是个花痴。”

祝南浔又笑了。难怪阿舍儿对陆西源一片深情，他确实跟别人不一样。这姑娘好眼光。

“阿舍儿比你大几岁？她也是大学生？”祝南浔问麦蒙。

麦蒙答道：“比我大两岁。阿舍儿没读大学，她高三的时候生了一场重病，影响了高考，不然她应该也能考个好学校的。”

“确实很遗憾。”祝南浔说。

“是啊，我们这里的大学生太少了，所以每次陆大哥带女大学生来，阿舍儿都不高兴。对了，祝姐姐，你肯定是大学生吧？”

原来是这样，难怪小姑娘醋意盎然。祝南浔想了想，说：“我成绩不好，当初没考上。”

太阳终于落了山。云层失去了光照，变得灰蓝，一朵朵懒懒地飘在山顶上，像丝绒一般。

麦蒙提议回家吃饭，祝南浔说她要打个电话再回去，麦蒙便识趣地先走了。

电话拨通后，祝南浔抠着栅栏上的木屑，定定地站在那里。她看起来很平静，远远看上去，仿佛一棵树，但只有她自己知道，树心在疯狂滋长。

此时的祝南泽刚刚从外面回到家里，他瘫坐在沙发上，将外套随意丢在一边。

他看起来很憔悴，是宿醉导致的。他并不知道祝南浔已经找到了陆西源，仍旧将自己困在回忆里无法自拔。自从父母意外死亡，家中名画失盗，画室被烧后，祝家的学生们四分五裂，各自为政。他们有一些打着祝家的旗号自立门户；还有一些将赝品流入市场，毁坏了祝家名声，让祝家一度深陷危机之中。

而那个女人，消失了整整八年。

负罪感纠缠着他，想念也在折磨着他。前尘往事困住了他的脚步，他故步自封，难以释怀。再加上祝家像一座大山一样压在他身上，他只能自己扛。

手机放在茶几上，铃声响了好几遍他才伸手去拿，看到是祝南浔的电话，他迅速按下了接听键。

“阿浔，怎么了？是不是出什么事了？”祝南浔离家这么久，这是第一次主动打电话给他，他很担心妹妹。他知道，自己是这个世界上最了解妹妹的人，也是妹妹在这个世界上最重要的依靠。

“没出什么事，我挺好的。人，我快找到了，放心。”祝南浔声音坚定。

祝南泽手机都拿不稳了：“你在哪？我立刻过去。”

“别，哥……等我找到他们，你再过来。你要是也离开杭州到了这边，那些人恐怕都会跟过来。”

“阿浔，是不是已经有人跟着你了？”祝南泽很紧张。

“有，不过都被我甩开了。哥，你帮我查一个人吧。”

“谁？你说。”

“宋连星，江苏人，家里倒卖名画，而且……有黑道背景。”大概是麦蒙和阿舍儿的姐弟感情感染了祝南浔，她跟祝南泽的这次通话温情了许多。

“阿浔，你自己一定要小心啊。”

祝南浔没有对电话里的人回应，只是兀自点了点头，挂了电话。她转过身想往回走，这才发现，陆西源不动声色地站在她的身后。他靠着栅栏抱着双臂站在夜色之中，手中的烟明明灭灭，眼睛里的光比烟火还要亮。

祝南浔与他并肩而站，看到他抽烟，问他要。他竟没拒绝。

她本以为他会再拿一根给他，没想到他却把自己手上的递给了她：“只准抽一口。”低沉的嗓音，略显严肃的口吻，她很喜欢。

祝南浔抽了一口，然后把头靠在他的肩上，缓缓地吐出烟雾。

这一次他没躲开，而是轻轻地对她说了两个字：“我在。”

吃完饭后，阿舍儿带两人上楼给他们安排住的房间。

祝南浔在最左边的一间，陆西源在最右边的一间；而中间的客房，都是空的。

“阿舍儿，我一个人睡会害怕的。”祝南浔故意对她说。

“难不成你还想和陆大哥住一间？”阿舍儿对她没有好脾气。

祝南浔微笑着，丝毫不介意阿舍儿的不友好，她想了想说：“要不，你今晚陪我睡吧，反正这里有两张床。”

阿舍儿一时没反应过来，愣了几秒钟后，才回她：“有什么害怕的？我才不和你睡一间呢。”

“好啊，你不和我睡，那我就和你的陆大哥睡一间。我是他带来的，晚上我要是出了什么事情，他要负……”

“我和你睡！”阿舍儿没等祝南浔把话说完就赶紧做出了决定。

一旁的陆西源冷眼旁观着这两个姑娘，阿舍儿哪里是祝南浔的对手。

祝南浔朝陆西源眨了眨眼睛，他没理会，径直走进自己的房间，关上了房门。

连续的奔波让祝南浔连好好洗把脸的机会都没有，身上的冲锋衣已经穿了好几天，头发也毛毛糙糙。她对着浴室的镜子看自己的脸，叹了口气。风尘仆仆，比起阿舍儿那张水灵灵的脸，她要沧桑许多。

为什么要跟阿舍儿比呢？她平时也不在意自己的脸啊。

她有些烦躁，把刚从包里翻出来的洗面奶挤出来很大一坨，胡乱地涂在了脸上。

舒舒服服地洗了个澡，水气朦胧之中，背对着镜子扭头看了眼脖颈处的文身，祝南浔不自觉地摸了摸自己的背。很美，也很滑。

她找了件黑色的大T恤套上，没穿内衣，松松垮垮的，笔直的长腿露在外面。

“喂，你怎么穿成这样？”阿舍儿看到从浴室里走出来的祝南浔，眼睛都瞪圆了。

祝南浔擦着头发：“怎么了？”

“你不会多穿一点啊，你这个腿准备露给谁看呀？”

“你说露给谁看？”祝南浔轻声笑了。她不计较，因为她知道这个小姑娘没有任何恶意。

咚，咚……两声敲门声响起。

“谁啊？”阿舍儿不耐烦地问。

“是我，麦蒙在厨房里烤土豆，问你们要不要吃？”门外的人是陆西源。

“不吃不吃，我们已经睡觉啦！”阿舍儿怎么可能让陆西源看到祝南浔现在的样子。

“我想吃。”祝南浔说着就去开门。

打开门，一阵寒气袭来，她这才发现，屋子对面是连绵的雪山。陆西源是背对房门站着的，高大的背影屹立在那里，月色下，连巍峨的雪山都成了他的背景。

祝南浔靠近他。他闻到一阵沐浴露和洗发水混合的香味，微微转过头，他看到一双带着水光的眸子。

眼神躲闪间，被祝南浔抓了个正着，她问：“你紧张什么？”

陆西源冷哼了声：“你这身材，真不算好的，太瘦。”

祝南浔没生气，正要开口，阿舍儿拿着祝南浔的长开衫走了过来：“穿上吧，晚上气温低。”

祝南浔欣然接过衣服：“谢了。”然后她便往楼下走。

“阿嚏！”阿舍儿打了个喷嚏，“这香味呛得我鼻子痛。”

陆西源笑了，边走边对她说：“阿舍儿，别跟她学。”

祝南浔刚走到厨房门口，土豆的香味就飘了出来。

“祝姐姐，你过来。”麦蒙招呼她。

她走到炉子边，搬了个小凳子坐下，看到麦蒙烤了一排小土豆，还有几个玉米，都是金黄金黄的。

“这样的，吃过吗？”麦蒙问她。

她摇摇头：“只吃过烤地瓜。”

麦蒙把土豆掰开，递给她，土豆已经十分绵软，她咬了一口，满口的香气。

“捣碎了吃，就是土豆泥，我跟阿舍儿去外面吃过一次，又贵还就那么一小盒，哪有家里烤的好。”

祝南浔：“是啊，原汁原味的才好吃。”

“麦蒙，大晚上的你烤什么土豆啊？”阿舍儿站在门口朝里面喊，而陆西源站在院子里打电话。

祝南浔远远地看着陆西源，见他脸上的笑容慢慢地消散。她眼皮突然跳了一下，一丝不好的征兆涌上心头。

吱——是床头柜上的手机在振动，一下子惊醒了梦中人。

祝南浔看了下时间，凌晨一点。她打开手机，是祝南泽发来的短信：阿浔，是苏州的宋家，在当地很有势力，明面上开古董店，暗地里炒作倒卖艺术品，宋连星从小学画，教他的老师是朱赟。

朱赟？祝南浔想起来，这个人曾跟爷爷学过几年画，后来出走师门。祝南浔小的时候见过他，印象中他性格狂傲，并不受爷爷器重。他走后祝家便再也没有他的消息。

祝南浔细细地想着，突然，院子里的灯光亮了起来。她蹑手蹑脚地起床，走到窗边，看到麦蒙正在锁院子的大门。她怕吵醒阿舍儿，轻手轻脚地打开门往外面走，走到陆西源的房间门口，试着敲了敲门。没有回应，人果真不在。

她快速下楼，心急如焚，待看到院子里的车还在时，才略微松了口气。

“麦蒙，他去哪儿了？”

麦蒙正准备回屋，看到祝南浔只穿了一件单衣站在楼梯口，连忙对她说：“祝姐姐，外面冷，你快回去睡觉吧。”

“麦蒙，他去哪儿了？”祝南浔继续问同样的话。

麦蒙知道自己搪塞不过去了，才对祝南浔说：“陆大哥没告诉我他去哪儿，只交代我一定要保护好你。祝姐姐，你们是不是惹上什么麻烦了？”

几个小时前，陆西源打完电话后也进来吃了几个土豆，四个人在厨房里有说有笑，并无异常。祝南浔没有询问陆西源是和谁打了电话，发生了什么事情。大概因为近几天每天都走在刀刃上，所以她清楚地知道他们只能兵来将挡水来土掩，猜测和疑虑解决不了任何问题。

陆西源说过，这个地方是景区，相对安全，所以她踏踏实实地睡了一觉。如果不是祝南泽的短信吵醒了她，她恐怕会一觉睡到天亮。

她相信，他绝不会独自离开。

她也相信，他一定会护她周全。

他没有开车，说明要去的地方不远；他没有给麦蒙过多的交代，说明他有十足的把握可以安全回来。

祝南浔看了看天，深呼了一口气，对麦蒙说：“是啊，惹上了麻烦。麦蒙，有人知道了我们的位置，在我们周围，一定有跟踪器之类的东西。”

“啊？这大半夜的，要检查吗？”麦蒙吃了一惊，看了一眼祝南浔身后。祝南浔回过头去，不知道阿舍儿什么时候站在了自己身后。

阿舍儿有点不情愿：“你们以为是拍电视剧吗？跟踪器这东西，平时我们见都没见过。”

“不仅是跟踪器，还有窃听器，只要是可疑的物品都要好好查看。”祝南浔说得很认真。

麦蒙看祝南浔这么认真，问她：“祝姐姐，你家里是做什么的啊？”

祝南浔挑了挑眉：“贩毒的，所以被追杀啊。”

她故意开玩笑，麦蒙和阿舍儿果然被惊呆。

“那陆大哥……他不会是你的下线吧？”麦蒙一副缉毒片看多了的样子。

祝南浔笑，问他：“为什么他不能是我的上线呢？”

“哪有上线出去冲锋陷阵的啊。”这回说话的是阿舍儿。

姐弟俩都是聪明人，有自己的判断力。他们知道，陆西源不可能是坏人，就算惹上什么事情，也不会是他的问题。

祝南浔收起笑容，看了眼窗外，月色正浓，黑夜静谧。

陆西源，你一定要平安回来。

过了一会儿，三个人将所有的行李都检查完了，一无所获。

“陆大哥的行李要不要检查？”阿舍儿问。

祝南浔想了想，说：“那他的东西你来检查。麦蒙，你跟我去检查车。”

阿舍儿自然欢喜，陆西源的东西，她定会认认真真地检查。

阿舍儿离开之后，祝南浔才意识到自己没有车钥匙，正要去陆西源的房间里找，麦蒙却把车钥匙从口袋里拿出来：“不用找了，在这里呢。”

“怎么回事？”祝南浔问。

麦蒙说：“陆大哥走之前跟我说，你肯定会驾车。如果真发生什么……”

“我不会。走吧，不会有什么事的。”祝南浔不想听这些类似道别的话，如果真变成他想的那样，她也不会按照他设定的方式离开。

况且，这条路明明才刚开始。

“祝姐姐，有我在呢，这里好歹也是我的地盘。”麦蒙虽然不知道事情的来龙去脉，但陆西源交代给他的事情，他拼尽全力也会做到。

“麦蒙，靠你啦。”祝南浔点点头，挤出一个微笑，“要是有那个什么探测仪就好了，就是我们以前考试的时候，老师用来检查有没有用电子设备作弊的那玩意儿。”

麦蒙不太明白祝南浔的话，但听这意思，这些东西在外面的世界似乎很普遍。

以星仔的心智，顶多就是把东西放在座位附近。祝南浔顺着座椅仔仔细细地找，连地毯都翻了个遍，却还是无果。

“会不会在车底？那里比较隐蔽。”麦蒙说。

祝南浔略微思忖后说：“如果在车底，那应该在边上。去拿个手电筒来，沿着底边找。”

麦蒙拿来手电筒：“我来吧，这种事情怎么能让女生去做。”

祝南浔看到麦蒙跪在地上，头靠近车身仔细地检查，他神情专注，手伸进车底慢慢地摸索。她心里滑过一阵暖流。

“找到了！”过了一会儿，麦蒙惊喜地从车底抠出一个粘着黑色胶布的跟踪装置。

祝南浔舒出一口气："麦蒙，辛苦你了。"

"阿舍儿，快下来吧，已经找到了。"麦蒙朝楼上喊完又问祝南浔，"现在怎么办？把这玩意儿毁了还是扔了？"

"现在还不能动，毁了或者是扔到别处，放置它的人都会立刻发现，这会对你陆大哥不利。"祝南浔把东西紧紧地握在手里，异常冷静。

"姐，你真聪明。"麦蒙说。

到底是谁在什么时候把这个东西放进车底的？祝南浔仔细回忆从离开黑马河到现在的所有行程，只有在阿柔寺那一段路，车是离开过陆西源视线的。所以，基本上可以肯定，放置跟踪器的人不是宋家的人。

如果是这样，那应该还有一伙人。

折腾了这么久，阿舍儿已经困意绵绵，但陆西源没回来，她是不会去睡觉的。

三个人在厨房里待着，麦蒙把炉子点燃了，把之前烤熟的土豆和玉米又热了热，还煮了一些奶茶。香味一下子弥漫了整间屋子。

祝南浔把手伸到炉边烤着，看到手背上临睡前涂的红药水，不由得笑了。是陆西源找来药让她涂的，她不肯自己涂，逼着他给她涂。

三个人吃饱喝足，眼皮开始打架。麦蒙不敢睡，给睡着的阿舍儿拿了条毯子盖上，又用力地拍拍自己的脸。

"麦蒙，你眯一会儿吧。"祝南浔对他说。

麦蒙直摇头："我不困。姐，你要是睡不着，就教教我英语发音吧，你是大城市来的，英语肯定不错。"

祝南浔想，这里英语教学水平虽然相对落后，自己的英语也还不错，但是完全没有必要在他们面前卖弄："我口语不好，怕误导你，等你上了大学，就有时间好好学了。"

说完她发了一条短信给祝南泽：明天给这个地址寄一套畅销的英语口语练习书……

她想，她能为他们做的，也只有这些了。

四点钟的时候，邻居家的狗突然叫起来。麦蒙从睡梦中惊醒，看到祝南浔拿着手电筒缓缓地朝大门口走。

“姐，你干什么？”他轻声叫她。

祝南浔低声说：“应该是有人来了，我听听动静。”

她靠近门，果然有脚步声传来。步伐声很缓慢，是一个人的，慢慢地走近门口。

砰砰……微弱的敲门声响起。

祝南浔心里一紧：“陆西源，你回来了啊！”

“回来了。”

她打开门，他一只手撑着墙壁站着。麦蒙叫他进来，他却站着不动。祝南浔将手电筒照向他，看到他另一只手捂着腹部，那里已渗出一片红色。

“陆大哥，你受伤了？”

祝南浔和麦蒙连忙扶着陆西源进屋。阿舍儿看见他身上的伤，无比紧张。

“阿舍儿，还愣着干吗，去拿纱布和药啊！”麦蒙也着急不已。

阿舍儿飞快地往楼上跑。麦蒙扶着陆西源坐到火炉边，用自己的手紧紧地捂住他的伤口。

“没事儿，别担心。”陆西源声音平缓，没有表现出一丝一毫的痛苦。

“怎么回事？”祝南浔轻声问他。

“是哈尔。摆了他一道，他气不过，这里有人给他撑腰。”陆西源简明扼要地说。

“有必要动刀子？”祝南浔问。

陆西源微微皱了皱眉，又挤出一个微笑：“古惑仔们火拼，我被误伤。”

哈尔虽然是地头蛇，但顶多是条小蛇，祁连这一块儿还没有他说话的份儿。他背后的人叫昆达，那才是祁连地区黑色势力的领头羊。

哈尔在卡黑白被陆西源耍了，和宋家的合作也谈崩了，于是气急败坏地跟着他们到了祁连，找到昆达讲了事情的原委，希望借昆达的势力找回自己的面子。昆达对哈尔的这点私人恩怨没有半点兴趣，但听说了他和宋家之间的交易，自己倒想揽下这个肥差。

哈尔把陆西源叫出来算账，昆达又私下联系了宋家做交易，陆西源是赴约之后才明白事情的来龙去脉的。

陆西源不想赴约，但哈尔搬出了昆达，他不想把矛盾激化，还是赴了约。

陆西源到达约定地点的时候，宋家的人还没有出现。

其实哈尔的要求不高，一是要陆西源当着兄弟们的面给他道歉，挣回面子；二是补偿他十万块钱。可陆西源却看着昆达，一言不发。

在昆达看来，哈尔未免太兴师动众了。他倒觉得陆西源这个人不错，一个人赴约，很有胆量。两个人对视着，一旁的哈尔被晾着，场面有些尴尬。

“叫外面的人进来！”昆达一声令下，院子的门被打开，陆西源看到下午在县城遇到的那几个人走了进来。

哈尔愣在原地，不明就里。

“是他吗？”昆达问那几个人。

星仔的那个兄弟先开口：“人是对了，画呢？”

昆达从凳子上站了起来，用不太熟练的普通话说：“我只负责抓人，人给你，画你跟他要。”

陆西源明白了事情缘由，看了看哈尔，他显然比自己还蒙。

“只有人，没有画，顶多十万。”他们本来也没指望昆达能从陆西源的身上找到画，但昆达这个人没有高价是请不动的，所以他们只能抬高交易价格，之后再压价。

“昆达，不如我们谈笔生意。”这话是陆西源用当地方言说的，这是他开口说的第一句话，神色淡定，不卑不亢。

昆达见宋家人讨价还价，坐回了凳子上，眯眼看着陆西源：“你说。”

“我给你三倍，你保我在祁连山的安全。”

“你有三十万？”

“我有画。”

昆达知道，既然宋家人为了找画费尽心力，说明此画必定价值连城。看到陆西源有胆有识是条汉子，比起宋家这几个西装革履的笨蛋，他更愿意跟这样的人做交易。

“你可别耍我。”

陆西源笑了：“祁连这块儿我还想继续混，不敢。”

“成交！”昆达说完，打发宋家的人走，“十万太少，你们走吧，生意我不做了。”

星仔那兄弟急了，又不肯加价，一时冲动，示意手下抢人。昆达这边见情况不妙，也动了手。两边的人开始混战。

哈尔知道自己在陆西源那儿丢的场子找不回来了，眼下只能站在昆达一边，妄想着分到些许利益。也许是太卖力，刀子使出来的时候他自己也心慌，但星仔的兄弟身手不凡，他只能硬来。

哈尔的刀是刺向对方的，陆西源眼见情况不妙，挡在了星仔的兄弟面前。哈尔也没想真见血，可当时的情况已经刹不住车。

陆西源就这样受了伤。

星仔的兄弟没想到他会为自己挡刀，哈尔也呆住了。走过来扶住陆西源的是昆达，陆西源却推开了他的手：“别冲动，事情闹大了谁都不好过。”

昆达却说：“你是个爷们儿，只要是在祁连，有人找你麻烦，你让他先来找我。”

陆西源点了点头，看了星仔的兄弟一眼，那人垂下了头。

宋家的人撤了，眼下的状况他们始料未及，也没了硬碰硬的底气。这里毕竟不是自己的地盘，况且，他们的头儿欠了陆西源一刀。

“哈尔，咱俩的恩怨一笔勾销。”说完这句话，陆西源一个人走了。

哈尔看着他的背影，手里握着的刀掉在了地上。

这个世界上，有一种人是不畏惧刀锋的。

“阿舍儿,你慌什么！”麦蒙看阿舍儿给陆西源消毒的手一直在发抖，心更急了。

“我来吧。”祝南浔示意阿舍儿停手。

陆西源倒一直没有吭声，伤口不浅，但没伤到要害，这点儿疼对他来说，忍得了。

祝南浔手法娴熟，消完毒又上了药。她动作不慌不忙，不轻不重，恰到好处。

“没想到你还会这个。”陆西源调侃她。

祝南浔抬眼看他："现学现卖。"

"你这技术比阿舍儿好多了，亏她还是镇上医院的护士。"麦蒙说。

祝南浔在心里冷哼一声。

"阿舍儿，别紧张，一点小伤。"陆西源安慰道。

阿舍儿抹了抹眼泪："流了这么多血，还说没事。"

"受了伤，他不就走不了了吗？小妹妹，我们要在这里多住一段时间了。"祝南浔安慰的方式大概才是阿舍儿想要的。

"陆大哥，你走了之后我们可没闲着，我们找到了跟踪器。"麦蒙开始邀功。

陆西源问："怎么突然想到找这个？"

"祝姐姐说，大半夜让你一个人去，你还没开车，说明这个人清楚地知道我们的位置，他们就在这附近。"

陆西源看了祝南浔一眼，她正忙着包扎伤口，头也没抬。

"跟踪器不是他们装的。"

"我知道，"祝南浔顿了顿，又问，"刚刚宋家的人也在？"

"嗯。"

伤口包扎完了，祝南浔站起身："我去打个电话。"

祝南浔走出屋子，外面的天还是黑的。她拨通了一个号码，捋了捋头发，寒风吹得她头痛。她以前是个不善言辞的人，但这几年她频繁地与人交涉谈判，为了保祝家，也为了平息纠葛，改变了许多。

"南浔姐？"接电话的是星仔。

"是我。"祝南浔语气平静。

"南浔姐，刚刚的事情我都知道了，这不是我的本意。"星仔先摊了牌。

"星仔，如果这些事情你无法控制，我跟你谈个条件吧。"

"南浔姐，别，我不想这样，我会让他们停手的。"

星仔不是坏人，但他对于事态的发展没有任何话语权。他打心底里敬佩祝南浔和陆西源，但他的家里人却为了利益伤害他们，他内心非常矛盾。

"你先听我说，你跟你家里传个话，不管我最后有没有找到画，祝家的生意都让你们一股。你的老师是从祝家出来的人，他知道祝家的家底。但前提是，你们的人不许再对我们进行干涉，再纠缠下去，谁也找不到人，得不到画。”祝南浔一口气说完这些，这是她做出的最大让步。

祝家的利益从未被分割过，她不怕威胁，也不怕前路艰险，但她怕身边的人受到伤害。她做出这个决定，是因为看到了陆西源的刀伤，如果这把刀当时是捅向心脏……

“南浔姐，我会跟家里人说的。如果你们再受到伤害，我亲自去杭州负荆请罪。请你转告陆大哥，谢谢他为我表哥挡了一刀，我表哥欠他的，我来还。”

星仔的话传进耳朵里，祝南浔觉得一阵风吹进了心里，他替宋家的人挡刀，是下了多大的决心去平息争斗。但转念一想，场面必定是在他的掌控之中，所以他才能从两方人马中全身而退。

祝南浔走进屋子里，陆西源躺在床上静静地闭着眼睛。

“阿浔，你过来。”他叫她。

祝南浔走过去，搬了个小凳子坐在他身边：“你说。”

“在祁连山，不会再有人来找麻烦。”陆西源说。

祝南浔把头靠在他的胳膊上：“你怎么做到的？”

陆西源摸了摸她的头发：“跟你学的，骗啊！”

第六章 温柔

阿舍儿和麦蒙不在，祝南浔皱起了眉头："如果昆达当时不信你怎么办？"

"如果非要在我和宋家之间选一个，他一定会选我。"

"就因为他觉得画在你手上？"

"不，人品。"他的意思是他人品更好。

祝南浔不屑，瞪了他一眼："人品好还挨了一刀？"

"一箭三雕，多好的买卖。血这玩意儿，补补就回来了。"

看着陆西源躺在床上气定神闲的样子，祝南浔倒觉得他像个痞子。一路上，他从来都是冷静克制，今天晚上受伤之后却真正放松了下来。

"如果宋家的人还是不肯罢休怎么办？"祝南浔故意这样问他。

陆西源说："他们本就没想真的伤害我们，现在又欠我一个人情，暂时应该不会再来找麻烦，昆达也不会允许他们再在祁连山放肆。何况……你不是跟星仔谈条件去了吗？"

祝南浔看着陆西源，知道他什么都看在眼里了。

"在祁连山，不会再有人来找我们的麻烦。"祝南浔重复着他刚刚说过的话，轻轻地把头枕在他的胸前，"陆西源，我知道你会保护我，可我也绝不会让任何人再伤害到你。你为我做的，我也要拼命为你做到。"

陆西源缓缓地舒出一口气："阿浔，只要你信我就好。"

祝南浔觉得鼻酸，她怎么可能不信他？如果不信，八年前，在警察面前，她根本不会为他开脱。她的命都是他给的，她怎么可能不信？两个人走了这一路，她从未问过他陆怀信在哪里，《浔溪畔》又在哪里。她知道，他肯带着她上路，就一定会给她答案。

"跟踪器怎么办？"祝南浔换了个话题。

“你觉得呢？”

“等你伤好了再说。”

“这伙人不好对付。”

祝南浔道：“走了这几天，没有一个好对付的。女老师、女警察、女护士……”

陆西源笑：“你脑袋里成天在想什么？”

“喂，你是不是就喜欢西北的姑娘？”

“西北的姑娘不错，豪爽。”

“那怎么没见你娶一个回家？你说你也三十岁了，该娶一个回家生娃了。要不，我帮你张罗张罗？”祝南浔瞪着眼，带着明显的醋意。

陆西源接着逗她：“西北的姑娘就不会随便生气。”

“你哪只眼睛看见我生气了？”

陆西源还是逗她：“我没说你，我说别的姑娘不会生气。”

“别的姑娘？除了女老师、女警察、女护士，还有别的姑娘？哦，我想起来了，穷达的姐姐，穷达跟我说过他姐姐喜欢你，怎么谁都喜欢你？”祝南浔噼里啪啦地说着，脸都红了。

陆西源无奈地摇了摇头：“穷达的姐姐，她才十二岁啊！”

祝南浔无语，自己平时那么骄傲，怎么在陆西源面前倒像个争糖吃的小姑娘了？

“阿浔，你不是别的姑娘，你跟她们都不一样。”

祝南浔觉得心里有一块地方化了，像小时候得到的那颗最漂亮的糖果融化在嘴里。

“陆西源，你疼不疼啊？”过了好一会儿，她问他。

他没回应，闭着眼睛像是睡着了。她近距离去观察他，结果他一把把她的头按在自己的胸口：“别动，快睡吧。”

他知道她累了，又不肯回房间里去睡，只好这样。

祝南浔很满足，勾起了嘴角，缓缓地闭上眼睛。

祝南浔一觉睡到天亮。她睁开眼睛便看到纱布上的血，站起来才发现陆西源眉头紧蹙，额头上都是汗。

“疼醒了？”她问陆西源，“是不是一直没睡着？”

刺进去的是刀啊，怎么可能不疼？这里又没有止疼药。

“没事，很多年没有这么疼过了。”陆西源说。

祝南浔是知道疼的感觉的，大火烧在皮肤上，和做修复手术时打的针，都是钻心疼。

“我去买药。”她说完便往外面走。

陆西源看着她倔强的背影，想起了当年那个不顾生死冲进画室里的小姑娘。在她面前，他没资格喊疼。

天才刚刚亮，找不到人打听去哪里买药。祝南浔只好一个人沿着公路往镇上走，没走多远，迎面过来一个背着大旅行包的年轻姑娘找她问路。祝南浔打量对方，像是个来旅游的普通背包客。可让祝南浔意外的是，这个姑娘不会说话。

她赶时间去买药，问路的姑娘却拿个本子一笔一画地写出自己想说的话：“请问这边有宾馆吗？”

祝南浔点点头，指了指麦蒙家的院子，然后准备拿过她的笔在纸上写给她看。

姑娘却又写了一句：“你说话，我能听见。”

“那个插小旗子的院子是家客栈。”祝南浔对她说。

那姑娘比了个谢谢的手势，然后往院子那边走。她走之后，祝南浔才反应过来，那姑娘写字的本子是个速写本。她应该是个会画画的姑娘，祝南浔对她增添了几分好感。

突然想到麦蒙和阿舍儿还没起床，她又跟着姑娘一起回到了院子里。

“麦蒙，有客人来啦！”她朝麦蒙的房间喊。

“谁呀，一大早谁来吃饭啊？”麦蒙睡眼蒙眬，边穿衣服边往外面走。

“来住店的，有生意你还不做？”祝南浔捏了捏麦蒙的脸，又小声提醒他，“这女孩不会说话，你有耐心一点。”

麦蒙看了眼背包的姑娘，见她正笑着看着自己，很友好。麦蒙对祝南浔说：“放心吧。”

祝南浔问了卫生所的位置，又借了麦蒙的自行车，不一会儿她就把止疼药买了回来。

回来的时候阿舍儿正在给陆西源换药，她看到纱布黏在伤口上，触目惊心。

“阿舍儿，大概还要几天能恢复？”陆西源问。

“伤口虽然不深，但伤口愈合总归是一个漫长的过程，没个十天半个月的，你别指望伤口能长起来。”

“那以后会留疤吗？”问话的是祝南浔。

阿舍儿叹了口气：“当然会，就像女人剖腹产，能不留疤吗？”

扑哧一声，祝南浔和陆西源都笑了。

“别笑，笑会牵动神经，会更疼的，”阿舍儿心疼不已，又转过身看着祝南浔，“我说大姐，你有没有一点同情心啊，他都伤成这样了，你还有心情开玩笑？”

大姐？祝南浔把药扔到陆西源的面前：“吃了药就不疼了，大姐我要去睡觉了。”

陆西源无奈地努努嘴，阿舍儿又是一个白眼。真不懂这两个人，一个挨一刀却说没事，另一个明明担心却还有心情开玩笑。哼，都不是正常人。

祝南浔走出房门时，看到不会说话的姑娘正在开门进房间，她走过去打招呼：“要不要帮忙？”

那姑娘把包往地上一放，又拿出小本子写给祝南浔看：“我叫宁岸，从南方来写生，很高兴认识你。”

祝南浔看了眼漂亮的字迹，冲她点点头，说：“我也很高兴认识你。”

果真是个会画画的姑娘！可这一刻，祝南浔却突然想到了星仔。

宁岸开了门，邀请祝南浔进去坐，祝南浔却谎称自己还有事，下了楼。

“麦蒙，这个季节，来卓尔山写生的人多吗？”祝南浔走到吧台前，问麦蒙。

“多啊，怎么不多。姐，你回头看看外面，随便哪个地方都是那个什么……对，油画，多美啊！很多人来这里摄影画画的。”麦蒙边整理东西边回答。

祝南浔回头看了外面一眼，大雾刚刚散去，雪山下是层峦叠嶂的山脉，不锐利，很温和的线条，有的地方绿油油的，没有植被包裹的地方是橙色的喀斯特地貌。震撼，独一无二。

“姐，是不是昨晚发生的事情让你害怕了？要不我把她的身份信息给你看看？”麦蒙见祝南浔不说话，小声道。

祝南浔回过神来，笑了笑，“不用了，麦蒙，你干活吧，我回去睡会儿。”

人的性格果然都是随着经历改变的，经历了让人后怕的种种困境，会对眼下的安宁抱有更多不确定。

她也不例外。但她越是在刀刃上游刃有余地行走，就越是怀念那个总是被呵护的小女孩。她盼望着这一切能早日了结，她害怕自己在这条路上越走越疲惫。

“宁岸，你看，远处的景色离我们更远，所以明度应该更低，边缘的地方也应该虚化处理；而近处的物体我们可以看得很清晰，要更写实，用色纯度也要更高，这样整幅画面的空间感才会出来。”祝南浔说着，调了一笔灰蓝色递给宁岸。

宁岸点点头，将这笔颜色画在了远处的山脉上。

祝南浔本以为宁岸会是个画画很不错的姑娘，但就像她想象不出宁岸不会讲话一样，她没料到这个带齐了绘画工具的姑娘对美术的领悟能力会这么差。她有些头疼，因为她不是个擅长谆谆教诲的好老师，但在陆西源养伤的这几天里，宁岸几乎每天都要拉她陪着去画画。

“你是不是嫌我笨了？”宁岸在本子上写。

祝南浔扶额：“我没把你当学生，你也别把我当老师，咱们就当互相切磋。只是宁岸啊，照你这个画风发展，或许你更应该尝试抽象派。”

一旁的麦蒙忍不住笑了：“姐，抽象派我知道，创始人叫什么马……马蒂斯？美术老师跟我们讲过的。”

祝南浔又扶了扶额：“麦蒙啊，你说的这个马蒂斯，是野兽派。”

麦蒙：“……”

宁岸也笑了。祝南浔庆幸，这是个大气的姑娘。

“死麦蒙，就知道围着女人转，门口来客人了你不知道？”阿舍儿骂人的时候，祝南浔他们才回头看向门口的来人。

站在前面的是个穿当地服饰的中年男人，微胖，看起来很和蔼，身后跟着几个年轻力壮的小伙子。祝南浔握紧了画笔，她暂时还难以分辨这帮人的来意。

“昆达，你来做什么？”麦蒙这一问，让祝南浔更加紧张。

“宁岸，你先回房间里去，这里的东西待会儿我来收拾。”祝南浔小声对宁岸说。

宁岸不知道发生了什么，但看眼前的架势，又看祝南浔表情凝重，听话地上了楼。她上楼的时候正好遇到下楼的陆西源，她冲陆西源摇了摇头，意思是你不要下去。

陆西源会意，又轻声对她说了句什么。

“兄弟，你恢复得怎么样了？”昆达见陆西源走过来，先和他打招呼。

“多亏哈尔的手没劲儿，不然真会要了我的命。”陆西源说。

“你可真会开玩笑。”昆达笑了，笑得让人捉摸不透。

周围的空气在流动，下午阳光正好，光线里能看到飘着的细小尘埃。两个人在阳光下对视着，陆西源表情松弛，昆达的笑容慢慢地收敛起来。

一旁的麦蒙、阿舍儿和祝南浔各怀心思。

“钱呢？”昆达终究是个看重利益的人。

陆西源不慌不忙：“受了伤哪里都去不了，有画也变不了钱。”

“那画呢？”大概这才是昆达的最终目的，“咱们的情谊归情谊，可你答应我的事情也得办到。那天，我的兄弟们也受了伤，我也算被人摆了一道……”

“麦蒙，他们在说什么？”祝南浔听不懂当地方言，小声问麦蒙。

“好像是在说什么画，在说那天晚上的事情。”

祝南浔心下了然，昆达不是好惹的，但钱却不能白白给他，好在他不懂画，这是他们最大的筹码。

“阿舍儿，你招呼他们进屋里去说，就说外面太晒了，再给他们上杯好茶，”刚安排完，祝南浔又补充，“阿舍儿，你温柔一点。”

听完后边这句，麦蒙这才明白祝南浔为什么不让自己去招呼了。

“大哥，屋里凉快，进来喝杯茶，有事慢慢说。”阿舍儿在关键时刻还是非常聪明的。

昆达看了看陆西源的伤，想了想，进了屋。

祝南浔趁机跑到了楼上。

“宁岸，你的画呢？把这几天画的画都拿给我看看。”祝南浔进了宁岸的房间就开始到处找画。

宁岸倒是一点也不慌，在本子上飞快地写道：“别急，我都准备好了。”写完把祝南浔教她画的那幅风景油画拿了过来。

祝南浔恍然大悟：“陆西源交代你的？”

宁岸点了点头。刚才上楼的时候，陆西源低声对她说：“帮个忙，把你祝老师教你画的那幅画找出来，把其他的画全部收好。”

“宁岸，其他的画都藏好了吧？”祝南浔又问。做戏总要做全套，万一那些人来搜，一堆大同小异的画摆在那里，昆达一幅都不会信。

宁岸点点头，在本子上写道：“如果他不信怎么办？”

她在楼上也听了大半，大概明白了事情的原委。要弄出一幅看起来能卖钱的画，怎么可能没有能让人信服的凭据呢？

“用印章。”祝南浔说完就回自己的房间去拿印章。

当她把印章戳上画布背面的时候，心里暗自对印章的主人道歉：对不起啊爷爷，我实在没有办法了。

屋子里，陆西源仍旧沉默着，他的犹豫在昆达看来并不是一件坏事。

“兄弟，这三十万可是你自己承诺的，拿不出钱就用画换，这也是应该的。何况你是有本事的人，区区一幅画而已，对你来说，不算什么。”

昆达的心思昭然若揭。

“这幅画是我家里人留给我的，这些年来找的人太多了，我不忍心卖，更不忍心它被人抢走……”陆西源说。

麦蒙和阿舍儿站在一边，他们从来没有见过这样说话的陆西源。

“要不，你看这样，这画的价值肯定不止三十万，你不忍心出手，让我来。卖了钱，三十万我拿走，剩下的钱我还给你。”

昆达的如意算盘打得叮当响，但陆西源依然眉头紧蹙，不发一言。

过了好一会儿，昆达快要坐不住时，陆西源才开口：“昆达，你在当地是颇有威望的人，我相信你说到就会做到，但这画是我的命根子，我不能就这样给你。这样吧，你给我写个字据，你收了画，我答应你的三十万一笔勾销。你把画出手，赚多少钱我都不管，反正这画有那么多人来抢，我也没有安生日子过。可你拿了画要保我在祁连的安全，若有一天有人再找我要画，你要为我出头。”

昆达见陆西源思虑周全，言辞中肯，连连点头答允，他招呼麦蒙：“小伙计，去拿笔和纸，我立字据。”说完又招呼自己的人陪着陆西源去拿画。

此时，祝南浔和宁岸已经准备好东西下了楼。这个昆达不识货是一定的，但他究竟信不信这幅画就是他们找的那幅，还得靠忽悠。

陆西源看到宁岸准备好的画时，松了一口气，再看到祝家的印章时，勾了勾嘴角。

这丫头，是个人精。

昆达拿了画，慢慢地将画布展开，看了一眼，只觉得挺好看，但看不懂贵在哪里，他问：“就这个？”

陆西源抿着嘴不说话。

昆达想起进门的时候院子里有人在画画，把手里这幅拿了过去放在宁岸所画的画旁边。一对比，高下立出。祝南浔教宁岸所绘的那幅自己动笔了大半，她本身画功就扎实，色彩感受更是出众；而宁岸今天自己所画的这张，毫无章法，用色也存在严重的问题。

“画是不错，可是怎么能证明这幅值钱呢？”昆达果真在这个问题上较真。

“看背面。”陆西源淡淡地说。

昆达把画布反过来，祝南浔爷爷的私章赫然出现在上面。

“这是什么？”他问。

“天哪，这不是祝老先生的私章吗？这位哥哥，你怎么会有祝老爷子的画，你只欠他三十万就把画给他？要不，你五十万卖给我，自己还能赚二十万呢。”说话的是祝南浔，这台词她从下楼那一刻就在心里准备好了。

“你是谁？这画明明已经答应给我了。”昆达一听，果然急了。

祝南浔把宁岸拉到身边：“我和我妹妹来祁连山写生，没想到还能遇到祝老先生的墨宝。哥哥，要不我再加十万，你卖给我得了。”

“那可不行！我兄弟已经答应把画给我了。小伙计，纸笔呢？快点拿过来。”昆达陷入了祝南浔设下的迷局。

“昆达，你拿了画当真会替我出头？”陆西源又问了一句。

“兄弟，你把画给了我，如果有人再找你麻烦，你尽管提我的名字。在祁连山，还没有我昆达摆不平的人。这对你来说也是一种解脱啊。”昆达信誓旦旦，反倒替陆西源打算起来。

陆西源仍旧表现出半信半疑的样子。

“这位哥哥，你真不考虑考虑我说的？”祝南浔再添一把火。

陆西源低头想了想：“姑娘，要是画卖给了你，你拍拍屁股走人了，麻烦还在我身上。”

“陆大哥和祝姐姐一唱一和真会演。”一旁的麦蒙趴在阿舍儿的耳朵上小声说。

昆达写完字据，拿着画就闪了人，他像得到个宝贝一般，生怕被人抢走。

“这种智商是怎么做上祁连山老大的？”阿舍儿嗤之以鼻。

“只怪我还年轻啊。”麦蒙无奈地摇了摇头。

“你胆子真大，如果今天我没带我爷爷的私章，你怎么办？”祝南浔回想起事情发生的整个过程，心里还在打鼓。

“我有。”陆西源依然冷静。

“你有？你带了陆怀信的私章？陆西源，你真够可以。”祝南浔炸毛了，早知道他有陆怀信的私章，她也不至于如此不安和愧疚。再说，爷爷的私章她从未私自使用过，这次竟然为了一个愚蠢的贪婪之辈把私章搬了出来，她心里怎么想都觉得不舒服。

“你今天，演得不错。”陆西源又说。

祝南浔冷哼一声：“彼此彼此。”

闹剧过后，祝南浔一个人到了牧场里，她爬到栏杆上坐着，散开的长发被风吹起。演技既然这么好，何苦动用真正的私章，反正昆达看不懂。她有些后悔。

昆达会以什么方式卖画？会不会给宋家？私章虽是用糊弄人的方式盖上去的，但配上自己的画会不会丢了爷爷的人？她心下担忧。

远处的山峦屹立不动，只有周围的云层在流动，雪山高耸入天，白白的山顶像仙境，更像世外桃源。

祝南浔此刻只想闭上眼睛。这样好的地方，也要待不下去了，在找到陆怀信和尤惜之前，他们还有很远的路要赶。

回头的时候看到不远处的宁岸拿着速写本在画画，像是在画她，她朝宁岸招招手："宁岸，过来。"

宁岸走到祝南浔身边，把本子递给她看，上面画的果然是她。

"宁岸，刚才的事谢谢你啊。"祝南浔对她说。

宁岸在本子上写："你们能信任我，我应该谢谢你们。你们是不是遇到什么麻烦了？"

祝南浔看着宁岸，她眼神里连一丝杂质也无，干净得如同青海湖的湖水一般。

"是遇到麻烦了，可是仔细想想，我好像从未从麻烦中摆脱出来过。宁岸，你知道马拉松吗？我现在就像是一个马拉松运动员，终点离我还有很远，我常常害怕我跑不动了，但我又清楚地知道，如果我跑不到终点，那我之前付出的努力就全都白费了。"大概因为宁岸不会说话，祝南浔在她面前，总能真实地展露自己，"我很难相信一个人，所以对陌生的人往往先示以冷漠，我习惯性地去揣测主动接近我的人，时常对身边的人产生怀疑，也怀疑自己。不过，这段时间我真的很放松，无论是你，还是麦蒙和阿舍儿，都让我觉得安心。"

宁岸稍显局促，她认真地听完，又写了一句话给祝南浔看："好在你有陆大哥，他理解你，也能为你排忧解难。"

祝南浔低头浅笑："嗯。"

陆西源和她在八年前就上了同一艘船，他们是最亲密的战友。

回到院子里，麦蒙在帮着陆西源整理东西，祝南浔一眼就看到了自己的行李，问："准备走了？"

陆西源点点头。

此地不宜久留，大家达成默契。

"你的伤还没好，开不了车，可祝姐姐也不会开车啊。"麦蒙说。

祝南浔想起那晚她对麦蒙说"我不会"，其实她的意思是她不会一个人走，并不是她不会开车。刚想开口解释，陆西源却说："会开车的人马上就到了。"

祝南浔心领神会。那张"迷死人不偿命"的脸，她又要见到了。

"宁岸怎么办？她留在这里，不安全。"说完，祝南浔有些后悔拉宁岸蹚这趟浑水了，但在当时那种情况下，她和宁岸伪装成买家最能让人信服。

陆西源问："宁岸，你下一站准备去哪儿？"

宁岸在本子上写："张掖。"

青海湖—祁连—张掖—敦煌，这基本上是来西北旅游的经典线路。陆西源想了想又问："跟着我们到张掖，行吗？"

宁岸没反应过来，祝南浔把她拉到一边："你也看到了，我们一路上惹了不少麻烦，这次还搭上了你……如果你不想……"

宁岸听到这话，连连摆手。

"我不是不愿意跟着你们走，是我不会说话，怕拖累你们。"她写。

祝南浔看她一笔一画写得格外认真，想想他们的处境，带着宁岸说不定还会给她招来麻烦。可这姑娘，倒替他们着想。

"你不会拖累我们。"祝南浔握紧了宁岸的手。

"陆西源，我的东西你都收拾好了？"祝南浔问他。

"你的东西是我收拾的。"阿舍儿跳出来说。

麦蒙嘲讽她："陆大哥去拿祝姐姐的东西，你自己抢着去收拾，不就是怕陆大哥看到……"

"死麦蒙你闭嘴。"阿舍儿要打人，追着麦蒙跑。

祝南浔想起自己的内衣挂在阳台上，明白是怎么回事，看了陆西源一眼。可他像没事人一样，神情淡定。

"我的洗漱用品也都收拾好了？"她又问他。

"问阿舍儿。"他回应。

祝南浔瞪他一眼："走，宁岸，我帮你收拾你的东西。"

宁岸偷笑，拉着祝南浔上了楼。

陆西源回头看她们的背影，宛如一对双生花，走在太阳底下神采奕奕，格外动人。这要是趟普普通通的旅途，该多好。他还是第一次拉两个这么漂亮的姑娘。

“麦蒙，你过来。”陆西源边想边把麦蒙叫过来。

人要走了，跟踪器得处理。他们停了好几天，放跟踪器的人却没有任何动静，他琢磨不透，很不踏实。有人去穷达的家里打听过他们的行踪，不是宋家的人，也不是装跟踪器的人。眼下的境况大概叫四面楚歌，那些蛰伏了八年的阴谋和欲望马上就要出动。

他已经嗅到了气息。

“哟，一年不见，阿舍儿脾气又见长了嘛。”

祝南浔听到楼下的说话声，勾了勾嘴角对宁岸说：“我们要出发了。”

宁岸往楼下看，院子里站着一个人高马大的男人。他头发有些长，遮住了一边眼睛，胡子也有些凌乱，好在有副好皮囊撑着，邋里邋遢却有种沧桑的味道。

“请问这位先生是来要饭的吗？”阿舍儿毒舌回击。

宁岸扑哧一声，笑了。

“我送了人去西宁，又回青海湖交代店里的事情，听到你这边出了事，立刻又赶过来，你们可真没良心。”程诺边说边往屋子里走。

陆西源见他走过来，对麦蒙说：“找把剪刀来吧。”

“你想干啥？”程诺听到一愣。

“你头发该剪了。”陆西源嫌弃地看着他说。

程诺甩了甩刘海：“青海就没有手艺好的姑娘，这头发不剪也罢。”

“让阿舍儿给你剪。”陆西源说。

程诺翻了个白眼，表示拒绝，他又问陆西源：“伤哪儿了？还能活几天？”

“勉强喘着气，就等你来，见你最后一面。”

“你的女人呢？”

对于程诺这张嘴，陆西源早已见怪不怪，他没打算回答他这个问题，但祝南浔却正好下楼来。

“说曹操曹操到，几天不见，祝小姐还是那么风尘仆仆啊。”程诺是指每次见她，她都在四处辗转。

祝南浔上下打量程诺：“说到风尘仆仆，我可比不上你。程先生，发票带了吗？”

程诺这才想起上次分别时说好要报销的事情，拍了拍头：“哎哟，忘带了。不过人我可是安全送到机场了。”

祝南浔耸耸肩：“谢了。”

“喂，那饭总得请一顿吧？”

祝南浔没理他，冲楼上喊：“宁岸，你快一点儿。”

“还有人一起？”程诺问。

话音刚落，只见宁岸背着她的画板下了楼。宁岸个子娇小，浑身充满灵气，见楼下几个人都看着自己，不好意思地低下了头。

“嗨，美女！”程诺跟她打招呼。

宁岸笑着点点头，走到祝南浔的身边。

“谁要剪头发？我才不给他剪。”此时阿舍儿招呼完包间里的客人，走了出来。

程诺不屑：“我也没想让你给我剪。”

一旁的宁岸却示意祝南浔自己会剪头发。就这样，宁岸帮程诺剪了头发。整个过程里，程诺一句话也没有说，只觉得宁岸的手指温柔、灵巧地从他的头发里穿过。

他其实并不是不在意自己的形象，只是没有了那个人，他就不愿让别人剪他的头发。以前，“飞燕草”总是帮他修头发。

“程诺哥还是挺帅的嘛。”麦蒙说。

“废话，哥好歹也是青海湖最帅的男人。”

“真不要脸。”阿舍儿说。

程诺回应：“阿舍儿，毒舌的姑娘可不招人稀罕。”

阿舍儿看了陆西源一眼，眼眸低垂：“稀不稀罕的，又有什么大不了。”说完她进屋拿了一包药递给祝南浔，“记得给他换药。”然后一个人上了楼。

“恭喜你，又灭一个情敌。”程诺对祝南浔说。

祝南浔看着阿舍儿的背影，在心里说了声谢谢。这是个可爱的姑娘。

“麦蒙，昆达要是来找麻烦，你应付得了吗？”陆西源问麦蒙。

麦蒙胸有成竹：“放心吧，我们就是开店的，别的什么也不知道。”

麦蒙果然机智。

“行，顾好家，录取通知书来了告诉我。”

麦蒙点点头：“陆大哥，程诺哥，祝姐姐，你们一路走好！宁岸姐姐，再见了。”

出发后，卓尔山渐渐地被甩在了身后，这个他们停留了一段日子的镇子安静地躺在山谷之中。绕过一座山后，镇上的房子彻底看不到了，恍惚之间感觉这个镇子好像并不存在于这个世间，它完全消失在大雾之中。

他们所走的路与来时不同，是另一条路，要先绕上一座山，之后再下山。崎岖的盘山公路惊险又刺激，到达山顶的时候，祝南浔看到路标上写着：海拔 4000m。

山顶上都是积雪，白花花的一大片，像芭蕾舞演员的白裙。

这便是麦蒙家院子对着的那座雪山。可从这里往山下看，除了大雾，看不见小院，更看不见麦蒙和阿舍儿。

气温骤降，车里开起了暖气，车窗上布满雾气。祝南浔用手指在车窗上面画了一个小人，看了看陆西源，加了一个小人；再看看程诺和宁岸，又加了两个小人；最后，索性把麦蒙、阿舍儿和穷达都画了上去。一路走来，这些人都是她亲密的伙伴。她不善表达，离别时也不曾感伤，但将每个人都记在心里。她想，她应该不会忘记。

一旁的陆西源看到祝南浔如此行径，笑了。这姑娘好像变了。

就那么浅浅地笑一下子，却被程诺抓了个现行。程诺打趣道：“这有了媳妇儿的人啊，就是不一样。”

坐在副驾驶的宁岸回头看后面两个人，陆西源闭着眼睛假装睡着了；而祝南浔把头偏在一边，像是没听到这句话似的。她正摸不着头脑，就听祝南浔的声音响起：“这没媳妇的人啊，就喜欢盯着人家媳妇看。”

“哪有自己说自己是人家媳妇的？真不害臊。”

“我可没说，是你先说的。”

程诺哑口无言。

陆西源又勾了勾嘴角，对于祝南浔的回击，他很满意。

“宁岸啊，这两个人是穿一条裤子的，你要是觉得被排挤了，就跟哥走，哥肯定不会让你落单的。”自己遭到排挤，程诺只好去笼络宁岸。

谁知宁岸摇摇头，在手机上打了字给他看：“程大哥，我们三个是不会排挤你的。”

程诺的表情僵在脸上，他给自己找台阶下，说：“这么好的姑娘都被你们带坏了，真是残忍啊。”

“这么好的姑娘坐在你的身边，暴殄天物啊。”祝南浔之前没觉得自己伶牙俐齿，但遇到程诺，她总有兴致跟他斗嘴。

“陆西源，你管管你的人啊！当年和你一起出生入死的可是我啊，她怎么能不尊重我！”程诺拿出了学院派的演技。

陆西源睁开眼睛：“哦。”

程诺：“……我要回青海湖。”

陆西源又重新闭上眼睛：“上了贼船就别想下去。”

祝南浔补刀：“做司机就要有司机的职业操守。少说话，认真开车。”

第七章　阴谋

到了下面的镇子上，程诺换了自己的车开，陆西源的车被放置在一个朋友家里。程诺事先就把车停放在这里，之后才自己上了山，开陆西源的车容易暴露，他早就计划好了。

众人重新上路。

跨过祁连地区，车子进入甘肃境内，气温变化让陆西源的伤口越发不适。

中途，祝南浔趁停车休息的空隙给陆西源换了一次药。宁岸下车买水去了，车里只有他们三个。程诺看见伤口，啧了一声：“我还以为多严重的伤呢，比起在川南那次……哦，当我没说。”

可说出来的话是收不回去的，祝南浔追问：“在川南怎么了？”

“没什么。”陆西源显然不想继续这个话题。

祝南浔看着程诺，程诺回避她的眼神。没办法，她只好把陆西源的衣服掀开，只见他背上满是大大小小的伤痕，触目惊心。

“怎么弄的？”祝南浔又问。

“早晚瞒不住，”程诺不是个肚子里能藏事的人，他义愤填膺地说道，“拜你们祝家所赐，抢画的从浙江一路追到川南，什么手段没使出来？尤惜姐，尤惜姐差点就……唉，我不说了，这事吧，也跟你无关。”

祝南浔知道这些年找陆怀信的人从未间断过，但对于这样一个才华傲然的画家，她以为大家的目的都只是争画，或是抢人。若不是自己经历了宋家的非常手段，并亲眼见到陆西源身上的这些伤疤，她根本难以想象那些狂徒是怎样对待他们的。

“陆西源，你们当年来祝家到底是为了什么？”祝南浔已经等不及他自己揭开谜底了。

陆西源将衣服穿好，看着祝南浔和程诺两张过分认真的脸，轻描淡写地说："为了一个女人。"

他没有撒谎。

啪啪啪，是宁岸急促地拍打车窗的声音。

"怎么了？快上车。"祝南浔误以为有人追来，叫宁岸赶紧上车。

宁岸却站着不动，拼命地用手指着后车轮的方向。

程诺和陆西源迅速跳下车，往后一看，几个小孩子正用刀片在划车胎。

见有人下来，那几个孩子一哄而散，边跑还边朝他们喊："小哑巴，小哑巴，不会说话的小哑巴……"

程诺气急，从地上捡起块石头就要往他们身上扔，宁岸却拉住他的胳膊直摇头，指着车胎让他过去检查。

"我靠！"程诺一看，车胎已经漏了气，长长的口子像是在示威。

停车换备胎，没有其他选择。陆西源受伤使不上力，祝南浔和宁岸帮着程诺换好了车胎，程诺累得满身大汗。

"宁岸，你以后不许离开我的视线。"

祝南浔此话一出，程诺又来劲了，他说："你能保护好她？你俩最好谁也别乱跑。"

宁岸赶紧递给程诺自己刚买的水，示意他喝。又给了祝南浔一瓶，冲她比手势，那意思是，我以后不会了。

祝南浔点头，拿着水准备上车。她打开车门正要进去，却看到刚刚那帮小孩子正从宁岸买水的小商店里走出来，他们每人拿着一根冰棒，耀武扬威地走在大街上。

程诺对宁岸说："妹子，以后哥罩着你，谁要是再敢欺负你，我就把他抓起来吊着打。"

祝南浔听见了，说："欺负宁岸的人就在对面，你去把他们抓过来，我帮着你吊打。"

宁岸听了，直摆手。大概类似的经历对她而言实在是太多了，况且这只是一帮小孩子，她压根儿没放在心上。见她这个样子，祝南浔终于开口问："宁岸，你到底为什么不会说话？"

站在车子另一边的陆西源往他们这边看了看，似乎也对这个答案充满好奇。

宁岸从未解释过，其他人也从未询问过，为何她能听得见却说不了话。当她把领口往下拉时，祝南浔才意识到，这么多天，她的脖子几乎都是遮住的。这道伤疤已经很浅，但像藤蔓一样缠在她纤细的脖子上，纠缠着她的声带，让她无法发出声音。

“得，一车人都是伤痕累累。”程诺叹气。

宁岸说这是小时候被开水烫的，祝南浔摸了摸自己被大火烧伤的额角，感同身受。

出发时本来已是下午，再加上修车耽误了一个多小时，他们没能按时赶到晚上要落脚的县城。眼看已经天黑，前不着村后不着店，程诺问：“是赶路还是住帐篷？”

陆西源说：“姑娘们决定吧。”

一路上并没有可疑的人跟过来，当地气候也适宜，只要找到合适的地方，住帐篷未尝不可。祝南浔问了宁岸的意思，她写下：“程大哥开车很辛苦，开夜路会很疲惫，就住帐篷吧。”

于是，程诺将车驶进一个山谷。

夜风轻拂，星月沉醉，草原上静谧无声，只有车灯晃着眼。

陆西源背靠着车门坐着，祝南浔跪在地上给他换药。不远处，程诺和宁岸在搭帐篷，四个人的身影沉浸在夜色里，格外融洽。

祝南浔借着月光近距离观察陆西源的伤口，周围安静得只听得见彼此的呼吸声。

“又要留疤了。”祝南浔说。

陆西源：“不碍事。”

“把衣服脱了。”她又说。

“做什么？”

“我看看你身上拜我们祝家所赐的伤，看看怎么弥补你一下。”她说着掀开他的上衣。

月光下，他紧实的肌肉线条若隐若现，细长的手指抚摸上他的皮肤，他感到一阵酥麻。当她的手指触到一道凸起的疤痕时，她下意识地缩回手指。

“别看了，我说给你听，”他按住她的手，又一把把衣服拉下来，“后背都是被打的，原本是可以不留疤的，但当时就医条件差，连药都没有，更别提祛疤。腰上也是刀伤，不过不是匕首，是餐刀。”

“餐刀？”祝南浔难以想象。

“嗯，餐桌上发生了冲突。”

“跟谁？”

“买家。”

“卖陆怀信的画？”

“嗯，那会儿急着用钱。”

“陆西源，你们当年被逼到那种境地，就没有想过回来找祝家？”祝南浔知道要经历怎样的心理折磨，才能锻造出一张谈起绝望还能云淡风轻的脸，但她不明白，他们为何要躲着祝家。

陆西源点了根烟：“你坐过来。”

祝南浔和他一样靠着车身而坐。他抽完一整根烟才开口：“阿浔，你为什么相信我？”

祝南浔把头靠在他的肩头，呼出一口气：“我信你，不仅是因为你救过我的命，我信你，更是因为陆怀信。他是你的叔叔，也是我妈妈曾经深爱过的人。”

“画是我拿走的，你戴的坠子就是保险柜的钥匙。”话说出口，陆西源才发现原来承认过错并没有那么难。

祝南浔想起二十二岁时的陆西源，轻轻地闭上了眼睛：“我知道。”

陆西源惊讶地扭头看着她，但很快又恢复了平静。是啊，她早已不是那个十六岁的小姑娘。

“但画，已经毁了。”他又说。

这下轮到祝南浔震惊不已。画被毁，那这些年，那些人争的又是什么？

陆西源扶着她的肩膀，郑重地说：“阿浔你听着，这事除了我们，只有你一个人知道。当年，画被我亲手扔进了大火里，他们仍不放过我们，是因为他们要找的不是画，而是画里藏的你爷爷的遗嘱。”

“宁岸，你看那两个人只顾自己谈恋爱，太不仗义了。”程诺搭好帐篷，累得够呛，直接躺在了草地上。

宁岸从包里翻出一袋饼干递给他，在手机上打字：“他们很配”。

“你小小年纪，懂什么配不配的。他俩啊，叫天下乌鸦一般黑，那心里想的，都不是常人能理解的。”

陆西源和祝南浔的聪明，宁岸是见识过的。听程诺这样说，她偏过头看他们，远远看着，他们似乎也正在打量着她和程诺。

躺在帐篷里，风声呼啸。祝南浔睡不着，轻轻叫了宁岸一声，宁岸却动也没动，大概是睡着了。祝南浔打开帐篷出去，谁知在门口看到端坐在那里的陆西源。

“你吓死我了。”祝南浔说。

陆西源问她：“这么晚了，你不睡觉跑出来做什么？”

“我睡不着。你坐在这里做什么？”她反问。

陆西源揉了揉太阳穴：“觉着不太对劲，怕出什么事情。”

“去车上说。”

两个人坐到了车后排，祝南浔问：“怎么了？”

陆西源问：“当时你们就找到一个跟踪器？”

祝南浔点点头：“我确定。”

陆西源又说：“那不对劲啊！我交代过麦蒙，我们一走，跟踪器立刻毁掉。可我们走后，那边一点动静也没有。”

“你问了麦蒙？”

“麦蒙说，没有任何人去打听过。”

“你怎么想？”

“我怀疑，我们又被人跟上了，甚至有可能，我们的行踪一直都被掌控。”

“不是已经换了程诺的车？”祝南浔问。

陆西源正襟危坐：“那些人的手段，远比你想得要高深莫测。”

“难道是……怎么可能？”祝南浔说到这里，突然感到后脑勺发凉。

陆西源轻轻握住她的手：“要是今晚不动手，我们明天就到张掖了。阿浔，今夜我们要做好准备。”

夜风撩动，草原静谧无声，像是暴风雨前的宁静，只有敏锐的触角才能嗅到危险的来临。这样的技能不是随便谁都可以拥有的，但陆西源可以，因为他是从荆棘中走出来的人，那些伤痕都是经验的堆积。

“既然这样，为什么不赶到县城里去住？”祝南浔问。

陆西源说：“我也只是猜测，但如果今夜真发生什么，那就得到证实了。”他说完调整了一下姿势，然后靠着座椅后背闭上了眼睛。

祝南浔看他一副老谋深算的样子，努努嘴对他说：“真是老狐狸，要是把我们都赌进去了怎么办？”

“又不是没有筹码，怕什么。”他回应。

祝南浔想了想，说：“你可真是狡猾，我还以为你会说，你一定会保护好我。”

似乎也是。可陆西源转念一想，却说：“要是实在没办法，拿你做筹码也行。”

“……”祝南浔狠狠地朝他肩膀上咬了一口，“这么多疤，多我一个不多。”

“别动,让我睡会儿，”他忍着疼伸出大手将她的头按在他的胸口上，之后轻轻地笑了，“傻姑娘。”

程诺睡觉一向很死，直到被祝南浔捏住鼻子，才从梦中惊醒。他刚要大叫，又被祝南浔堵住嘴巴小声叮嘱：“是我，别出声，外面有人来了。”

程诺一下子清醒了大半：“谁？有多少人？陆西源呢？”

“三四个吧，有男有女，来路不明，陆西源在宁岸的帐篷里。”

“他去宁岸的帐篷里做什么？”程诺显然搞错了重点。

“保护宁岸啊，然后你保护我。”祝南浔翻了个白眼，“算了，还是我保护你吧。”

程诺拍了拍脑袋，想让自己更清醒一点，他问：“带家伙没？”

“没有。”

“我是问那些人。”他强调。

“看不清。”祝南浔说。

“是不是之前的人？”他又问。

祝南浔："不确定。"

"那搞个屁，什么都不知道。你躲好，我出去看看。"程诺说完独自出了帐篷。

夜里气温骤降，程诺打了个寒战，猫着身子走到隔壁帐篷外，没听到任何动静。他刚想开口跟陆西源搭话，却发现前方来了个人，距离他只有五六米远，他只好屈身躲在了帐篷后面。

"喂，要不要先撤？"那人低声问帐篷里。

无人应答。又过了几秒钟，里面传来脚踢帐篷的声音。

程诺蹑手蹑脚地绕到帐篷另一侧，借着月光，他看到宁岸被一个穿着干练的女人用绳子勒着脖子，动弹不得。他正要冲进去，一个男人突然在他身后倒下，回头一看，陆西源站在他身后，紧握着一根电棍。而被打倒的那个男人手里也拿着同样的电棍，正是刚刚往这边来的那个人。

"我去你大爷！搞偷袭啊！"程诺惊魂未定。

"别叫了，剩下的人我已经搞定了，里面这女的交给你了。我去找南浔，车里会合。"

陆西源交代完便走向另一个帐篷，谁知祝南浔的声音却从这顶帐篷后边传了过来。她似乎钳制住了帐篷里威胁宁岸的那个女人："想保住腿就放开绳子，我这刀可不长眼！"

程诺刚要朝那女人动手，就听见祝南浔这话，难怪那女人虽挟持着宁岸却不敢吭声。他对陆西源说："我去，你女人够生猛的啊！"

陆西源绕到祝南浔面前一看，她正钳制住那女人伸出帐篷外的一条腿，而她手里拿的，哪里是一把刀，那分明是用来固定帐篷的长铁钉。那女的果真不敢乱动，乖乖地放开了宁岸。

程诺上前将她绑了起来，拿手电筒往脸上一照："哟，还是个漂亮大姐。"

女人不说话，瞪着面前这几个人，看她的表情，隐约间，竟有一丝不屑。

祝南浔觉得这个女人面熟，却怎么也想不起来她到底像记忆中的谁。

“收东西走吧。”陆西源说。

“人怎么办？”程诺问。

“绑好了，丢在这里，她同伙醒来，会给她松绑。”

宁岸看了那女人一眼，跟着祝南浔上了车，她抓紧了祝南浔的衣袖，瑟瑟发抖。祝南浔看了陆西源一眼，抽了抽嘴角，笑容让人难以捉摸。陆西源也回看她一眼，眼神玩味。

“糟了，我随身带的小袋子不见了。”车快开到公路上时，祝南浔才反应过来。

“你放哪里了？”陆西源问。

“衣服侧口袋里，在帐篷里睡觉时拿出来过一次。”

“袋子里放的什么？”

“印章。”祝南浔竟十分淡定。

陆西源眉头紧锁：“程诺，掉头！”

宁岸愣了几秒，在自己的包里和车上四处寻找。

“别掉头，先听我说完。之前印章是放在袋子里，但那次拿出来骗昆达之后，我就把印章藏到别处去了。”难怪她一点也不紧张。

“那袋子里又放了别的东西吗？”陆西源问。

“装印章的盒子。”祝南浔说。

“你确定印章不在里面？”

“确定，因为我把其他东西放进盒子里了。”

“什么东西？”

“你在祁连县城里给我买的装糖果的小盒子。”

陆西源听完，无奈地摇了摇头。这丫头，当真不傻。

程诺松了口气：“祝大小姐，您做事靠点谱行吗？”

祝南浔哼了一声：“请他们吃糖还不好？”

陆西源他们的车离开后，女人用刀片划开了绳子。她拿出祝南浔的小袋子，打开印章盒子，里面只有一个小铁盒，上面写着“×× 糖”。

她气急败坏地扔了盒子，叫地上躺着的同伙：“东西没拿到，快追。”

陆西源诱敌深入，想证实自己的猜测。祝南浔也跟他学，小做试探，来了个偷梁换柱。

在告诉她画里藏着遗嘱之后，陆西源又对她说了一个秘密：“遗嘱写在绢帛上，绢帛分成了两截，一截在画里，另一截在你爷爷的私章里。”

见过印章的没有几个人，陆西源赌中了。

“停车。”车子开到公路上，程诺刚要加速，陆西源就让他停车。

“大哥，又怎么了？”程诺嘴上抱怨但还是把车停了下来。

“以其人之道还治其人之身。”陆西源打开车门下了车。

祝南浔看见他走到公路另一侧，那里停着一辆崭新的“川”字头的越野。陆西源用刀把四个车胎全部划破。

“看到没，腹黑啊！又会打架又会使坏。”程诺对一旁的宁岸说。宁岸看着陆西源的背影，握紧手心，似乎还沉浸在刚才的恐惧之中。

“别害怕，没事了。”程诺安慰她。

祝南浔拍了拍宁岸的肩膀：“让你担惊受怕了。”

宁岸摇了摇头，勉强挤出一个微笑。

陆西源上了车，祝南浔问他：“你是怎么搞定那几个人的？”

“他们压根儿没想伤人，我抢了一根电棍，偷袭。”只是为了拿东西，用不着真的动手，况且那几个呆瓜根本不是陆西源的对手。

“祝大小姐，那娘们儿的腿是怎么伸到帐篷外的？”程诺问她。

祝南浔学陆西源说话的语气：“帐篷那个地方本来就破了个洞，我发现她跪在地上勒宁岸，就抓住她的脚往外拖，偷袭。”

车子渐渐开向黎明。荒唐的一夜正式翻篇，想要追上来的人没能如愿以偿。

他们将在中午之前到达张掖，有人过分紧张，有人在做新的打算，还有人沉浸在离别的感伤中。

到了镇上，程诺和宁岸去加油，陆西源和祝南浔去买早餐，大家分头行动。

“甘肃的面食该比青海的好吃吧。”祝南浔想起那个骑马的清晨，陆西源当着她的面吃完了她吃剩的那碗油乎乎的面。

“全国人民都知道兰州拉面出名，可是很少有人知道，兰州拉面是起源于西宁的。”

“陆西源，我想吃穷达家的油饼和麦蒙烤的土豆了。”祝南浔拽着陆西源的衣袖道。

“还会有机会的。”陆西源停下脚步，牵起她的手，这个样子的祝南浔，像个小姑娘，“你自己有没有觉得，一路走来，你变了许多。”陆西源说。

祝南浔叹了口气：“是你人品好，带我看到了很多颗真心。”

四个人重新上路。宁岸在手机上编辑着短信，她写了很长很长一段，删了又写，写了又删。最终，她没有发送给任何人。

程诺问她：“你下一站去哪儿？”

宁岸却答非所问，只写了一句：“程大哥，我会想你们的。”

程诺没吭声，看了看刚刚升起来的太阳，光线还很柔和，软软地打在车身上，又是崭新的一天，他将再次告别。他想起“飞燕草”，想起后来他遇到的各种各样的好姑娘，她们都要离开，他都无法将她们留下。

“宁岸，我想把头发剪得再短一点，到了张掖，你帮我剪个头发再走吧。”

宁岸看了看后视镜，眼泪在眼眶里打转，心里暗道，程大哥，恐怕我到不了张掖了啊。

后视镜里，是来自川南的“危机”。他们是昨夜冒昧而来的访客，也是陆西源七年未见的老朋友。

“程诺，你到前面那个路口右转，进小路，后面有人在跟。”听到陆西源这样说，祝南浔和宁岸同时回头向后看。远远地跟在他们后面的，一共有三辆车，两辆越野，一辆商务车，都是“川”字开头的车牌。

“看来昨晚那拨人的帮手到了，不知道会不会和他们一样蠢。”说话间，程诺将车驶进小路。此路极窄，只有一个车道，道路两边都是金黄的油菜花田。

祝南浔眼看着后面的车也追到小路上，而前方是一个小村落，道路更窄，不方便躲藏，更不利于逃跑，她对陆西源说：“前面走不了了。”

陆西源想了想，说：“你们三个下车往花田里跑，动作快点！程诺，车给我，我断后。”

“你还有伤，我来吧。”程诺皱着眉头说。

陆西源低声吼道："少废话！你带着她俩跑，丢一个我拿你是问。"

祝南浔知道时间紧迫，一句话也没多说，看了陆西源一眼，对他眨了下眼睛，然后对宁岸说："宁岸，要紧的东西拿上，我数三声后我们往花田里跳。"

程诺停下车，待祝南浔和宁岸跳下车后，他也蹿了出去。

陆西源迅速地跳到驾驶位，然后将车往后倒，速度极快。后方跟着的车正要加速靠近，却见对方的车疯狂地往后倒，打头那辆车一个急刹停在了路中间，后面的车猝不及防，纷纷追尾。陆西源听到追尾声响，换前进挡，轰油门提高车速往前开。开到刚刚祝南浔他们下车的地方，将车打横停在路中间，然后拔了钥匙打开车门，纵身一跃，也跳进了花田里。

前面，祝南浔搀着宁岸往前猛跑，程诺紧紧地跟在她们后面狂奔。

对方一共十几个人，个个身手矫健。陆西源刚跑几步，花田的边缘就陆续出现那些人的身影。陆西源看了眼程诺所在的位置，又看看身后来人，换了个方向，试图引开他们。

祝南浔拼命往前跑，她也分不清该往哪个方向去。放眼望去，四周都是没有尽头的油菜花，而耳边只听得见自己和宁岸的喘息声，她对宁岸说："再坚持一会儿。"

宁岸的速度越来越慢，刚刚两人跳车的时候，她崴了脚。

"这样跑下去不是办法。你们低下头慢慢走，找个隐蔽的地方藏起来，我去引开他们。那边有个镇子，如果半小时后我还没找到你们，你们就去镇子上躲起来，多给老乡一些钱。"程诺交代着两个姑娘。

宁岸已经体力透支根本听不清他的话，祝南浔还算清醒，喘着粗气对他说："你自己小心点。"

"放心，我跟你男人可是跟古惑仔打过群架的人。"程诺笑着，眼神里渐渐充满杀气。他在花田里搜寻着陆西源的身影，又在地上捡了根结实的棍子，然后猫腰慢慢地往前试探着走。

而陆西源在另外一片花田里奋力奔跑，他引开了一大半的追踪者，眼下正在跟他们捉迷藏。七年前，在海拔四千五百多米的牛奶海附近，他也是这样跟这帮人玩游戏。只是当年，他带着即将临盆的尤惜和高反严重的陆怀信没能幸运地逃过他们的追踪。

“喂，跑不过就打，你一个伤残人士行不行啊？”传来的声音是程诺的。

陆西源听音分辨着方向，又蹲下身听身后人的脚步声，然后朝程诺喊：“闭嘴，往你的西北方向跑。”

程诺原地转了一圈，蒙了：“靠，哪边是西北啊？”

“看太阳。”陆西源又说，说完他朝东南方慢慢移动。

半分钟后，两人会合。

“她们两个呢？”陆西源问。

“躲起来了，解决完这帮人我们去找。”

陆西源皱起眉头：“确定她们身后没人跟？”

“没有，我都引过来了。再说，你还不信你的女人？她本事大着呢。”程诺边说边换了个姿势蹲着。

陆西源微微站起身来观察周围的动静：“我当然信她，只是不知道另一个妹子拖不拖后腿。”他话中有话。

程诺没反应过来，回他：“宁岸是跑不动，但是跑不动总会躲吧。”

此时，祝南浔和宁岸已经跑到一片空地，躲在了一台榨油机器的后边。

祝南浔让宁岸坐下休息，自己蹲下身子观察周围的动静，可宁岸却把手机拿出来扔进了远处的花田里。祝南浔惊愕地回头，她根本无法理解宁岸此刻的行为。

宁岸的眼泪落了下来，她张张嘴，想要开口说话。祝南浔扶住她的肩膀，让她不要着急。她低下头，哽咽地发出声音：“南浔姐，对不起……”

祝南浔轻轻叹了口气。

两个小时前，在加油的小镇上，陆西源和祝南浔在一家小面馆门前等老板打包早点。

话题是祝南浔引出的：“除了跟踪器，你到底是怎么发现她不对劲的？”

“我之前也不敢确定，只是猜测，是看到她脖子上的烫伤伤疤才开始怀疑。七年前，我们到川南去查事情，查到一个当地的司机，他的手上也有一块烫伤的疤痕，深浅和宁岸脖子上的一样，他说是她女儿小时候端开水不小心烫到的。”

“这么巧？这么久远的事情这么小的细节你都记的？”

陆西源笑了笑说：“这也只是猜测，但后来的证实也是因为她的脖子。当时那种情况，她用脚拼命地踢帐篷，应该是被那女人勒紧了脖子做出的反应，但她脖子上却没有留下任何痕迹，说明那女人根本没用力。因为她们认识。”

“我知道她们是一伙人，她靠近我们就是想智取，没想真的动手，叫自己熟悉的人来接应是最合理的。其实这一点，我们应该庆幸。”

陆西源沉默了片刻，说：“嗯，还挺聪明。”

“陆西源，宁岸不是坏人，她要是想自己把东西拿走，早就得手了。”

陆西源看着祝南浔认真的样子，拍拍她的头：“我知道。”

宁岸是那个司机的女儿，他们都不是坏人，他知道。因为她要是真想动手，要的就不是印章，而是他的命。

第八章　迷局

“南浔姐，你快走吧，如果早知道你也在这里，我根本不会来的。”

宁岸有着浓浓的川音，她装成哑巴，是怕陆西源起疑心。他们这次来西北，是得到消息，说陆西源现身了，可那些人并没有告诉她，让陆西源现身的人正是祝南浔。

“你认识我？”祝南浔惊讶不已。

宁岸看了看四周，紧紧地抓住祝南浔的手：“八年前，你父母来川南写生，租的车，是我阿爸的。他们出事后，报纸上说是死于车祸，整辆车都掉进了峡谷里，车上三人全部丧生，可是我阿爸——他根本没死。南浔姐，是后来陆大哥他们查到我家，我才知道事情的真相，但我阿爸被他们控制住了，我们一家只能给他们卖命。”

难怪祝南浔觉得昨夜的女人似曾相识，原来她就是当年报纸上登的遇难司机的家属，报纸上有她的照片。如果没有猜错，这个女人是宁岸的姐姐。

难怪陆西源他们当年被人追杀，原来是因为他们去追查她父母死亡的真相，引火上身。可她父母……这到底是怎么一回事？

找画的人不可怕，想要杀人灭口才最可怕。

祝南浔沉默着，抿着嘴巴一言不发。她看着宁岸，这个姑娘的眼睛一如既往地清澈。

她初见宁岸时，就起过疑心，后来觉得是自己太敏感多疑，就放弃了怀疑。再后来，宁岸对他们一片真心，要是真做点什么，他们不可能安然无恙地离开祁连。再次怀疑，是在车胎被小孩划破之前她非要下车去买水，之后他们被迫住在草原上，引来危机。

可就像她跟陆西源分析的，宁岸没想伤害他们，恐怕就连偷“遗嘱”，也是她的主意。那天晚上，在帐篷里，她故意透露给宁岸，说大家都在争印章里藏着的遗嘱，当时她以为宁岸也是为遗嘱而来，想做试探。

可没有想到，宁岸却另有打算。

她让几个亲信先来夺取印章，然后用“遗嘱”这个筹码去和上面的人谈条件，她以为这样，既能让他们放了她阿爸，也能为祝南浔争取脱身的时间。可惜她想得太简单，也弄巧成拙。祝南浔告诉众人自己将印章掉包之后，她就知道她不仅暴露了，而且失去了这个唯一的筹码。

“南浔姐，没有时间了，他们马上就会追过来，我的手机里有跟踪定位。你快走吧，我去支走他们。”宁岸晃动着祝南浔的肩膀。

可祝南浔还沉浸在千头万绪的遐思中；而另一边，陆西源和程诺被七八个男子围在花田里，一场恶战就要开始。

“宁岸，我问你，你背后人的目的究竟是要遗嘱还是要我们的命？”听到花田里的动静，祝南浔终于清醒过来。

“如果不是你告诉我有遗嘱，他们似乎根本不知道还有这回事，之前是想要杀人灭口，现在恐怕都想要。”

祝南浔果然没有猜错，来不及做更周全的考虑，抬头看到不远处马路上有个旅行团正在下车，她心生一计，对宁岸说：“你听着，印章你拿走，跟他们有个交代，如果他们还信任你，我们就还能见面；如果他们不信，你乖乖听他们的话，自己好好的。过一段日子，我如果安然无恙，就去川南找你。”

宁岸听着眼泪直往下淌：“南浔姐，你要保重啊，车里还有一个跟踪器，我放在座位下面，我没有办法……还有，你们的手机都不要再用了，他们有了号码会追踪。印章……我拿走一定会想办法再帮你拿回来，你放心。”说完宁岸就往扔掉手机的地方跑。

尽管祝南浔百感交集，但眼下不敢再浪费时间，因为不远处的花丛里，已经有人找了过来，她甚至能清晰地听到他们的脚步声。她看着宁岸跑远后，转身拼了命地往旅行团的方向跑。

没跑几步，宁岸的声音从另一个方向传来：“拿到东西了，先别追了！那边有游客。”

程诺一个过肩摔摔倒了一个人，一片油菜花被压倒在那个人的身下。陆西源一只手护着伤口，另一只手扣住一个人的脖子："还剩三个，你怎么样？"

"刚活动开筋骨。"程诺扭了扭脖子，轻松地说。

他话音刚落，陆西源加重了手上力道，趁对方无法动弹，又快速用手肘击中这个人的心脏，这人瞬间倒地。

"风采不减当年啊！"程诺打趣他。

玩笑之间，宁岸的声音传了过来，还在花丛里找机会下手的人听见声音后立刻往那边撤。陆西源听见宁岸的话后快速在花田里搜寻祝南浔的身影，见她虽然头发被风吹乱，跑得很艰难，但所幸已经快要接近马路边的人群。他松了口气，对程诺说："不打了，你去那边的马路上找南浔，我去开车。大路的路口碰头。"

程诺却愣在原地："说话的……是宁岸？"

陆西源并没有程诺这么惊讶，他没打算现在解释，拽着程诺边跑边说："逃命要紧。"

程诺大脑一片空白，就连陆西源他都觉得陌生。的确陌生，逃命的陆西源他见过，喊着要逃命的陆西源他还是第一次见。

"喂，为什么你的女人要我去找？"大概是被风吹醒了头脑，他反应过来。

陆西源说："那边三辆车堵着，你过得去？"他的意思是他的车技更好。

程诺没再理会，心里堵得慌。宁岸有问题，可他竟然一直被蒙在鼓里，他觉得自己的智商被侮辱了。

祝南浔跑到人群里，大部分游客都在拍照，她问其中一名游客："这是哪里？"

那人答道："油菜花最出名的地方啊，门源。"

祝南浔又问："那你们接下来去哪儿？"

"张掖，然后敦煌。"

祝南浔问他："导游在哪儿？"

陆西源和程诺将车开到旅行团所在的那条路上时，身后的人又远远地跟了过来。程诺没在花田里找到宁岸的身影，神情呆滞。陆西源看了他一眼，加快了车速。

将车停在旅行团的车旁边后，两人下车去找祝南浔。

人不多，陆西源一眼就看到了她。她头戴旅行社的小红帽，脸上有刮痕，正抱膝坐在路边看着地面发呆。就在这一瞬间，她紧张地抬起头，看到陆西源站在面前，她神情安稳下来，迅速起身，紧紧地抱住面前这个人："陆西源，你为什么什么都不告诉我？"

陆西源猜测宁岸应该是告诉她一些事情了，他温柔地拍拍她的头："我总觉得，还不是时候。"

祝南浔没想到自己会哭，抽了抽鼻子，尽量不让眼泪落下来："你总说不是时候，到底什么时候才是时候？我不问你就不说，你什么事都自己一个人扛……"

"喂，现在不是拉家常也不是开个人表彰大会的时候，尾巴还没有甩掉呢。要是想问问题，我还想问呢，宁岸到底是怎么回事？"程诺粗暴地打断了祝南浔的话。

陆西源拍了拍祝南浔的背。祝南浔看了眼花田，对程诺说："宁岸是个好姑娘，我把印章给她了。"

程诺一愣，顿了顿才说："上车说吧。"

"怕是走不了了。程诺，你开车走，甩掉他们，他们没发现我们就不会再跟着你了。我跟南浔跟团走。"陆西源说完看着祝南浔。

祝南浔把手里的另一顶帽子递给他："钱已经付给导游了，我们只到张掖，她却收了我全程的，亏大了。"

程诺看着眼前二人，耸耸肩："哼，你们又是心有灵犀。我先走了，看不见虐不着。"

旅行团里大部分都是中老年人，上车后，祝南浔和陆西源坐在最后一排，丝毫不引人注目。前面的游客在导游的带动下开始轮流唱起歌来，正在唱歌的是一个大叔，他唱的是老歌《再回首》。两人坐在后边，听着歌，各自沉默。

过了好一会儿，陆西源先开口："遗嘱是真的，画里和印章里各有一半，但这份遗嘱不是分家底的，不然这些人拿到也没用。遗嘱里记录了关于祝家所有艺术品和古董的收藏明细，包括存放位置，其中有一些是明面上的，还有一些是从未示人过的。你爷爷走后，大家都以为这份记录会在你父母手上，但当时祝家还未四分五裂，势力还很庞大，所以那些心怀不轨的人不敢动他们。再后来，你父母独自去了川南。阿浔，你父母应该是被人害死的。”

祝南浔静静地听着，这背后的秘密远比她想象的要可怕。她完全不能想象父母竟然不是意外死亡，但想到这些年她几乎是被人监视着生活，又亲眼看到陆西源被人追杀，好像这一切又不难解释。

“这些人是怎么知道那份记录在画里的，而你们又是怎么发现我父母……”说到后面，祝南浔不忍再说。

陆西源握紧了她的手：“画里有记录的消息是我放出去的，目的是让想杀我们灭口的人和觊觎那些宝贝的人互相牵制，毕竟只有我们活着，他们才能见到那份记录。而开始怀疑你父母死亡真相是因为那天晚上的那场大火……”陆西源话说一半，突然噤了声，祝南浔刚想开口，他却又低声对她说，“阿浔，别往你左边看，有个人跟着我们上了车。”

祝南浔和陆西源坐在大巴车最后一排最靠右的两个座位，跟着的人坐在最靠左的位置，他们之间隔了两个人。

“到张掖还要两个小时，我们被人跟着，程诺说不定已经脱身了。”陆西源说着拿出手机，插了张卡给程诺发短信。

祝南浔见状，挑了挑眉：“狡兔三窟。”

上车前，他俩都把手机卡卸下来扔在了油菜花田里，他却还有另一张卡，这才是逃亡的老手应该具备的素质。

和程诺确认碰头的地点后，陆西源对祝南浔悄声说：“再走几公里，路边有一个公共厕所，程诺会在那里等我们。你看，身后跟着的车有一段距离，我们待会儿只要甩掉车上这个人就可以了。”

祝南浔心领神会，点点头，她始终没有侧头去看左边那个人。

车快要开到公共厕所时，祝南浔捂着肚子先往车头走：“导游，我想上厕所。”

祝南浔表情到位，可怜兮兮。导游不好意思拒绝，眼看着前面就有一个厕所，便叫司机在前方停车。

陆西源本来想让祝南浔先下车，他牵制住身后的人后再下车，可那人跟得太近，车上人又多，两人都不好动手，因此双方一直僵持着。眼看车要停稳了，那人急了，刚要对陆西源动手，祝南浔突然转过身指着那人大声对导游说："这个人在门源上的车，没给钱。"

众人的目光瞬间集中在了那个人身上。陆西源趁机拉起祝南浔就下了车，而那人却被导游拦下，无法抽身去追。

祝南浔和陆西源飞快地上了程诺停在路边的车，程诺一脚油门，车呜的一声蹿了出去。看见身后的车穷追不舍，程诺取笑陆西源："没让这辆商务车也追尾，看来你那车技也不咋的嘛。"

陆西源摸了摸鼻头："是你的车不好。前面有一段绕山公路，路险车多。程诺，考验你车技的时候到了。"

程诺志在必得地说："看哥玩不死他们。"

祝南浔盯着身后的追车，心里却不由得暗想，不知道现在宁岸怎么样了？

车子驶出笔直的公路，驶进一条弯曲的进山公路。道路里侧是石山，没有植被包裹，凹凸不平，衬得道路格外狭窄；路的另一边是崖边，下面有水流和石滩。这个时间段，正是车流量最大的时刻，很多大货车会冷不丁地出现在道路的转角，由于视线被山体挡住，所以需要来往的司机格外谨慎。

祝南浔从未见过程诺如此紧张，他聚精会神地握着方向盘，既要避开迎面而来的大货车，还要提防身后的追车。每和一辆大车交错开来，祝南浔都长舒一口气，但身后的车却像鬼影一般，始终甩不掉。

"川南的公路不比这个好走，他们的司机都是好手。"陆西源说。

祝南浔想想自己勉强考出来的驾照，对陆西源说："等有时间，你陪我练练车吧。"

程诺却打击她："女人开车，就只能在城市里转转，这都说不定哪儿碰到擦到。"

祝南浔没心思反驳他，只好叹了口气："程大哥，那现在就只能靠你啦。"

绕完一座山，又有另一座山出现，山势逐渐陡峭，路况也越来越糟糕。到了一个急转弯处，身后追车突然加速，程诺只能也加速，和身后追车维持距离。因为前方弯道太多，随时有大车过来，两车距离太近，实在危险。

可就在此时，前方突然来了一辆大车，车速竟也极快。程诺发现这里是一个视线盲区，身后的车无法看到大车的出现。程诺很想减速，也想让后面的车减速，以免他们与大车相撞，可是此时已来不及。

砰！刺耳的刹车声之后是一声巨响！撞击声在山谷间回荡，听到的人无不心头发颤。

尽管陆西源抓紧了祝南浔的胳膊，她还是一头撞在了副驾驶的座椅靠背上，这是程诺听到撞车声后急刹车导致的。祝南浔的耳朵嗡嗡作响，她双手捧着剧烈疼痛的头，觉得四周都在晃，就连陆西源说话的声音都听不清了。

陆西源叫着她的名字，抱紧了她的肩膀。

看到前后停下的车越来越多，有人在拨 110，有人在拨急救电话，陆西源才对程诺说："走吧。"

如果不是被这些人追，他根本不可能做出这样的决定。程诺又仔细地查看了一遍行车记录仪，再次确认与自己无关后才将车开走。

车子行驶到与车祸地点隔着山谷相望的另一条山路上时，程诺停下车子，和陆西源远距离观察着事故现场。的确是两车车速太快导致的相撞，程诺是凑巧赶在了对的时间加速转弯才让三人幸免于难。身后的追车根本来不及做出反应，而大车司机也不会想到，好不容易错过一车，后面竟又紧跟另一辆车。

"你俩的命差点断送在我手上。"程诺看着远方，喃喃地说。

陆西源拍了拍他的肩膀："这商务车不算太差，车身抵在山体上，而大车也没掉下山崖，撞得虽狠，但不一定有重大伤亡。你车技可以了，我们毫发无伤。"

"那我们先走吧，晚一点新闻就会出来，真无奈，我们没办法跟警察说明白，就让他们去解释吧。"祝南浔道。

陆西源点了点头："只能这样了。不过我们也得去趟医院，南浔应该是脑震荡了。"

“啊，我对不起她啊——”程诺哀号一声。

山谷里依稀有风在响，祝南浔隐约听到风声夹杂着警车和救护车的声音从耳边穿过，感觉很不真实。可是车祸就出现在眼前，那些声音和场景又真实得可怕。现在还不确定人员的伤亡情况，但这一刻，她突然觉得这条路格外残酷，也格外漫长。

这是一个充斥着欲望与贪婪的世界，她和陆西源置身于欲望中心，是人人都想要宰割的猎物。他们身上就像带着定时炸弹，炸弹随时都可能被引爆，让他们粉身碎骨。

八年间，他们分别在相隔上千公里的两地各自为战，一个躲避追杀，另一个一心想要查明真相。只是真相从未靠近过她，如今一旦靠近，又都是血淋淋的创伤。她对他说，她什么也不怕，她想要守护祝家，想给爷爷一个交代，也想让哥哥从往事中解脱。现在看来，她的“不怕”是因为她从未面对过真正的危险，当危险来临，她还需要一颗更强大的心脏。

而陆西源，他躲得小心翼翼，从川南到内蒙古，一路都藏在最荒凉的地方。他不仅要躲，还要守护祝家的宝藏，他不仅要随时做好迎接刀枪剑雨的准备，还要救赎无力去揭露真相的自己。

她问他，这么多年，他躲着自己，是因为歉疚还是因为没有办法。如今看来，他的确是因为没有办法，他不见她，对她而言，才最安全。

一小时后，他们终于安然无恙地抵达张掖。进了市区，车子先开到距离最近的一家医院，祝南浔的头部需要做个检查。

这是家小医院，排队挂号的人不多，医生和护士倒是勤勤恳恳，悉心安排往来的病患。轮到祝南浔挂号的时候，值班的护士们正在讨论这场车祸，救护车应该就是从这家医院派出去的。

“喂，你不挂号了？”护士叫她。

祝南浔没理会她，冲她摆了摆手后走到陆西源和程诺面前：“恐怕待会儿救护车就到了，我没事，不用检查了。”伤员一到，剩下的人也会跟着过来，此地不宜久留。

“换家医院。”陆西源说。

程诺去开车，却迎面撞上抱着一个姑娘并且浑身是伤的中年男人。

程诺认出这个男的，正是昨天夜里被陆西源打倒在地的那个人，再看他怀里抱着的，竟是宁岸。

“病人重度昏迷，脑部有创伤。”这是急救医生对宁岸做的初步诊断。

“医生，你快救救我小妹吧！”中年男人不顾自己身上的伤，拼命求医生救重伤的宁岸。

他和宁岸当时都坐在商务车里，他坐在副驾驶被安全气囊保护，受伤较轻；而宁岸坐在后座，没系安全带，也没有任何保护措施，受伤最为严重。他怕宁岸等不到救护车来，于是拜托看热闹的其他车的司机将他们先送到医院。

此刻，他焦急不已，甚至没有注意到祝南浔他们也在这家医院。

祝南浔远远地看着宁岸被送进手术室，想起几个小时前，宁岸还在花田里帮自己脱身的场景，恍如隔世。她快速跑出医院找了个自动取款机，然后把取出的厚厚一摞钱递到中年男人的手里。

“是你？”中年男人看到她诧异不已。

“你是宁岸的哥哥吧？这钱你拿着，是我的一点心意，宁岸会醒过来的。”

祝南浔面对他的时候，心里五味杂陈，因为这个人很可能知道自己父母的死因。但眼下，他们之间不适合做任何周旋。给钱肯定不是最好的慰藉，但眼下，她能做的，只有这个。

“你等等，这个给你，宁岸说一定要还给你。”

祝南浔没想到中年男人会把印章拿出来还给她，她接过印章的一瞬间想起宁岸对她说的那句话——印章，我拿走一定会想办法再帮你拿回来。

祝南浔问宁岸的哥哥：“那你们怎么交差？”

中年男人说：“我们一家被胁迫了这么多年，大不了就鱼死网破。我阿爸做错了事情，他应该承担了。”中年男人的脸上写满了无奈，如果不是亲眼看到自己的小妹生死未卜，他说不定还会继续为他们卖命。

宁岸谎称只有自己有打开印章找到遗嘱的办法，再加上要追人，时间紧迫，所以那些人暂时没逼她交出东西。可宁岸仍旧没能完全得到那些人的信任，因此那些人将她姐姐扣下，让她和她的哥哥上商务车去追人，继续完成他们的任务。

在来医院的路上，混沌之中，宁岸把印章交给了哥哥，又拜托他一定要还给祝南浔。她甚至都不确定哥哥是否还能遇到祝南浔，但那一刻，她已做好了迎接死神的准备。这么多年，她看着阿爸活在恐惧之中，哥哥姐姐又被逼着四处寻找陆西源的下落，那些人以她阿爸的生命做要挟，想借他们的手去杀人，让他们做刽子手。这些人太狠，可他们却无法摆脱。这次来西北，她没想到阿爸欠下命债的那对夫妇的女儿也出现了。冥冥之中，她总觉得这一切该结束了。

祝南浔紧紧地握着印章，又用自己的衣角把印章上的血渍擦干净，然后将印章郑重地放进口袋里。

“照顾好宁岸，好好保重，我们一定还会再见面的。”祝南浔看了手术室一眼，心中暗暗祈祷：宁岸，你一定要活下去。

程诺默默地看着这一幕。

“让他们一家人来杀我灭口，这案子就彻底背在了他们的身上。他们所选择的也是一条不归路。”陆西源叹了口气说道。

“报警吧，证人都在，这些年，你还没有受够吗？”程诺的情绪有些激动。

陆西源眼圈微微发红：“南浔差点被大火烧死时，尤惜难产时，我叔叔被抓过去打断筋骨时，我哪一次都想过报警，想去和警察说清楚。可是我说不清楚，放火的人查不到，而宁岸的爸爸根本就不知道当年让他下车的人是谁。追着我的这些人，都只是给背后的那个人卖命的，我一点证据也没有。”

他在西北这些年，做志愿者、建学校、援助藏民，拼尽全力去做一个好人，他想要弥补心里的那份负罪感，因为他没办法帮着叔叔给祝家一个交代。

他一直都在寻找机会，他放出“遗嘱”的消息是为了寻求一种保护，但更是为了引蛇出洞。可是小蛇引来不少，大蛇却始终不曾露面。最可怕的是，来找画的人几乎都不打着找“遗嘱”的旗号，他们虽分散，但却像一个默契的整体，包括颇有权势的宋家。

外界的新闻与传言，大都围绕着名画失盗和陆怀信与祝家的纠葛展开，就连祝家兄妹俩，也都以为大家寻画找人，是为了让陆怀信重新出山，挑起祝家的大梁。而且，他俩竟丝毫不知“遗嘱”的秘密。

这里面的疑点，实在是太多太多了。

但几乎可以断定的是，背后的那个人计划了多年，从祝南浔父母之死到祝家画室失火再到找画、找“遗嘱”，这一步步，安排太过周密。

他为了保护家人，从不敢暴露真实的身份信息，他的电话卡，每隔一段时间就会换掉，就连“陆西源”这个名字，也不是他真实的姓名。

“陆西源，程诺，我们走吧，就算要报警，也得让宁岸的家里人来做决定。”

此刻，能再次与宁岸一家人相遇，或许就是事情的转机。查明真相才是最好的自我救赎，祝南浔隐隐觉得，好像一切隐藏的疑点都正在浮出水面。

一路上，陆西源始终不敢透露太多，而她被绕进这层层的谜团，似乎这一刻才真正清醒。

是宁岸的血唤醒了她，人果然只有在生死面前才能顿悟。

第九章　交手

祝南泽收到妹妹的短信时，正和爷爷生前的几个学生吃饭。

这些年，他们兄妹俩孤军奋战，也只有这几个人偶尔会帮衬一把。祝老爷子盛名在外，培养出来的学生也占据了江南画派的半壁江山，当年祝家出现危机，祝家大部分学生四分五裂，唯独这几个成就最高的没有摒弃祝家。

他看了短信，大概了解了事态的发展。祝南浔没有告诉他父母的事情，只提到“遗嘱”，于是他便和这几个人谈论起祝家的弃徒——朱赟。

他想要从这些人的身上了解到更多关于宋家找陆怀信的信息，但当他把祝家将要分羹给宋家的事情故意透露给这几个人的时候，他们中有人急了。

“这么多年，一共就两个人被老师逐出师门，一个是陆怀信，另一个就是他。陆怀信是事出有因，但朱赟完全是因为人品败坏才被老师赶回家。这些年他与宋家狼狈为奸，在背后恶意炒作艺术品，把美术界搅得乱七八糟……”

“是啊，你怎么可以把祝家的生意分给这样的人？”

几个人议论纷纷，他们当中在美术界最负盛名的郑怀敏更是大发雷霆，当众拍桌子：“南泽，你怎么可以做出这么荒唐的决定？”

“郑叔叔，朱赟利用宋家的势力派人去抢画，一度威胁到我妹妹的人身安全，我们没有办法。”

“简直幼稚，你答应分他生意他就不抢画了？你妹妹就安全了？再说他要画何用，目的还不是为了找陆怀信出山。”

“大家都说陆怀信已死，也有人亲自证实过，可为什么还是有人在找？您总说是为了找他出山，可自从他失踪，他在美术界早已没有一席之地，若是想找人主持大局，您的威望还不足以支撑吗？为何却要找被逐出师门的陆怀信？郑叔叔，大家究竟在找什么？”

其实祝南泽不止一次地怀疑过类似的说法，就算找到了陆怀信，他就真能挑起大梁吗？祝家的家业，他凭何去动？只有一点，除非他手上有筹码。

现在想来，大家格外关注那幅画，甚至有些人对画的关注度超过了画作本身的价值，此事早有蹊跷。而他和祝南浔似乎一直被封锁住信息，他们得到的所有消息都来源于这几个祝家的亲信。

郑怀敏说得没错，他们还太稚嫩。他们兄妹俩一心想着那场火和那三个人，思路始终偏离正轨。

“陆西源，你能告诉我的是不是已经都说了？你保证你没有任何隐瞒？”

三个人在张掖的夜市上喝酒，祝南浔显然有些醉了。他们本不该这样大张旗鼓地暴露在外面，但三个人似乎都需要一个发泄的出口。

“祝小姐，拜你所赐，我们又过上了逃亡的生活，简直比电影里演得还刺激。”

程诺这话没有说错，追根溯源，若不是祝南浔在青海湖足足找了陆西源半个月还不肯罢手，陆西源应该不会因此暴露。

“都怪你，你为什么要和女明星拍照？别说过了八年，就算你化成灰我都能认得出你。”祝南浔说话时，嘴边都是啤酒沫。

陆西源笑了笑说：“缺钱啊。”

祝南浔听见这话，把印章拿出来拍在桌子上：“没钱你不能来找祝家要？你守着那么大一堆宝贝，你随便……”

“怎么找你？你问问他，这些年，他坐过火车、飞机，出过西北四省吗？要不是我在青海罩着，他连内蒙古都不敢出。”程诺说完搂着陆西源的肩膀，醉态毕现。

祝南浔摇了摇手指倒在陆西源身上：“打电话、写信，什么方式不可以联系啊？你就是太谨慎了。”

“回去吧，你喝醉了。”天色已晚，陆西源观察着四周的动静，扶起祝南浔打算离开。

程诺将剩下的酒一饮而尽："今天祝小姐结账啊！"

三个人走在回旅店的路上，陆西源扶着祝南浔，她依然踉跄，陆西源只好把她背起来，她趴在陆西源的背上嘴里还在念叨："陆西源，你做这么多，到底是为了什么啊？"

陆西源忍着伤口的疼痛对她说："困了就睡吧。"

他始终不正面回答她问的这些问题，其实不是不想回答，而是没有必要回答。

没有人是真正的圣人，也没有人甘愿忍受八年的苟且，但他同时也知道，没有谁的生命是可以白白逝去的，也没有谁就该沦为欲望的牺牲品。祝南浔的父母不可以，祝家兄妹更不可以。除了陆怀信，没有人会这样做。陆怀信离开，他就应该继续这样做。

这便是他的命。

"陆西源，我头疼，你不许走！"送祝南浔回房后，她却死死地抓住陆西源的领口不让他离开。

程诺站在门口，歪歪倒倒地看着两人："罢了罢了，就让我一个人独守空房吧。"

陆西源担心着祝南浔的"脑袋"问题，此时格外后悔刚刚纵容她喝酒，他对程诺说："那你把门带上吧！"

程诺不怀好意地笑了，然后带上门一个人走了。这两个人，兜兜转转，终于并肩作战。

祝南浔蜷缩在陆西源的怀里，喃喃地对他说："我没喝醉——"

陆西源紧紧地抱着她："阿浔，其实我之前是联系过你的。"

"什么时候？"祝南浔迷迷糊糊地问。

陆西源说："我刚到西北的时候，给你写过明信片。"

"可是为什么我没有收到？你是寄到古镇的老宅了吗？"

"嗯。"

"你写的什么？"

"阿浔，路还长，得继续飞。"

祝南浔被送到医院救治之后，他只在报纸上看过她的消息。当时他已陷入危机之中，不仅不敢跟任何人联络，更怀疑祝家兄妹也会被人故意切断外界的消息。

那时候，距离那场大火已经过去整整一年，他终于平安到达西北，暂时摆脱危机。他不敢写信跟她透露任何事情，于是便写下他当初对她说过的这句话，想鼓励她早日从困境中走出来。他也想过终有一天他们还会相见，但他希望那一天，是他已经查明了真相，能够坦坦荡荡地站在她的面前。可他没想到，就连这样一张明信片，也会让他引火上身。后来，竟真的有人找到了青海，而且不止一次地打听他的下落。

从那以后，他便放弃了再联络她。

“直到今天，我才意识到自己有多愚蠢，一个简单的道理都参不透，和哥哥白白走了这么多的弯路。爸妈的死，我没有疑心过；有人火烧画室，偷走那么多画，遗失的画作却从未面世过，我竟也以为就是普通的偷画贼，丝毫没有联想到其他。现在想来，他们分明是想栽赃陷害你们三人，并妄想要我和哥哥的命。陆西源，一路走来，我都没觉得有真正的危险，是不是就是因为我太愚蠢？我简单地以为他们只是威胁你找画找人，而你躲了这么多年，是因为你们拿走画不敢面对祝家。即使被监视、被绑架，我都以为是那些人觊觎爷爷留下来的家产，不把我和哥哥放在眼里，我……”

“阿浔，你已经很聪明了。你不用知道太多，也不用担心以后，你要做的，就是保护好自己，你还有更重要的事情要去完成。”

“可在你面前，我被衬托得愚蠢至极。我来西北找你，是觉得你欠我一个交代，你安慰我鼓励我还救了我的命，但却拿了我的坠子拿走了画，最终还离奇失踪，你必须跟我说清楚。我要找陆怀信，是因为我发现他和我妈妈之间……我想弄清楚他为何被逐出师门，又为何要回来拿走自己的画。如果没有经历后来这些，我是不是一辈子都被蒙在鼓里？”

祝南浔对于突然得知的真相，依然停留在消化阶段。陆西源隐藏得太好，每每都是万不得已的时刻，才对她透露一点，最后，她还是从宁岸的口中才明白一切。

她一向认为自己足够清醒，也足够聪慧，可在陆西源面前，她那些自以为“最优”的解决方案实际上都没能起到任何作用。包括，和星仔之间的交易。

陆西源轻抚着祝南浔的头发，听着她如此冷静地分析，他觉得那个小姑娘彻底长大了。她当初对他说，他接了她这笔生意，就必须护她周全。这句话，他无时无刻不放在心上。可一路走来，她从未成为累赘，每每遇险，她都能灵活应变。他不忍告诉她真相，是希望有一天当他们真正面临无法逃脱的危机时，她会因为她的“不知道”全身而退。

不是她愚蠢，是他太想保护她。

“阿浔，我一直都记得是哪一个时刻让我决定要独自上路。是我在报纸上看到，你面对警察的询问时斩钉截铁地说，不是他。当时舆论被引导，所有人都认为是我们放的火、偷的画，目的是为了报复祝家的逐出师门之耻，可你明知道《浔溪畔》是我拿走的，却还替我说话。从那一刻开始，我就下定决心，不让你蹚这趟浑水，因为在那个时候，你自己也在承担着替我开脱的后果。”

祝南浔动了动嘴巴，轻轻在陆西源的嘴唇上点了一下：“陆西源，我没看错人。”

陆西源回吻了她的头发，他们这一生，大概注定要绑在一起。

“现在我知道了真相，你就不许再有任何事瞒着我，我们早就已经是一路人。你之前告诉我，是因为发现我被人跟着所以带着我上路，我才不信。我觉得，是你一看到我，就不忍心再让我一个人上路，对吗？”

陆西源轻轻地笑了，这个姑娘终于从自我反省中走出来，又回归成她本来的模样。他把下巴抵在她的头上：“是啊，这么好的姑娘，怎么忍心让她一个人上路。”

程诺翻来覆去，怎么也睡不着。他一想到宁岸浑身是血的样子，就觉得胸口堵得慌，一闭上眼睛，就是大车撞上商务车的情景；又或者是自己开着车，撞上了那辆商务车。

这是他第一次经历车祸。

他跟陆西源是在丙察察线上认识的，那是一条被称为“死亡之路”的进藏公路，也是他走过的最险的路。他一度以为经历过这样难走的路，是不会再畏惧任何公路的，但没想到，就在今天，他亲眼见证了一场公路灾难，而这场灾难，有他的参与。

这是他第一次开始厌恶开车，甚至觉得自己对不起宁岸。

寻思之间，突然响起了敲门声，他从床上弹坐起来："谁？"

"是我。"听到陆西源的声音在门外响起，他这才放心地过去开门。

"你回来干什么？占了人家便宜就想跑？"他向来喜欢开陆西源的玩笑。

"走，去医院。"尽管程诺故作放松，但陆西源仍看出来他坐立不安。

程诺问他："大半夜的，去医院干吗？"

"有人跟你一样不安心，要去医院看看那姑娘才肯放心。"

陆西源大概是自己肚子里的蛔虫。程诺挠了挠头，他不想在陆西源面前承认自己的不安。但看到祝南浔从房间里走出来，对他耸了耸肩又笑了笑，他没由来地觉得心里舒服了许多。

他们都牵挂着宁岸，他们都有一颗有温度的心脏。

他们是收拾好行李才去医院的，万一遇到什么情况，好随时离开。经过旅馆前台的时候，陆西源找值班的小姑娘要了几个口罩。祝南浔问他："又是老熟人？你怎么知道人家有口罩？"

程诺乘机挑拨离间："他每次来张掖都住这里。"

陆西源无奈地摇摇头："在张掖，几乎每家旅店和客栈都会卖口罩，西北风沙大，给住店的游客准备的。"

"那她怎么不收你钱？"祝南浔又问。

陆西源也不知道该怎么解释这个问题。

程诺接话："司机拿几个口罩，要什么钱，要钱下次就不拉漂亮女学生住这家店了。"

祝南浔冷笑一声："我还以为陆师傅是不拿回扣的。"

"那我宁愿你误会她是我的老熟人。"陆西源说。

车子开到离医院两三百米远的地方就停下了，程诺停好车后，先去医院打探情况。陆西源和祝南浔坐在车里，等待着他的消息。

十分钟后，程诺从医院大门口出来，他神情严肃，步伐极快。

"人是醒了，但是伤到脑袋，随时都有生命危险，而且护士说，宁岸被强行转院了。”

张掖的夜，有着西北城市夜晚典型的寂静与荒凉。整条道路上只有他们一辆车在极速行进，值班护士也不知道宁岸被转去了哪家医院，于是他们便一家家医院找，不知疲倦。他们找遍所有医院才发现，这里既没有宁岸的下落，也没有其他伤员的下落。

陆西源说：“恐怕不是强行转院，而是强行带走，回医院再去问问清楚，实在不行，调监控录像。”

“监控录像？他们会不会也查看了监控录像，看到我跟宁岸的哥哥……所以才把他们带走。”祝南浔产生了一种不好的预感。

“他们怎么会想到调监控录像？”程诺问。

祝南浔想起宁岸哥哥脸上那种绝望又决绝的表情，说：“兔子急了也会咬人的。妹妹生死未卜，哥哥说出什么样的话都是有可能的。”他很有可能在那些人面前做出了极端反应，就像他跟自己说的那句“鱼死网破”。

程诺又把车往最初的那家医院开。

到医院下车后，陆西源从后备厢的背包里翻出几包烟，揣在口袋里。祝南浔看了看烟盒子，是拿得出手的烟。

监控室的老大爷抽着新开封的烟，把监控视频一一调出来给他们看。

陆西源果然没有猜错。

“大爷，还有别人来看过监控视频吗？”他问。

大爷想了想，说：“好像有，我想想啊，好像……就是这视频上的人。他们啊，可没你大方，气势汹汹地跑过来看监控，吓都吓死我了。”

“真是猖狂。”程诺气愤不已。

此时已是后半夜，医院里格外冷清，只有值班护士在打着盹。三个人走出门诊楼，程诺问：“接下来怎么办？”

陆西源没吱声，他抿着嘴抱紧双臂，像在思考。

祝南浔见他不说话，咬了咬嘴唇说：“我去跟他们谈。”

陆西源和程诺同时回头看向她。程诺说：“这怎么可能？他们巴不得你送上门。”

“你们不是说了吗？他们就是一帮替人卖命的人，对于这样的人，有什么不好解决的呢？”祝南浔一副无所畏惧的样子。

陆西源看着她，慢慢地皱起了眉头：“这些人没你想得那么简单。”

“要不要谈是他们的事，可去不去是我的事。眼下，能知道宁岸的下落并确保她的生命安全才是最关键的。”

祝南浔说得头头是道，程诺问她：“你又打算用骗的？”

祝南浔刚想反驳，陆西源开了口：“我们一路走来，在卡黑白镇要哈尔救白城和艾米也好，在祁连县城甩掉宋家的人也好，还有用假画骗昆达和遇到宁岸，运气都很好，但也是因为这些人要么不够狠、不够有野心，要么不是真正的坏人，他们都没有对我们构成绝对的威胁，所以我们能轻松过关。可是川南这帮人跟他们不一样，他们运筹帷幄了八九年，身上背着命债，手段无所不用其极，他们的目的是要我们的命，更是要抢祝家的家底。”

祝南浔沉默了，程诺也咬着嘴唇不说话。陆西源说得一点也没错，想想这一路，他们每次遇到困境都能化险为夷，实属幸运。

“陆西源，我突然很讨厌你。”过了好一会儿，祝南浔对陆西源说。

陆西源没理会她，径直走向护士站叫醒了打盹的小护士。

“喂！”祝南浔看着他的背影，有些抓狂。

程诺捂着嘴偷笑：“陆老师就是厉害啊，以前既冷漠又带刺的祝小姐现在也被他吃得死死的。”

祝南浔想起在青旅本子上的留言，冷笑一声，反击他：“骗过那么多小姑娘，却在我这里穿了帮，程老板的段位有待提高啊。”

程诺抽了抽嘴角笑了：“我段位提不提高都无所谓，反正哥潇洒不羁，孑然一身，可是你男人骗姑娘的手段倒是越来越高啊。”祝南浔顺着程诺的目光看向陆西源那边，小护士正红着脸翻病历记录，边翻还边偷瞄陆西源的脸。

程诺看到祝南浔此刻的表情，突然感到寒气袭来，他夸张地裹紧了衣服。

“走吧，其余受伤的有一个比宁岸还要情况严重，他们肯定会找地方给他们治疗。大车司机受伤较轻，他们已经私了，没有瓜葛，警察也只能走走流程，不会调查更多。”

私心里，陆西源是希望那些人能被这件事情牵绊住的。

“小护士说的？你问了她就说了？病历记录也能随便给你看？”这才是祝南浔关心的重点。

扑哧，程诺在一边笑了，冲着祝南浔的背影比了个“赞”给陆西源看。陆西源反应过来，搂着祝南浔边走边打岔：“你刚刚为什么说你讨厌我？”

祝南浔想起这回事，用手肘撞了他一下：“因为你一分析完，就显得我像个莽夫。”

“莽夫……姑娘家家的也能用这个形容词？”陆西源说着突然弓了背，语气渐渐变得虚弱。

“你怎么了？”祝南浔感到陆西源的身体重心放在了自己的身上，一下子急了。

程诺倒不急不慢的：“你撞到他伤口了，大姐。”

祝南浔停下脚步，陆西源的伤明明在另一边：“装什么装？”她气愤地甩开陆西源的胳膊。

陆西源却一把将她搂在怀里：“阿浔，我想，我们之前的幸运，都是你带来的。你什么都不必担心，交给我去做就好。如果我做不好，你再发挥你的聪明才智，好吗？”

他是西边的水源，一点点对她进行灌溉，最终她干涸的表层也能开出娇艳的玫瑰。

“小护士一点也不好看，比起阿舍儿差远了。”她边走边来了这么一句。

程诺翻了个白眼：“阿舍儿？呵……我差点都忘了，她还是个半吊子护士。”

“程诺，你跟阿舍儿到底是什么时候结下的梁子？”陆西源问他。

程诺吊儿郎当地回他：“哥就喜欢温柔如水的女孩子，像阿舍儿那种，我看着就想管教管教。你说女人就应该——喂，你们走那么快干啥？”

祝南浔和陆西源对他这套谬论，丝毫不感兴趣。

温柔如水，还会剪头发，这样的女孩子，真的太少。程诺叹了口气，气息融入夜色里，声音轻若未闻。

张掖的私人诊所一共就那么几家，开着灯还在工作的更是少之又少，所以他们轻易就找到了那帮人的落脚之地。他们将与那些人再来一场交锋。

陆西源始终想不通川南那帮人为何连自己人也不肯放在医院救治，直到他们三人混进诊所，他才明白，这是一群多么冷血的人。手术已经结束，受了重伤的那人在病床上躺着，似乎刚做完手术，在床上痛苦地呻吟着，而陪护的人昏昏欲睡，毫不理会。

程诺穿着小一号的白大褂，别别扭扭的，祝南浔的护士帽歪歪扭扭地戴在头顶上，他们看起来十分诙谐。陆西源伪装得最为严密，手术服将他遮挡得丝毫看不出本来面目。

他们买通了诊所的值班医生混了进来，一间间手术室和病房地搜寻宁岸的身影，却仍旧一无所获。

“会不会在楼上？楼上似乎有动静。”程诺发现诊所一共有三层，第一层是门诊，第二层是手术室和病房，第三层是检验科室和医生休息室。他听到三楼有细碎的声音传下来，好像是有人在挣扎。

陆西源藏了把手术刀在口袋里，又叮嘱祝南浔回到一楼医生值班室后，才和程诺一起上了楼。

三楼走廊灯光昏暗，前面几间屋子黑灯瞎火，只有走廊尽头的医生休息室里灯火通明，这情境看起来十分诡异。他俩慢慢靠近最后一间屋子，从门缝往里看，一张手术床上正躺着一个人。距离太远，他们无法分辨那人是不是宁岸。

两人确认房间里没有其他人后才进了屋。程诺刚靠近手术床，却见手术床上那人从床上一跃而起，手握一把明晃晃的刀。

陆西源发现事情不对劲，迅速将门关上并反锁。

“喂喂喂，这位兄弟，你先别急着动手嘛！这里走廊和出口都是有监控的，诊所里也还有其他病人和医生，你总不能都灭口吧？”程诺边说边往后退。

“办不好事，上面不给钱救命。”那人仍拿着刀步步逼近，声音低沉，目光锐利。

“你们老大是谁啊？这么狠？你们给他卖命，出了事他还不给钱？”

程诺继续拖延时间，想找机会脱身。那人看了门口一眼，果然又有几个人的脚步声传来。所幸陆西源反应机敏，抢先将他们锁在了外面。

“你关了门也没用，跟你们一起的那个姑娘还一个人在下面吧？”那人说。

陆西源心里一紧，对程诺说：“这个人你搞定吧，我得去楼下。”

程诺会意，点点头，“你小心点，外面疯狗更多。”

一楼医生值班室，祝南浔刚进门，正准备和被他们买通的医生打招呼，她的脖子就突然被人从身后扣住。

祝南浔被人用双手扣着脖子，动弹不得。值班室里的那个医生转过身看到这一幕，吓了一跳：“这是干什么？你们到底是做什么的？”

扣着祝南浔脖子的那个男人说：“别管闲事，不然连你也弄死。”

医生一下子慌了：“我就是收了她的钱，让他们进来找个人，你们有什么矛盾，可与我无关……”

“你收了钱……如果今天在这里发生了什么事情……你脱不了干系。”祝南浔虽发音困难，但仍抢了他的话。

“少废话，走！”男人换成用一只胳膊勒着祝南浔的脖子，拖着她就要往外走。

医生想着祝南浔的话，连忙说：“你们有什么事情不能好好商量？非要这么暴力吗？你……”结果那人另一只手从口袋里掏出一把刀对着医生，示意他闭嘴。

祝南浔的手在身旁的桌子上摸索，无意中竟摸到了一支圆珠笔。

医生颤抖着声音对那人说：“我可是无辜的，我家里老舅是做警察的，我要是出了什么事情……”

祝南浔趁男人分神的工夫，果断又精准地将圆珠笔头戳进这个人的脖子。

那人一声大叫，勒脖子的胳膊一松，祝南浔趁机跑开，那人气急败坏地将刀口对准祝南浔：“你找死！”

医生吓得慌了神：“哎哎哎，你别激动，有话好好说。”

祝南浔挡在医生面前，背过手用手指了指桌上的一瓶硫酸。医生虽然慌张，但还是会了意，颤抖着手拿了硫酸瓶，打开瓶盖递给她。

“这医生是本地人，他要是出了什么事情，恐怕你也脱不了身，你背后的人也不会替你收拾残局。”祝南浔边小心翼翼地接过硫酸瓶，边对男人说。

男人往前逼近一步，拿刀一指：“我只要你的命。”

说时迟，那时快，祝南浔迅速找准角度，将硫酸泼在了这人手上。那男人一声哀号，刀掉在了地上。祝南浔拿硫酸瓶对着这人：“滚出去，不然全泼在你身上！”

医生也趁机捡起地上的刀对着男人。这人被逼得直往后退。祝南浔趁他退到门口，飞起一脚，把他踹出门外，又和医生一起快速关上了门。

“现在怎么办？”医生边将门反锁边问祝南浔。

祝南浔看着医生，突然觉得好笑，问他：“你就不怕我才是坏人？”

医生把窗户也锁上了：“唉，那些人一来，我就看出来他们不是什么好人，我以为你们是警察呢，来办案抓人的。”

“那你还收我的钱？”祝南浔白了他一眼。

医生挠挠头：“这不，你要不是警察我不就赚了嘛！你们要是警察，也是你们先贿赂我的，我也是按你们的要求办事。”

“你倒是一点也不害怕。”祝南浔说。

“谁说不怕的，我都快吓尿了。不过我老舅真是警察，从小他就讲破案故事吓我，没想到我今天也遇着一回……”

祝南浔打断他的话：“那你快给你老舅打电话，让他带着人过来，这帮人绑架了我妹妹。”

三楼昏暗的走廊上，陆西源和三四个壮汉对峙着，对方个个拿刀，面露凶相。

陆西源被困在走廊中间，手术刀已经握于手中。当他听到楼下两声哀号时，更是眉头紧蹙，分外担忧。她一个人在下面，他必须赶紧下楼。

“别挣扎了，你跑不掉！”对方有人喊。

陆西源冷哼一声：“七年前你们没能要了我的命，现在也休想！”

他先是慢慢往后退，虚晃一招，到了离他最近那人身后，等那个人反应过来时，脖子已经感觉到了手术刀的冰凉。

“都别动！”陆西源对其他人说。

他刀下那人额头冒汗：“你杀了我，一样走不了。”

陆西源加重了手上的力道：“我不能杀你，但割了你的喉咙，让你这辈子都说不了话还是可以的。”

这人听了，腿都吓软了。其余人看到陆西源眼中带火，谁都不敢再动，只能眼看着他把自己的同伴往楼梯口带，又一步步往楼下走。

第十章　分别

程诺手上没有家伙，把医生休息室里能用的东西都当武器砸了个遍。他和那人绕着手术床打转转，一边转还一边对那人说：“你头晕不晕？我挺佩服你们啊，把人家手术床都搬过来了。哦，这下面有滑轮是吧，不用搬，推着就行……”

他一直碎碎念，听得那个人头都大了。

程诺觉得效果显著，又接着念叨：“你守着我也没有用啊，你上面的人让你们对我下手了？你知道我家的背景吗？你问过你上面人没有，你先问问他，问他敢不敢动我？”

那人终于烦了，问他：“你是谁？你有什么背景？”

程诺灵机一动，说：“苏州的宋家听过没有？我家里也想从祝家分一杯羹，你跟你上面的人通通气，提提我家，他们肯定认识。对了，你跟他说我的名字，我叫宋连星，是宋家的少爷，你问问他听没听说过。”

那人听程诺说得有鼻子有眼，一时也难辨真假，他问程诺：“那你为什么要帮他们？”

程诺叹了口气：“做卧底不容易啊！一边要取得他们的信任，一边还要提防你们对我也下手。早知道这样我就不亲自过来了，我老爹肯定跟你们老大是认识的，通通气，一起合作一把，大家还不都是为了祝家那点家业。”

那人有点犹豫，对方说得轻松自然，言语之间，似乎对他们的目的了如指掌，对他上面的人似乎也不陌生。对不相干的人下手，绝对不是什么好事。这人想着，慢慢地放下了手里的刀。

“这就对了嘛，大家都是同道中人，何必自相残杀。”程诺说着坐到了手术床上，不再躲避。

“你待着别动，我出去问问上面的人，如果你没骗我，我就放了你。我劝你好好待着，你小子的身手，真不怎么样！”那人说完竟开门出去了。

程诺看着这家伙的背影，恨恨地对着空气挥了一拳。妈的，敢说老子身手不好？

祝南浔和医生听到窗户外面有动静的时候，对视了一眼。两人一起经历了一场惊心动魄，无形之中也形成了一丝默契。

此时天快亮了，屋里的灯太亮，反而看不清外面的情况。祝南浔走到墙边，关了灯。

“南浔——”窗外有人叫她，竟是程诺的声音。祝南浔安了心，迅速走到窗边，打开窗户。只见程诺捧着自己的脚，边吸气边问，“你没事吧？”

“没事，陆西源呢？”

“他还在上面，被困住了。这诊所也是奇怪，这么大动静，其他的医生护士病人一点反应也没有。”

“除了我，只有一个主刀医生在二楼做手术。病人，也只有这几个男的和两个姑娘。”医生凑过来说话。

程诺听了，连忙问他：“姑娘？是不是跟这帮人一起来的？”

祝南浔接话：“我问过了，是宁岸，还有她哥哥姐姐，都在二楼。他们就在第一间手术室里面的那间屋子，刚刚我们还没找到那里。”

“估计是被藏起来了，”程诺倒吸一口凉气，又问医生，“你这里有跌打止痛膏没有？”

祝南浔看了看他的脚，又看看楼上，问他：“你不会是从楼上跳下来的吧？”

“嗯哼！”

“那陆西源怎么被困住了？”她又问。

程诺正要说话，突然从楼上的某间屋子里传出一声刺耳的尖叫——是女人的声音。

陆西源挟持着那个人从三楼走到二楼转角时，没想到脚下一个趔趄。那人借机欲逃，陆西源立身一脚，正踹在那人的小腿上，那人腿一软，跪在了地上。其他人一拥而上，陆西源挥舞手中刀，且战且退。好在身后有一间手术室，他撞门而入，将门反锁。

门外砸门声起，他充耳不闻，但同时也听到里面那间屋子里有动静。他慢慢往里间屋子靠近，走到门口，看到宁岸躺在手术床上；再看床边，医生和宁岸的哥哥姐姐都被绑着手脚堵着嘴巴，动弹不得。

他进去给他们一一松了绑，看到仪器上宁岸的心电图还算平稳，才稍稍放了心。

“是你？”宁岸的姐姐十分诧异，她没想到陆西源竟会找到这里来。

眼下的情况陆西源看在眼里，他开门见山：“大家是一路人，先离开这里吧。”

谁知这时，门外的人竟踹开门纷纷闯进来。他们先朝陆西源扔了一把刀子，陆西源轻松躲过；而第二把刀，却越过陆西源，插在了那个医生的肩膀上。

叫声是宁岸的姐姐受到惊吓后发出来的。

“靠，哥又要爬上去，你关紧窗子待着别动。”程诺交代完祝南浔就顺着墙壁上的水管往上爬。祝南浔担心陆西源的安危，却又不能跟着程诺一起上去。

正焦心时，警笛声传来，由远至近。

程诺爬到一半，就听见了警笛声，不由得松了口气，他第一次觉得这声音美妙极了。

“记住我们刚刚商量好的说法，别露馅了，”祝南浔跟医生打好招呼，又朝窗户外边低声喊，“程诺，别爬了，赶紧下来把衣服脱了。”

“我去，等会儿再说，都不知道你男人死活呢！”程诺说着已经爬到了二楼的窗户边，这窗户正好对着陆西源他们所在的那间手术室。

此时，屋里气氛紧张，陆西源护着身后宁岸的哥哥姐姐，一刻也不敢懈怠。对方有人还想动手，有人却开始想逃。

“哥运气真好，”程诺不禁感叹道，又朝屋里喊，“还闹什么闹啊，警察马上就来了。”

屋里几人想必早听到了警笛声，可既不敢轻举妄动，又不甘心就这样放过陆西源。

陆西源看到程诺出现，松了口气，他把受伤医生扶稳后对那帮人说：

“还动手吗？”他的眼神里充满杀气。

“走！”带头的一声令下，剩下的几个人便往门口撤，他们此刻也顾不得宁岸和她的哥哥姐姐了。

程诺从窗户外边翻进来，看了一眼病床上的宁岸，她头上缠着厚厚的绷带，身上插满了管子，脸上毫无血色。程诺深深地叹了口气，不忍再看，对陆西源说：“把衣服脱下来赶紧和南浔走吧，警察那边我来解释。”

陆西源听着警笛声越来越近，边脱衣服边对宁岸的哥哥姐姐说：“要不要和警察说清楚，选择权还是在你们。”

陆西源下楼，正看到祝南浔打开医生值班室的门走出来。陆西源走过来牵起祝南浔的手往大门外走，他发觉祝南浔指尖冰凉，便紧紧地握了握她的手掌。

祝南浔从车上边拿东西边对陆西源说：“我就知道你会没事的。”

陆西源回她：“我也知道你肯定有办法保护好自己。”

两人拿了东西，跑到道路的转角处，靠着墙壁直喘粗气。突然，陆西源用力地吻住了祝南浔……过了好一会儿，祝南浔才从深吻的眩晕中清醒。

她问陆西源：“程诺留下来善后了？”

陆西源点点头。

陆西源问她：“医生这边都安排好了？”

祝南浔也点点头。

两人相视一笑。

没有比这更好的默契了。现在还不是面对警察的时候，即使抓住了这帮人，也揪不出他们身后的人，危机依旧在。他们要做的，是找到更多的证据，并且保护好这些证人。来日方长，真相总会水落石出，他们必须步步为营。

不能急。

值班室的医生是报警的人，是证人；程诺装扮成病人，也成了证人；另一个医生挨了一刀，血就流在大家的面前，他不仅是证人，还是受害者；而现场还有绳索和胶带等证实绑架的物证。因此，那帮人绑架的罪名已初步成立。

至于绑架的理由，这便要看宁岸的哥哥姐姐怎么跟警察交代了。

那帮人也是来就医的人，并且与宁岸同乘一辆车出了车祸，这一点非常不好解释。但眼下，宁岸的哥哥姐姐只能自保，于是便谎称是坐黑车出了车祸，索要医药费无果后想要报警却反被他们绑架威胁。

带队的警察果真是那医生的老舅，也如医生说得一样英明神勇。他看了眼受伤的医生便做出判断："这恐怕不是一般的黑车，行事风格倒像是道上的人。"

张掖地靠边陲，警察向来将绑架杀人走私等案件作为重大案件去办理，现在疑点重重，他觉得宁岸的哥哥姐姐看起来像是有隐情，忍不住想继续往下深挖。

程诺根本不怕警察深入调查，他甚至想，如果警察能保护好宁岸一家人，深入调查绝对是一件好事。只是这件事情牵连太多，并非这么简单，调查结果不一定会让人满意。而且他最担心的，还是陆西源和祝南浔的安全。如果警方开始介入，那么这帮人背后的人只会对他们追杀得更紧。

警方去医院调出了监控视频后，通缉令便正式发出。他们三个人用一整夜的"诊所惊魂"换来了短暂的平静。

那些人的手脚终于被束缚住了。

"总算可以舒舒服服地吃个早饭了。"祝南浔喝着粥发出这样的感叹后，陆西源又夹了一个油饼给她。

"对了，诊所的监控视频怎么解决的？"他问她。

祝南浔满足地喝完了剩下的粥，才回答他："为了省钱，那诊所压根儿就没有装监控，走廊里和门口的摄像头也都是摆设。再说，就算有监控，我们三个穿成那个样子，鬼还认得出啊。"

陆西源不说话，只是盯着她的脸一直看。祝南浔问他："怎么，有什么问题吗？"

陆西源玩味地说："跟程诺在一起待久了，你说话的样子都被他影响了。"

祝南浔冷笑一声："要是被影响，也是被值班室那个医生影响的。

那个家伙就是个人精，我问他桌子上怎么会放着硫酸，他说他害怕有人大晚上的来打劫，就放一瓶当防身。”

“我倒觉得你越来越厉害了，之前的事就算了，这回竟然想到去泼硫酸。这东西太危险，下次不许再这样做了。”陆西源的表情渐渐地严肃了起来。

他听祝南浔讲述那个惊险时刻的时候，后怕的紧张感不亚于自己面对那些亡命之徒。祝南浔脸上的表情越轻松，他就越是后怕。这姑娘是个打落牙齿和血吞的主儿，再大的危险从她的口中讲出来都像是一件再寻常不过的事情。

这一切都是因为，她跟他一样，都是经历过生死的人。

祝南浔看着他的眼睛，忽然想起他边下楼边脱衣服的景象，她一把勾住了他的脖子，嘴巴靠近他的耳朵轻轻地说：“陆医生今天格外性感。”

说完吧唧一口，亲了一下他的脸颊。

陆西源看祝南浔眼中带水，擦了擦脸上她留下的油渍，推开她：“姑娘家家的，矜持一点。”

祝南浔笑了，慢悠悠地说：“也不知道一个小时以前，是谁在路边强吻了我。”

宁岸被送到医院救治，宁岸的哥哥姐姐一直陪在身边，半刻也不敢离开。程诺替他们垫付了医药费，接到陆西源的电话后又去车站做告别。

眼下的情况，他们只能兵分两路。

陆西源和祝南浔要坐四个多小时的汽车，前往地处内蒙古阿拉善盟阿拉善右旗的巴丹吉林。从张掖到巴丹吉林，一天只有两班车，错过了早上这一班，就只能等到下午了。

离早班车开车还有十分钟的时候，程诺从公安局做完笔录赶到了车站。看到陆西源和祝南浔风尘仆仆，他却再也没有心情取笑祝南浔。

“等宁岸病情好转一点后，我就带着他们去敦煌躲起来。你知道的，我在敦煌那边混得比青海还好，把他们交给我，你就放心吧。”程诺这样说着，自己倒先伤感起来。

陆西源捶了他肩膀一拳："兄弟，多谢了。"

"哪儿的话，在丙察察要不是你，我早死在路上了，为你做再多都是应该的。得了，你快走吧，千万当心。"程诺说完又觉气氛太伤感，他想到巴丹吉林，便又对祝南浔说，"祝小姐，我知道你强悍，不过巴丹吉林可有个更强悍的主儿，你好不容易找到这个男人，可要守紧了。"

祝南浔向来在这种时刻不会不知所措，眼下程诺这话一出，她算是找到了话茬，她也知道程诺说的是谁，于是回复程诺道："谁更强悍，要对比过才知道。照你看，谁更适合陆老师？"

没想到程诺却转过身，挥了挥手："女人如衣服，兄弟如手足啊！"

张掖的车站，在这个九点半的清晨，显得格外伤感。

张掖最出名的就是丹霞地貌，但祝南浔没来得及看。此时此刻，坐在这辆半旧的中巴车里，她只能赶紧看一看窗外的风景，留下些许对这个城市的印象。总不能一想起张掖就是医院和诊所吧。

从飞西宁的那一刻起，她就没想过这会是一趟正儿八经的旅途。从青海湖出发到现在，半个月过去，她走过草原湖泊，也见过雪山荒漠，这些都是她以前未曾看过的风景。虽然面临的尽是狂风暴雨般的危机，但所幸遇到的好风光和好人对这趟不能称之为旅途的旅途有所补偿。细想起来，她竟觉得一点也不亏。

汽车驶出张掖市区没多久，眼前的画面便被大片的深灰色取代。又是山路，崎岖蜿蜒，背靠坑坑洼洼的石壁，对面是干涸的河床和石滩。这样的石山大抵只有西北才有，光秃秃的一座连着一座，奇形怪状，一个个骄傲地挺立在半空中。

再过几个小时，他们就要抵达巴丹吉林，那是一个背靠中国第三大沙漠的小城镇。

内蒙古……祝南浔想到这个地名，不禁感叹，当真是把祖国的大西北绕了个遍。

眼下车子行至的正是甘肃、内蒙古两省交界的地方，再往前走，便只有荒漠，再也看不到山。

陆西源靠着座椅后背睡着了，惊魂一夜，他已疲惫不堪。他曾跟程诺打趣，说他越接近三十岁，就越觉得身体素质不如当年。

程诺笑他，说这是因为他不近女色导致的。

他身边明明一直有两个女人，可这两个女人对他而言，又不能称之为女色。

陆西源睡着了，梦到了她们和那片沙漠。在外面的日子终于结束了，他又要回到那片唯一能收纳他的土地和那个温暖的小家。

祝南浔打量着睡梦中的陆西源，他整张脸的轮廓浸在日光里，多了柔和，少了锋利。

她想起初见他时，他还是个二十岁出头的小伙子，那时候他比现在要白、要嫩，眼神里还没有这么多故事，也不像现在这样深沉。

她伸出手指轻轻地顺着他的眉骨往下探，滑到他的唇珠时，他一把抓住她的手："睡会儿吧，别折腾了。"他嗓音里还带着困意，夹杂着一丝宠溺。

他握着她的手又换了个姿势继续睡，她看到他嘴角朝上，问他："你做梦了？"

他没回应，像是睡熟了，过了会儿，他答她："嗯，想家了。"

祝南浔回握他的手，她知道他指的是巴丹吉林的那个家。

那他原来的家呢？他的父母呢？

她从未问过。对于他们，他应该也是很想念的吧。

于是她对他说："等过段日子，事情了结了，我们去南京吧。"

陆西源听见这话，一瞬间没了困意，他坐直身体，眯了眯眼睛适应窗外刺眼的光线，然后轻轻地跟她说："家里早没人了，回不去了。"

她知道他的意思是人没了，故乡没了。

"你父母……"后面的话终究没问出口。

"走了很多年了，他们的样子我都记不太清了，我是我叔叔养大的。"他毫不避讳地说。

祝南浔怔了怔，问："那你……还有其他亲人吗？"

陆西源："有……算有吧。"他先是肯定，之后又迟疑。

"尤惜？"祝南浔问。

"嗯。"他承认。

"我记得，尤惜姐是你的大学同学吧？"祝南浔又问。

陆西源看着祝南浔问话时小心翼翼的样子，一眼就看穿了她的心思。他知道自从她得知事情真相，内心深处便始终隐藏着一份愧疚，对他，也对尤惜。

他对她说：“尤惜是我学妹，大学里……追了我几年，跟我叔叔也混得很熟。她命苦，我叔叔很疼她，那次去古镇就一起带着了。没想到后来把她卷进来……是我们的错。阿浔，你还想问什么就直接问吧。”

“怎么会是你的错？如果说耽误了你和尤惜的一生，那一定都是因为我们祝家。陆西源，我欠你们的，这辈子我都还不起。”她是听到他把事情都往自己身上揽，才爆发的。

说出来倒比压在心里舒服多了，但话题突然变得这么沉重，她难免觉得苦涩，于是偏过头看窗外。路边有一对蒙着面的母女在拦车，随后车子靠边停下。

司机正好要给车加水，便让大家下车休息。

陆西源摸了摸口袋，想找烟，却发现这段时间养伤，烟抽得少了，连烟盒空了都不知道。

祝南浔却从背包里拿出一包南京牌香烟递给他，他看了看烟盒，若有所思了几秒钟，然后下车去抽烟。

两人站在路边，祝南浔的头发被大风搅得凌乱，眼前是一片荒漠，尘土四起，格外荒凉。陆西源点了烟，边抽边对祝南浔说：“这烟，你在张掖买的？”

祝南浔点点头：“你去买车票的时候我在门口小店买的。这边竟然会有这个烟，觉得挺稀罕就买了。”

陆西源笑了笑：“你还挺细心。”

“我优点挺多的，你不知道罢了。”祝南浔说。

陆西源眯了眯眼，看着远方：“我知道。”

祝南浔看着他，格外认真地说：“我之前想找你，是因为很多事情我不明白。现在找到你，我也明白了，我只想拼尽全力弥补你，还有尤惜。”

陆西源听了，转过身用拿烟的手捧着祝南浔的脸：“自己选择的道路，不需要任何人来买单。而你欠我的，不用你说，我会一一向你讨要。”

重症监控室里，宁岸终于睁开了眼睛，程诺赶到的时候，宁岸的姐姐正在给她喂水喝。

“程……程大哥……”她虚弱无力，勉强发出声音。

对她能说话这件事，程诺似乎并没有不适应，他走到床边对她说：“别急，多喝点水再说。”

“南浔姐……”

程诺会意，说：“他们已经走了，应该很安全。”出于本能，他没透露他们将要去的地方。

宁岸又说：“谢谢你们。”

程诺微微笑了笑：“你醒了就好，要好好活着。”

“我会好好活着，我还要给南浔姐和陆大哥做证人……”

程诺觉得鼻子发酸，都这个时候了，这姑娘的心里，还牵挂着他们。

“大难不死，必有后福，不仅要为他们活，更要为自己活。”程诺一改往日的痞子形象，几句暖心的话一出口，他自己都觉得不像自己了。

宁岸点点头，眼泪却忍不住顺着眼角往下流。若不是遇见他们，她仍在清醒与混沌中惶惶度日，眼下她终于有了坚强的理由。

“程诺说的强悍的主儿，就是尤惜？”祝南浔转移了话题。

陆西源放开她的脸，抽了口烟说：“不是，论强悍，尤惜比不过你。”

“那还有谁比我厉害？”祝南浔不禁感觉头疼。

陆西源笑了：“这个人，估计你这辈子都斗不过。”

“跟我抢男人，我会斗不过？呵……除非你更喜欢她。”祝南浔急了。

“嗯，我确实很喜欢她。”

祝南浔：“……”

陆西源见祝南浔炸毛了，帮她捋了捋凌乱的头发，给她打气说：“女老师、女警察、女护士你都不放在眼里，我估计你也不会怕她。”

“哼，你说得有模有样的。我倒想赶紧见识见识这姑娘，看她是比茶卡温柔，还是比阿舍儿可爱。”

“看，你又说到点子上了，她听话的时候比茶卡温柔，调皮的时候比阿舍儿更惹人爱。”

祝南浔：“……”

中巴车进入内蒙古的时候，被警察拦下检查。警察上了车，开始挨个查身份证。查到陆西源的时候，祝南浔特意看了看他的证件，照片是他的，但上面的名字却像是一个少数民族的名字：牧仁。

警察看了看他的样子，问他："蒙古族？"

陆西源回了句话，却是祝南浔没听过的一种语言，像是蒙语。那警察听了，笑着用同样的语言回应他，然后便去检查其他人了。

警察走了，祝南浔问他："你怎么什么话都会说？"

陆西源："都懂一点。常在路上跑，听多了自然就能说一两句。"

祝南浔唔了一声，又问："牧仁是什么意思？"

"蒙语男子名，意思是江河。"陆西源答。

"你自己取的？"

"嗯。"

"陆西源这个名字也是你自己取的？"

"……嗯。"

"陆西源不错。"她的意思是陆西源这个名字不错。

南浔，西源……真会取。

陆西源笑了笑："人在西边，命里又缺水，这名字是不错。"

祝南浔干笑一声："你还信这个？"

"不信，取着玩的，也不难听。"陆西源怎么会承认他是刻意取这两个字的？

"……"被噎住之后她又开口，"办假证也不怕真被查。"

陆西源没接话，伸手一捞，把她揽进怀里。又过了好一会儿，他下巴抵着她的头，无比认真地跟她讲起了故事。

"我叫陆尧，南京人，一九八四年十月十八日出生，毕业于南京大学土木工程系。毕业那年偶然遇到一个做好人好事的机会，当时年轻气盛，想惩恶扬善，便揽下这差事。之后为了把好事做到底，先后奔波于四川、云南、贵州、甘肃等地，期间在丙察察认识了程诺……后因事情复杂，没有做好，惹上了一身麻烦，于是跑到内蒙古避难。再后来风声过去，还想发挥点余热，继续做个好人，于是在程诺的帮助下出了内蒙古在西北四省游荡，之后便认识了女老师、女警察、女护士等，嗯……差不多就是这样了。其他的你也都知道了，你还想了解什么？哦，这证件是熟人给弄的，没办法，要是被查，那估计只能东窗事发。”

他知道她对自己有太多的好奇心，索性来了个自我介绍。只是这自我介绍大有调侃的意味，祝南浔听到后面，那些沉下来的情绪便又被激起水花，特别是那些职业不同的女性朋友。

“你的感情生活呢？你都三十了，没想过结婚生孩子？”对她而言，似乎这才是重中之重。

陆西源瞬间后悔自己絮絮叨叨地说了这么多，还多余问了句“你还想了解什么”。

她当然还想了解，他对她来说，就像一口井，她恨不得一口气深挖到底。

陆西源想了想，又低头看了看她：“以前没想过，现在可以开始想。”

这未尝不是最好的答案。

祝南浔觉得心口一阵暖意，再多的问题都不想再问了。

第十一章　往事

窗外是一望无际的荒原，汽车行驶在笔直的公路上，公路看起来没有尽头。

正午的阳光格外炽烈，洒在那些细小的沙砾上，闪闪发光。

荒凉的大西北地广人稀，想隐藏秘密是最好不过的地方。大三那年，陆西源在巴丹吉林沙漠做过一个暑假的志愿者，那会儿沙漠里搞工程建造，他亲眼看着大漠里的车神们将一车车材料运输到腹地。后来他在大漠里躲了三年，基本上过着牧羊人的生活，接济他的正是当地的车手。他们记得这个小伙子曾为这里做过建设，都愿意伸出援手。

巴丹吉林车站孤孤单单地伫立在镇子的最前端，中巴车还未进站，祝南浔便注意到路边一个骑自行车的小姑娘。她穿着红裙子，扎两个小辫，脸颊被晒得红彤彤的，出了一脑门的汗。她车骑得很稳，边骑车边往中巴车上看，漆黑的眼珠子滴溜溜的，目光一闪一闪，明媚又可爱。

祝南浔越看越投入，直到中巴车停稳，她都没有将目光从小姑娘的身上移开。她好像在这个小姑娘的身上看到了自己的童年。

直到小姑娘也看向她，又兴奋地朝她身后的人喊“阿布，阿布”她才回过神来。

只见陆西源站起来将头探出窗外：“琪琪格，你又一个人偷偷骑自行车了？”

“我妈同意了的。阿布，你怎么没开车回来啊？”小姑娘说完又打量起祝南浔。她盯着祝南浔看，看得也很出神，过了会儿她慢慢地收回目光，冲祝南浔笑了笑。

两人拿了东西下车，走到小姑娘面前，陆西源对祝南浔说：“这是琪琪格，小学生。”转过身又对琪琪格说，“她叫祝南浔，硕士生，就是比大学生还厉害的学生。”

对于这样的介绍，祝南浔觉得很好笑。

琪琪格似乎对这个介绍一点也不满意，她对祝南浔说：“是学校里考试得第一的琪琪格。”

陆西源将琪琪格从地上抱起来：“你妈给你吃什么好东西了？好像重了嘛。”

“你不回家，哪有什么好吃的。阿布，你有没有给我带好玩的？”

两个人亲密得很难不让人产生联想，祝南浔回想起“那个强悍的主儿”，再想想陆西源说的话，原来她的假想敌竟然是这个小姑娘。

这未免很荒诞。

“阿布，到底是什么意思？”她终于按捺不住好奇，问道。

“就是爸爸的意思啊，”琪琪格从陆西源的身上下来，问她，“你就是阿布带来的客人？”

爸爸……祝南浔沉浸在这两个字当中，丝毫没听到她后面那句话。一个小时以前，在车上，她问他想过结婚生子吗，他还说以前没想过。可眼下，他六七岁的女儿都会骑自行车了。

“喂——”琪琪格用手在祝南浔面前晃了晃。

“琪琪格，不许没有礼貌，这是我们家的贵客。”陆西源说完牵住琪琪格的手，两人推着自行车兀自往前走。祝南浔站在原地，看着两个人的背影，听到了一颗定时炸弹滴滴滴滴最后倒计时的声音。

三个人大概走了十几分钟，才走到镇子上。

巴丹吉林算是个大城镇了，镇子的街道还算宽阔，也很整洁，道路两旁有超市、市场，还有宾馆，竟一点也不落后。这里的汉族人比蒙古族人要多，大多数人都做生意，做来沙漠旅行的人的生意。

道路两旁停放的大都是越野车，这里有一支在网络上非常出名的“沙漠车队”，喜欢沙漠旅行的人都知道它的大名。

他们的目的地在一条小巷子里，是一家小小的客栈，客栈的名字叫“琪琪格小院”。

院子很小，有一栋很小的两层楼的房子，房子不算新了，但收拾得很干净。房子对面是几间独立的屋子，有厨房、客厅和浴室。

陆西源和琪琪格进了客厅，祝南浔仍独自站在院子里。她一路上一言不发，看着这对父女有说有笑，她将那颗定时炸弹的读秒停在了最后一秒。她要见到女主人，才能做最后的判断。

这时，一个女人的声音从屋里传出来："怎么就你俩？她呢？"

祝南浔往前走了几步，那个女人也从屋子里走出来几步。两人眼神相对，画面好像一下子回到了八年前。

女大学生对少女说："小妹妹，你可真漂亮。我们找不到住的地方了，你家房子这么多，收留我们几天行吗？"

此刻，在巴丹吉林小镇，祝南浔看着尤惜，她早已不是那个明媚的女大学生，她的脸上写满了风霜，而她的眼神里装满了故事。最终，祝南浔开口说道："老板娘，我惹上麻烦找不到可以藏身的地方了，你家房子这么多，收留我几天行吗？"

尤惜点点头，红了眼眶。

"琪琪格，你出来……"过了几秒钟，尤惜冲屋子里喊，她嗓音颤抖，祝南浔的心也跟着颤抖。

"怎么了？我还要看阿布给我带回来的漫画书呢。"琪琪格不情愿地从屋子里出来，看到尤惜哭了，轻轻地问，"妈妈，你怎么了？"

尤惜把琪琪格拉到祝南浔面前站定，对她说："琪琪格，你不是一直问，为什么除了我和你阿布，你没有其他的亲人？"

琪琪格看着祝南浔，又看看尤惜："妈妈，你到底想说什么？"她小小的脑袋里，根本无法理解眼下这种情况。

尤惜看着祝南浔，百感交集，她想起了那个古镇，想起了古镇上的少年和那个疯狂的夜晚。她没想到这辈子还能再见到她。

"尤惜姐……我终于找到你了。"这句话，祝南浔是替哥哥说的。话从嘴里说出来，带着太多的感慨。

琪琪格看着莫名其妙的两个人，摇摇头："你们到底要说什么啊？再不说我要去找阿布了。"

尤惜蹲在琪琪格的面前，拉住她的手，指着祝南浔对她说："这是你姑姑。"

那颗定时炸弹终于以另一种意想不到的方式爆炸了，祝南浔甚至觉得她的耳朵里真真实实地传来了这声响动。

陆西源靠在门边看到这一幕，他抬了抬头，看着小院上方的天空，湛蓝湛蓝的，一丝云的痕迹也没有。他呼出一口长气，这责任他担了八年，似乎终于要拱手交给他人了。

祝南浔看着琪琪格，琪琪格也看着她。她这才惊觉，这姑娘与她有着相似的眉眼，甚至跟她小时候有七八分相像。

这姑娘像她，但更像在千里之外的哥哥。

“姑姑……你是我姑姑？”琪琪格的好奇打破了这份沉寂。

祝南浔回过神来，她还不适应这场突如其来的认亲。琪琪格却突然兴奋地叫了起来：“我有姑姑了，我有亲人了，我要去学校告诉娜仁她们，我是有姑姑的人了。”

“琪琪格，阿布是不是没有骗你？在这个世界上，我们不只是三个人。”

听到陆西源这句话，再看看眼前这三个人，祝南浔混乱了。她虽然已经二十四岁，但几乎从未设想过比她大五岁的祝南泽会给她生出个侄子侄女之类的小娃娃，而祝南泽更是从未有过结婚生子的念头。可眼前，不仅冒出个亲侄女，而且看年纪，这个小侄女也有七岁了。这绝对不是一件好玩的事情。

她难以在短时间内接受这个极具颠覆性的事实。

甚至十分钟前，她还在怀疑这个孩子是陆西源和尤惜所生，还在做十足的心理准备去接受这个假设，并在心里将陆西源划分在无耻之徒的行列。

看着琪琪格在她面前蹦跶，她终于知道为什么一见到这个小女孩就移不开目光，并且还想到了自己的小时候。原来这个小姑娘的血脉早已与她相连了，她怎么想都觉得不可思议。

祝家的新生命竟然已经诞生了七年，而她和祝南泽却浑然不知。

对于这个鲜活的生命和新的家庭成员，她心里生出一股强烈的责任感。她是做长辈的人了。

“姑姑，你为什么现在才来找我？这些年你都去哪儿了？”

“姑姑，你是不是在外面受罪了呀，你看你的头发都打结了。”

“姑姑，这里有沙漠，风沙很大的，头发和皮肤一定会干燥，你要早点适应哦。”

……

琪琪格对于这个突然冒出来的姑姑，丝毫不感到陌生，而尤惜和陆西源看着她喋喋不休的样子，却想起了过去。

他们三个相依为命在内蒙古待了七年，孤立无援，没有亲人的关心，也没有故乡可以追溯。随着琪琪格渐渐长大，她开始思考，为什么她只有妈妈和阿布，却没有爸爸。

琪琪格叫陆西源阿布，是因为在她的生命里，需要这样一个角色，所以陆西源承担了这个角色。但琪琪格心里知道，陆西源不是她的爸爸。

其实尤惜是想过回家的，她是有父母可以依靠的。但除了担心被跟踪、被追杀，未婚生子还惹上一身麻烦的状态让她很难给自己的父母一个交代，也很怕给父母引来危机。所以她只能等，等着陆西源掌握证据，等着真相大白，也等着有一天能和祝家兄妹相认。

而这一天，她终于等到了。

她喜极而泣，是为琪琪格，更是为自己。

“快让你姑姑进屋吧，你要是再问，你姑姑会被你吓跑的。”陆西源故意对琪琪格说。

小姑娘听了，拉着祝南浔的手飞快地跑进屋里。

“姑姑，你坐，你赶紧吃饭吧，我妈做的羊肉可好吃了。”

陆西源叹了口气：“我在咱们家的地位彻底没有了。”

祝南浔在极力适应，同时，也开始思考，这件事情，她该怎样跟祝南泽沟通。

找到尤惜对他而言绝对是一件天大的好事，可凭空多出个七岁的女儿，不知道他的脸上会有怎样惊讶的神情。祝南浔忽然很想看到这一幕。

“琪琪格，你知道姑姑是什么意思吗？”祝南浔问她。

只见琪琪格小手一挥，霸气十足：“当然知道了，姑姑不就是爸爸的姐姐或者妹妹吗？姑姑，你让我爸最好赶紧来接我们，什么秘密任务能做七年还做不完？你都出现了，他也该出现了吧。”

对于这样的回答，祝南浔瞠目结舌，这小姑娘，完全不按常理出牌。

尤惜小声地在祝南浔耳边提醒：“我们一直跟她说，她爸爸在做一项秘密的工作，一时半会儿不能出现。”

祝南浔恍然大悟，她对琪琪格说：“嗯，你放心，我保证你爸爸很快就会出现的。”

吃过午饭，祝南浔拿陆西源的手机给祝南泽发了条短信，她没敢透露太多，只是先问他：“哥，如果要生孩子，你会喜欢女儿吗？”

祝南泽看到短信后，立刻回了电话过来。

祝南浔昨天刚给他发过短信，告诉了他遗嘱的秘密，并说电话卡随时都会换，为了安全，让他不要打电话过去，还让他留意自己的人身安全。他猜测她可能遇到了危险，始终不敢轻易联络这个号码，眼下再次收到短信，他终于安了心，所以赶紧拨了电话过来。

他几乎没有细想她为什么会这样问。

看到电话打过来，祝南浔还在后悔自己的问题问得太差劲。她看了眼尤惜和琪琪格，想了想，决定走到外面去接电话。

电话一接通，祝南泽急切的声音就传了过来：“你现在在哪里？安全吗？陆西源在你身边吗？”

“哥，在我说这件事情之前，你先做个心理准备……”祝南浔组织着语言。

祝南泽却打断了她的话：“阿浔，你是不是出什么事情了？还是陆西源或者……尤惜……”

“哥，你有个女儿，尤惜生的，七岁了。”祝南浔的语速从未这么快过。

祝南泽此时正在驾车回家的路上，用蓝牙接听的电话，祝南浔的话就这样回荡在车里：哥，你有个女儿，尤惜生的，七岁了……

一个急刹车！祝南泽的车停在了马路中间，紧接着身后的车开始狂按喇叭。

他在这些催促声里清醒了过来：“地址给我，我现在就过去。”

说完他重新踩下油门，但一双手仍把持不住似的颤抖着。八年了，终于有了她的消息，从昨天祝南浔告诉他已经找到陆西源之后，他就开始幻想尤惜的出现。

他太想念她了。

这八年，他寻人未果，设想过无数种可能，但每一种都让他绝望。

他对尤惜一见钟情，尤惜对他却是露水情缘。这一刻，他竟有些庆幸，因为他们之间有了女儿，因此他的想念可以明目张胆，他也终于有权利参与她的未来。

祝南浔挂了电话走进厨房，尤惜正在洗碗，见她进来，冲她笑笑："地方小，不习惯吧？"

"不，这里挺好的。"祝南浔赶紧否认。

"累了吧，房间我都收拾好了，你上去休息一会儿吧。"尤惜又招呼她。

祝南浔没吱声，她想了好一会儿才说："尤惜姐，我哥……可能要过来。"

水龙头里的水持续地流淌着，尤惜洗完最后一个盘子后，把水龙头拧紧，然后拿抹布擦了擦手，似乎突然想起灶台还没有收拾，又去擦灶台。她始终没有抬头，背对着祝南浔一直没停下手里的活儿。

见尤惜没有回应，祝南浔又小心翼翼地问她："如果你不想见他……"

"没，来就来吧，琪琪格早晚也要见他。"尤惜终于开了口，她回过头，表情平静，"阿浔，你跟你哥哥，这些年，过得好吗？"

祝南浔苦笑一声："要说不好，比起你们，实在好了太多。"

尤惜看起来反而很轻松，她拉着祝南浔的手走出厨房，来到院子里，对她说："这个院子以前是荒废掉的。我们来了之后，把房子重新修缮，墙壁也粉刷了，门口这几间屋子是后来建的。这边气候不好，种不了花，我就在院子里种一些沙棘。你看，收拾收拾，小院也有个看相，现在快进入巴丹吉林的旅游旺季了，到时候我家会住满客人。对了，我带你上楼看看吧，楼顶上有我自己种的……"

"尤惜姐，谢谢，真的谢谢你。"祝南浔打断正在说话的尤惜，紧紧地拉着她的手。

谢谢你忍受这么多苦难，也谢谢你没有任何怨恨，谢谢你生下了这么可爱的琪琪格，也谢谢你如此豁达，将自己照顾得这么好。

尤惜说了这么多，无非是想证明自己这些年过得并不差。她知道祝南浔有愧疚之心，但她既不想得到同情，也不想摆出圣人姿态。她和陆西源一样，早已将这样的生活过成一种习惯，早已跟这样的命运握手言和。

“你确实应该谢谢我，琪琪格这个小家伙，真的太不好带了。”

听到尤惜这样说，祝南浔终于也轻松了起来：“琪琪格以后不仅有爸爸和姑姑，还会有外公和外婆。尤惜姐，这些年，我哥每年都会去你老家看望你父母，他们过得很好，就等你回家了。”

陆西源找熟人借了辆专业越野车，带着祝南浔和琪琪格开出小镇，往荒漠里开。

“阿布，你很久没有带我去冲沙了。”琪琪格表示不满。

陆西源笑了笑：“我就不信你没有和小伙伴们偷偷去冲过。”

琪琪格噘起小嘴：“和他们一起有什么意思啊！我是要带姑姑去冲沙，姑姑从南方来，肯定没有冲过沙。”

“知道啦！”陆西源对琪琪格的撒娇是没有抵抗力的，赶紧答应下来。

祝南浔看到小镇被甩在身后，离他们越来越远，而眼前的景色渐渐被黄沙铺满，她问陆西源：“我们现在去哪儿？应该不是去巴丹吉林沙漠吧？”

陆西源说：“嗯，进沙漠用得时间长，要做很多准备，没那么容易。今天先带你去看看蒙古包，再找片小沙丘满足一下琪琪格的心愿。”

祝南浔不禁觉得，到了这里，陆西源似乎变得不知疲倦，而她也变得格外轻松，好像找到了一片归属地，很踏实。尽管十个小时前他们还在危险中挣扎，但此刻他们已经在享受这片荒漠的热情。这是趟意想不到的旅途，集齐了各种元素，让人欲罢不能。

难怪在陆西源的脸上从来看不到惊慌失措，是这样广阔的天地给了他一颗接纳万象的强悍心脏。他果敢坚毅，因为他经历了太多的风沙，也铸就了强硬的外壳。而担起保护两个女人的责任，让他的内心，又像是浩荡的江河，有汹涌的波涛，也有温暖的力量。

现在，他是她信念的源头，也是她的守护神。

刚刚尤惜听到那句话后问她："回家？还回得去吗？"

祝南浔斩钉截铁地告诉她："一定可以。"因为她信陆西源，也信自己。她信善良，也信正义。

那份记录在一份绢帛上，被撕成两半，一半藏在印章里，另一半藏在画里。印章是爸妈去川南前交给她保管的，而画里的那一半绢帛，陆怀信三人拼死带到了内蒙古，藏在了巴丹神庙里。他们必须去沙漠走一趟，为了拿到绢帛，也为了保护好爷爷多年收集的那些艺术品。

车子开到蒙古包附近，车窗外尘土飞扬，十几个大大小小的蒙古包伫立在风沙之中，颇有气势。蒙古包一向都是搭配青草地出现的，现在搭配荒凉的沙地，另有一番风味。

"这些蒙古包都是空的。这里算是个景点吧，一个画蛇添足的景点，大家都认为到了内蒙古就必须见到蒙古包，开发商也这样想，所以就弄了这个玩意儿，其实并没有什么意思。这边蒙古族人不多，要看正宗的，得去东边。"

陆西源的话让祝南浔忍不住对他翻了个白眼："那还来这里干什么？"

"翻过前面的山头，那才是目的地。"

陆西源说完下了车，一阵大风刮过，他的衣服被吹得紧紧贴在身上，凸显出他精壮的身材。他喜欢穿深颜色的T恤，下面配宽松的工装裤或运动裤，款式很简单，但穿在他身上，却显得一点也不简单。

他虽不是蒙古族人，但身上有一种蒙古族人浑然天成的气魄，到了这片属于他的土地上，这特性更加明显。他戴上墨镜，拉着琪琪格的手，往前走了几步，像是想起什么，又回头看祝南浔。

"过来。"他对她伸出手。

祝南浔往前走了几步，把手放进他的手心里，然后三个人一起往沙丘上走。

祝南浔看着他的侧脸，他动了动嘴角笑了笑，说："你今天不太一样。"

她问："有什么不一样？"

"有小孩子在，你收敛了很多，也温柔了很多。"陆西源说。

祝南浔看了琪琪格一眼，小姑娘正蹦蹦跳跳哼着小曲儿独自开心着，于是她凑上去猛地亲了他一口。

“怎么样？”她问。

陆西源低头笑：“你怎么跟小孩子一样。”

祝南浔正想说话，陆西源停下脚步偏过头把脸凑了上来。两个人的鼻尖碰在一起，祝南浔屏住了呼吸，想说的话也抛在了脑后。紧接着，陆西源柔软的唇瓣轻轻地碰上了她的嘴唇。

风仍在刮着，把她的头发吹乱在他的脸上，有细细的沙尘在他们的肌肤上碾压研磨。除了彼此交织的唇舌，其他的一切都是干燥的。线条柔和的沙丘就在他们面前，阳光刺眼，大片的黄色让她晕眩，她轻轻地闭上了双眼。

“阿布，姑姑，你们在做什么？”打破这份意乱情迷的只能是琪琪格。

“你姑姑的眼睛里进东西了，我帮她吹吹。”陆西源说话的时候仍看着祝南浔。祝南浔透过他脸上的墨镜看到他的眼睛，他的目光仍纠缠在她的身上，并没有收敛的意思。

“姑姑，我来帮你吹吹吧。”琪琪格说着就走到祝南浔面前。

祝南浔只好蹲下来。琪琪格柔软的小手轻轻地捧着她的脸，小小的嘴巴对着她的眼睛一口一口地吹气。祝南浔觉得自己的心都要化了。

“好了吗，姑姑？”琪琪格问她，她还未回应，琪琪格又对一旁的陆西源说，“阿布，你把墨镜给姑姑戴吧。这里风沙太大了，我怕姑姑的眼睛里再进沙子。”

祝南浔站起来，看着陆西源十分得意地笑了。

“真是个没良心的小丫头，有了姑姑就不要阿布了。”陆西源宠溺地揉了揉琪琪格的脸，又心甘情愿地把墨镜给祝南浔戴上。

琪琪格解释道：“姑姑是女生啊，难道男生不该保护女生吗？”

祝南浔扑哧一声笑了，她牵起琪琪格的小手：“琪琪格，你阿布吃醋了。”

沙丘并不好爬，走三步滑一步，没走几步，祝南浔的鞋子里就进了沙子。

“沙漠里都是这样的路，得带你去买双合适的鞋。”陆西源搀着她说。

她看了看身后，明明那里离沙丘很近，但就这一小段路他们就走了十几分钟。

“沙漠里的路，你开得习惯吗？”她问。

陆西源说：“凑合吧，这些年也跟着车队跑过不少回。”

“也带驴友进去？”

“不带，带游客得技术过硬。我走西北线也是顺路才会带几个人，和外面的人接触太多，不安全。”

“唔……是不是出来玩的女生比男生多？”她想了想，又问。

陆西源似乎一眼看穿她的心思，说：“女生对西北、藏区这些地方更感兴趣一些，比男生会玩，司机们也愿意带女生。”

“你也愿意带女生？”

“当然，没人希望一路上车里都是同性。”他故意把她往他的话里带。

可这一次，祝南浔既大气又淡然，她说：“那又怎样！带了这么多女生，你还是只对我感兴趣。”

陆西源点了点头，“嗯，也只有你会这么主动投怀送抱。”

回想起自己之前对他的百般挑逗，虽然目的都是为了刺激他跟自己摊牌，但他现在这样说，她当真无力反驳。在卓尔山养伤的日子里，他俩还是正常相处，但经历了门源和张掖的凶险，这把火好像瞬间就被点燃了。

人的感情果然是在同患难中得到升华的。

八年前，他不敢对只有十六岁的她动任何念头，但他知道，她是这个世界上最特别的姑娘，他一直把她放在心上。而他在她眼里，是不可取代的那个人，他给过她温暖，也给过她生命。后来的一切顺理成章，他们等待着彼此，眼中也只有对方。

“这种事情，还是我主动一点比较好。”半晌后，陆西源说。

祝南浔嗯一声：“你做得很好。”

借着陆西源的力，祝南浔一口气爬上了沙丘，抬眼望去，远方竟是那片沙漠边缘的轮廓。

“不到这里来一次，恐怕再也没机会这样看它。”陆西源坐到她身边，盘着腿双手撑在身后，看着那片金黄色，静静地感受着这片土地的神圣和庄严。每次进沙漠之前，他都会先来这里看一看。

祝南浔问他："对你来说，它的意义应该很特别吧？"

"岂止是特别，在我走投无路的时候，是它接纳了我，它是我的福地。我却已经有一两年没有进去过了。"陆西源双手合十，静静地看着那里。

祝南浔把他送她的那串珠子从脖子里扯出来，摘下来捧在手心里，和他一样合着掌，对着那片沙漠暗自许下了一个心愿。

"明天进沙漠。"陆西源说。

祝南浔点头："嗯。"

他们虔诚祈祷，是在祈祷顺利拿到绢帛，更在祈祷后面的路也能一步步走好。

"姑姑，你快过来呀，我们一起从这里冲下去。"一旁的琪琪格早已按捺不住了，她坐在木板上，还给祝南浔留了一个位置。对她来说，艰难爬上来就是为了这一刻。

祝南浔坐在她的后边，在陆西源的推动下，她们从沙丘顶迅速地冲了下去。

冲沙一点也不比坐过山车之类的游乐设施轻松，这是祝南浔冲沙的玩后体验。

看着姑侄俩冲到了沙丘下，陆西源俯瞰她们，看着她们的笑脸，他又回头看向远方，最后他也许下了一个心愿。

人潮涌动的咸阳机场，正值暑期出行的高峰期，带着箱包来来往往的人们乐此不疲地奔波在路上，他们各有各的目的地。

祝南泽刚刚落地西安，他即将转机去张掖，然后再坐汽车前往巴丹吉林。这是最快的线路，机票是托熟人才买到的，他很幸运。

候机室的广播播报着大江南北的地名，他静静地坐在椅子上，认真地聆听。

每一个地名他都清楚地知道它的方位，因为这八年间，他用过各种各样的方法寻找尤惜的下落，每一个省份都有涉猎。每找一个，他就会在地图上标记一次，久而久之，他对这些地方十分熟悉。

到张掖的时间应该是晚上九点，那个时候去巴丹吉林的汽车已经没有了，但他联系了一个张掖的司机，包下他的车，准备连夜前往。他一刻也等不了了。

坐在他旁边候机的是一家三口，还蹒跚学步的小姑娘很调皮，跑前跑后不知疲惫，妈妈跟在她身后，生怕小孩子出半点差池。

他在心里描摹他和尤惜的女儿，七岁了……应该很懂事了吧。

他看了看班机时刻，快了。

出发前，祝南浔提醒过他要留意是否有人跟踪，但他恰好买到最后一张飞张掖的机票，而且又需要在西安转一次机，所以被跟踪不太可能。但他一路上还是留意着四周，不敢掉以轻心。祝南浔在西北的经历他略知一二，比起以前的小风小浪，这一次无疑是铤而走险，他深知这背后的危险。

登机之后，他准备关掉手机，就在按下关机键的那一刻，一个电话打了进来。

是祝南浔。

“哥，你不要去张掖了，坐火车去金昌吧，你在那里等尤惜她们，一定要确保自己的安全。”

回到琪琪格小院时已近黄昏，陆西源一接到程诺的电话就带着祝南浔和琪琪格飞快地赶了回去。根据张掖警方得到的消息，被通缉的那帮人已经直奔内蒙古，程诺在第一时间把消息传给了陆西源。为防他们的行踪泄露，程诺连宁岸三人都没有透露他们的去处，张掖的人又是怎么得知的消息？

即使是跟踪祝南泽，也不至于了解到他要去巴丹吉林的动向，他尚在西安，而且具体行程并没有告知任何人。

局势格外紧张。

“打电话的时候，你身边还有其他人吗？”祝南浔问他。

“我当时在开车，就我一个人。”

祝南浔又问：“你用车载蓝牙没？”

祝南泽恍然大悟：“难道我车上有窃听器？”

他们兄妹俩是被监视过的，就在当年画室刚被烧毁的那段时间；之后的这些年，他们顶多被跟踪，并没有再被监听、监视过。到底是谁在什么时候又开始监视他们的生活？细想来，大概就是在最近这段时间。

“哥，你们平安到家后，请几个保镖吧。除了车上，家里大大小小的地方都要仔细检查。”

“如果做得到，查一查监听器的买卖来源。阿泽，我拍了上次跟踪器的照片，待会儿发过去，可以一块查查。”后面说话的声音是陆西源的。

祝南泽心里瞬间一紧，但很快又放松下来。他觉得自己似乎离他们和那些过去的记忆又近了一步，但同时更庆幸此刻陆西源在妹妹的身边。

“好，你们进沙漠注意安全，拿到东西后就赶紧回来。”祝南泽边挂电话边往舱门走，此时舱门正要关闭，他赶在最后一刻下了飞机。

“阿布，我们是要去找爸爸吗？你和姑姑不跟我们一起去吗？”琪琪格把陆西源给她买的东西塞进尤惜正在收拾的行李中，又对尤惜说，“妈妈，阿布给我买的东西我都要带着。”

陆西源走到琪琪格身边蹲下：“琪琪格，阿布和姑姑还有很重要的事情要做，等我们做完就去找你们。爸爸那里什么都有，你们要减轻负担，不要什么都带，好吗？”

“可是你给我买的东西我舍不得丢下啊！跟爸爸团聚后，我怕我们就再也回不来了，因为爸爸是做秘密任务的人啊。我们去了，以后肯定也要保密了。”

按照琪琪格的逻辑去理解，似乎真是这样。

刚进门的祝南浔听到这话，走过去摸摸她的头：“那你把这些东西交给姑姑吧，姑姑保证帮你保管好，下次见面我一定带给你。爸爸是做秘密任务的，姑姑也要去帮他，所以我们的一切都要保密，都不可以让外人知道。你记住了吗？”

“我知道，阿布早就教过我，从哪里来、到哪里去、要做什么都不可以让别人知道。那姑姑你也要答应我，这些东西下次一定要带给我。”琪琪格说完把东西又拿了出来。

陆西源看了看时间，对尤惜说：“我请了车队里的兄弟送你们过去，估计到金昌也是半夜了，到了之后一定要注意安全。”

“尤惜姐，我哥大概在明天中午十二点到金昌火车站，你们……”

“我知道。你俩，一定要平平安安的。”尽管尤惜此刻万千情绪在心头，但躲避危险才是最重要的事情。她看了看憧憬着和爸爸见面的琪琪格，内心无比希望这是她们最后一次走在逃亡的路上，“琪琪格，跟阿布和姑姑再见，我们要出发了。”

尤惜微笑着，把所有的无奈和紧张都隐忍在笑容里，她要拼尽全力去迎接崭新的生活。她没有什么可以畏惧了，唯愿陆西源和祝南浔能平安归来。

送走了尤惜和琪琪格，陆西源和祝南浔把小院的大门锁好，也准备离开。

临行前，陆西源回头看了小院一眼。小院在他们的打理下已经生机勃勃，它还不知道它的主人一旦离开就不一定还能回来。

“走吧，它会一直在，以后有机会，我们还可以再回来。”祝南浔说。

陆西源摇了摇头：“那帮人不动它是不可能的。”

“他们动不了。”祝南浔说。

陆西源问：“你做了什么？”

她刚刚独自离开了一会儿，他本以为她是去厕所，可后来看到她是从大门进来的，但那会儿也顾不上问她去做了什么。

“我出了点钱拜托邻居们帮忙看家，那帮人一来捣乱他们就会过来。尤惜姐花了那么多心思把这里弄得这么好，怎么也不能轻易让那帮人给毁了。”祝南浔把手搭在陆西源的肩上。

陆西源摸了下鼻头笑了笑，然后一把搂住她的腰：“祝小姐真有钱。”

她懂他。

第十二章　沙漠

陆西源租借了那支最牛车队的一辆越野车后，两个人又去镇上唯一一家户外用品店买了一些进沙漠必备的物品。

“看时间，那帮人应该快到了，希望张掖警方也能快点赶过来，”陆西源说着挑了一件速干衣给祝南浔，“还有，做好没水洗头洗澡的准备。”

祝南浔接过衣服，摸了摸自己的一头长卷发：“早知道就让宁岸帮我也剪个头发了。”

陆西源听了，说：“你长发好看。”

感情这玩意儿，一旦点燃就刹不住车。这话是程诺说的，现在看来，一点也没错。那些深沉和矜持都在彼此互相探索的过程中慢慢瓦解。

带足了干粮和装备，加满油后，两人在太阳落山之前往沙漠里赶。

本来没打算今天就进，但危险来临，他们要逃脱，更要早点拿到东西。借车的时候陆西源依然小心谨慎，他找了车队里最信得过的兄弟，又拜托他一定要保密。现在没人知道他出发的时间，他要打一个时间战，哪怕消息泄露，他也能早点拿到东西。

“大漠孤烟直，长河落日圆。”在笔直的大漠公路上，祝南浔体会到了诗句里的意境。

“再走一个多小时，车子就要开始翻沙丘，你晕车吗？”路上，陆西源问祝南浔。

“我坐车不晕。”她说。

“你玩过山车会晕吗？”

“没玩过。”

“那你还是吃一片晕车药吧。进这片沙漠的游客，包括男人，没有几个是不吐的。”

“不是还有几个不吐吗？我不喜欢吃药。”她撒娇。

陆西源点了根烟，然后摸她的头：“那就不吃吧，希望我的技术能让你不吐，今晚估计也走不了多远。”

她看着渐渐暗下来的天色，问他：“晚上住帐篷？”

“路不好走，带的东西越少越好，所以只带了一个帐篷，”祝南浔听到这话，刚想开口，他又接着说，“我睡车里。”

祝南浔哦了一声，悻悻的。

黄色越野车驰骋在正要拉开夜幕的荒漠上，笔直的公路上只有这一辆车在行进，车上一男一女，并肩而战，他们将要去沙漠腹地，开启新的旅程。

但愿黑夜来临，黑暗不会降临。

没有任何障碍，陆西源将车速开到极限，狂飙在平坦的大道上。另一个方向，尤惜和琪琪格也在离开巴丹吉林的路上狂奔。

他们走后没多久，张掖那帮人就赶到了镇上，毫无悬念地扑了个空。他们到处打听人的下落，镇上的人都说见过，但不知去向。

此时，祝南泽也顺利地登上西安开往金昌的火车。因为只买到站票，所以他站在吸烟处与很多同样遭遇的乘客挤在一起，但他不觉得有任何不舒服，尽管他已经有很多年没有坐过绿皮火车了。熬过这一夜，他便要达成八年来未完成的夙愿了。

兴奋是可以替代疲劳的。

祝南浔不知不觉中睡了一觉，是车子开始颠簸才让她从睡梦里惊醒的。她睁开眼睛，看见车灯下的沙地。透过窗子，看向远方，月光下，是一望无际的沙丘。

广阔、寂寥、壮观又野性，这便是巴丹吉林沙漠的边缘地带。

“几点了？”祝南浔问。

路不好开，陆西源格外谨慎，他没看她，说：“快十点了。”

“你认得出方向？”她又问。

“嗯，这条路是固定路线，如果实在分辨不清，还可以看月亮的方位，或者是北斗七星。”

“能看到北斗七星？”

“很清晰。”

即使是在穷达家的那夜，祝南浔也没有见过完整的北斗七星，听陆西源这样说，她不禁期待起来。慢慢的，祝南浔感受到了陆西源说的那种坐过山车的感觉。沙漠是由连绵起伏的沙丘组成的，车子攀上一个沙丘后迅速下去，很快又要上另一个沙丘，就连沙丘之间的连接地都是起起伏伏，各有弧度。

陆西源看到祝南浔晃晃悠悠的，对她说：“再坚持半个小时，我们得走到有海子的地方才能休息。”

海子就是小湖泊，沙漠里的湖泊叫作海子。这是琪琪格给祝南浔科普的。

“之后的路都是这样的吗？”祝南浔问。

陆西源：“再往里，会比这更难走，沙丘会更高。”

“车子能上得去？”

“上不去的时候你得下来走，然后我会想办法开车翻过去。”

陆西源没骗她，再牛的车手都有翻不过去的沙丘，到时候车上的人都得下来，车手要放了轮胎里的气然后一口气冲上去才行。祝南浔不理解，问他：“难道我胖？”

“你好像很在意我对你身材的看法。”陆西源笑。

祝南浔说：“遇到你之前，没人说我身材不好。”

“我没说过。”

“哦？”

“你确定你要在这个问题上刨根问底？”陆西源说着，正好将车开到一块较为平坦的沙地上，车子没再颠簸。

祝南浔放松了下来，手没再抓着车顶的扶手。

她正想着该怎么回答他，陆西源突然将车停下，然后拽着她的手，一把将她拉进怀里紧紧地抱了一下。但这个拥抱时间太短，短到她还没反应过来，陆西源就已经放开了她。她只觉得胸口被安全带勒得生疼，还有一阵汹涌的挤压感。

“可以再胖一点。”陆西源做出评价。

这句话让祝南浔彻底反应过来，她只觉得胸中积攒着一股无名火。她要以牙还牙。

陆西源正要发动引擎，祝南浔松开安全带扑在他的身上。他感受到她呼出的气息喷在他的喉结上，停下了手中的动作，然后双手抓住她的肩膀，挑眉笑了笑说：“一点就着？”

“凭什么只准你……”

祝南浔话还没说完，陆西源就用嘴唇堵住了她。他吻得很凶，一只手钳制着她的头，另一手扣住她的腰，边吻边恨恨地对她说：“这里只有我们两个人……”他带着欲望的嗓音像是催眠剂，她慢慢地便缴械投降，只能热烈地回应。

星光初上，一望无际的沙漠里只看得见他们这一辆车。车灯下被风卷起的沙砾在四处飘扬，车窗外只听得见呼呼的风声。

半个小时后，车子往低洼处行驶，前方出现了一片镜子一样的水泽，在月光的照射下静谧又圣洁。

“到了，晚上就住这儿。”陆西源将车停在背风处，然后下车去后备厢拿东西。

祝南浔打开车门，寒风四逸。她往水边走，发现脚下除了绵软的沙子，还有许多沙棘。

“慢点走，这些植被都很坚硬。”陆西源说着把她的围巾披在她身上。

祝南浔裹紧了围巾，转过身看到他也加了件外套，对他说：“这么大的风，就不要扎帐篷了吧，我看车里挺宽敞的……”

她想了想又觉得这样不妥，没再往下说。

“行，你一个人睡帐篷我也不放心。待会儿你睡后面，我睡前面。”他做出安排。

祝南浔嗯了一声，又继续走。

“到湖边吃点东西就赶紧回来休息，明天天一亮就出发。”陆西源牵着她的手，两人走到水边，他把一袋饼干递给她，“尝尝这个。”

祝南浔借着车灯一看：“威化饼干？”

饼干是用密封袋装着的，四方块，很整齐地摆放在一起。

“嗯，不过跟你吃过的威化饼干不一样。”陆西源说。

祝南浔打开袋子拿出一块饼干咬了一口，香浓的奶香味迅速在口腔中蔓延，奶油很厚，但一点也不腻，饼干又香又脆，的确跟她吃过的任何一种都不一样。

“你喜欢吃甜食，我想你肯定会喜欢这个。这是从蒙古那边过来的，只有内蒙古有。”

祝南浔吃完一块，又拿了一块塞进嘴里：“你还挺细心的，上次你给我买的糖吃完了，还有吗？”

陆西源笑了笑，没理她，点了根烟，一屁股坐在沙地上。过了会儿，他从口袋里掏出一小袋彩虹糖丢给她：“得寸进尺。”

祝南浔狡黠地笑了：“我就知道你会买的。”

“饼干别吃太多，我怕带的水不够你喝。”他笑。

“琪琪格也喜欢吃这个吗？这次回去我要多带一点。对了，网上有卖的吗？”她边吃边说。

陆西源拧开一瓶水递给她：“慢点吃，我这里还有好东西。”说完他又从外套里掏出来一袋牛肉干。

他竟然把东西揣在衣服里，祝南浔鄙夷地看着他：“让我看看，你肚子里还藏了什么？”说着她把手伸进他的外套里。他里面只穿了一件薄T恤，外面也只有外套加身，里面却暖烘烘的。他皮肤散发着热度，而她指尖冰凉，冷热交汇在一起。

他按住她的手：“别惹火上身。”

月光下，陆西源的眼睛里散发着耀眼的光芒，祝南浔的眼神一碰上去，就觉得眼睛睁不开了。她抽出手，偏过头舒了口气。

“阿浔，你有没有想过，拿到东西之后怎么办？”他突然正经起来。

祝南浔放下吃的东西，抱着双腿把头放在膝盖上：“想好了，按照记录把上面的东西找全，然后都交给美术协会。我想，我爷爷会同意的。”

“嗯。我们之前想去找过，但是发现得两份记录拼在一起才有用。画里的那一份上面是名目，如果我没猜错，印章里这一份应该是地点。”

“可是印章一直打不开，难道非得把它砸烂？”祝南浔问。

“之前没有时间好好研究，等明天拿到另一份，回杭州再想办法。”

“明天就能到巴丹神庙？”

"嗯，如果不出意外，明天下午能到。那帮人应该到了镇上，但即使能追踪到我们，也很难追得上了。没人敢在这里走夜路。"陆西源看着天上的月亮说。

祝南浔看他的神情，倒不像他说得这样轻松："如果他们请到车手，明天追过来怎么办？"

陆西源说："那我们只能赶在他们找到我们之前，拿到东西，然后从另一个方向出沙漠。没人知道我是去神庙，他们也不好找，只是……"

"只是什么？"祝南浔以前没见过陆西源欲言又止的样子，莫名地担心起来。

陆西源笑了笑："他们如果找车手，我借车的这个队他们恐怕请不动，队里都是我兄弟。如果他们请另一个车队，就怕我们明天去神庙会遇到他们队里的车手，而车手之间的联络是非常密切的，因为他们经常带逃票的游客进沙漠，为防景区的人巡逻，得互相通气互相帮助。"

祝南浔觉得这事非同小可："那你还笑得出来？"

陆西源摸摸她的头："还没发生的事情，担心也是多余。也许有你在，我会幸运很多。"

祝南浔也笑了："陆西源，你可以的。"

吧唧，他亲了她一下，好像舔到了奶油："真甜。"

"陆西源，跟你在一起，我什么都不怕。"

"我知道。"

尤惜和琪琪格到达金昌时已是半夜，母女俩找了间旅馆住下后，尤惜才给陆西源和祝南泽各发了一条短信报平安。

陆西源收到短信后，回头看了一眼睡在后座的祝南浔，发现她正大睁着眼睛看着自己，他伸手摸摸她的头："你在演恐怖片吗？"

"她们到金昌了？我睡不着。"她说。

陆西源帮她掖了掖毯子："睡不习惯吧？"

祝南浔从座椅上坐起身，双腿盘起来，像打坐似的："是不习惯。某人动不动就回头看我，太不习惯了。"

陆西源也一直没睡着，他坐直身体，摸出根烟，想了想，没点。

“听见你一直翻身，怕你睡不好。”他说。

祝南浔捋了捋头发说：“你看我几眼我就能睡好了？”

陆西源无奈地摇摇头：“你要是再不睡，天都要亮了。”

“那你过来。”她扯了扯他的衣袖。

陆西源只好长腿一跨，也坐到了后座。祝南浔挽着他的胳膊，把头枕在他的肩膀上，闭上眼睛对他说：“想抽就抽吧，把窗户打开。”

陆西源闻了闻手里的烟，想到外面风大，用下巴蹭蹭她的脑袋：“不抽了，睡吧。”

火车上手机信号断断续续，祝南泽好不容易收到短信，想回复却怎么也发送不出去。

这是时隔八年尤惜跟他说的第一句话，虽然只有短短几个字，报个平安而已，但他仍旧欣喜若狂。他想跟她说话，想直接回拨电话过去，可时间太晚，他害怕她们已经休息，心里再想也只好作罢。他突然又觉得起初设定的回复内容不好，于是他不断地删除、编辑，想重新组织语言。最后，他只写下了两个字：等我。

看到短信发送成功并且对方已读的提示后，他握着手机轻轻勾起嘴角，看着窗外，只希望火车能开得快一点，再快一点。

这个过程里，他似乎变回到那年夏天那个青涩的少年。

尤惜收到回复时琪琪格已经进入了梦乡，她放下手机，摸了摸琪琪格的小脸蛋，心跳才渐渐地放缓。明天就要见到和琪琪格有着一样眉眼的那个人了……想着想着，她搂着琪琪格一起睡熟了。

祝南浔醒来是因为耳朵被压麻，她动了动脖子，发现陆西源靠在座椅后背上睡得很沉。

此时天微微亮，车窗上满是雾气，看不清外面的样子，只听得见彼此的呼吸声。祝南浔用手指在窗户上擦开一片水汽，透过这片透明的玻璃看出去，外面是正在苏醒的海子和沙漠。他们所处的位置是一块低洼的沙地，四周都是沙丘，高低不一，弧线起起伏伏，隐约能从沙丘背后看到光芒，太阳应该也正在苏醒。

她怕吵醒陆西源，不敢动得太厉害。看了一会儿窗外，又回头看他，他仍熟睡着。

她伸出一根手指轻轻地刮了刮他的鼻梁，他没反应，她又去摸他突起的眉骨，再摸他略带些胡茬的下巴，最后去摸他的喉结。

他还是一动不动。

她把脸凑近去看他的眼睫毛，明明有轻微的颤动。她知道他在装睡，正想着怎么让他睁开眼睛，他的嘴唇就这样触碰过来。

一个结结实实的吻，还是她投怀送抱的。

她不服气，趴在他身上轻轻地啃咬他的嘴唇，他不喜欢被动，捧着她的头将她压在身下，她呼吸渐渐变重，再加上重心不稳，慢慢地往下滑，他又一把把她捞起来，让她跨坐在自己身上。

“一大早的，这样……不好吧。”他吻上她脖子的时候，她这样对他说。

陆西源移开脸，头抵着她的肩膀喘着粗气，片刻之后，他放开祝南浔，让她从自己身上下来，然后去裤兜里摸烟。他说：“怎么搞的？”

怎么搞的，好像越来越克制不住。

陆西源一直搂着祝南浔，直到把手里的烟抽完。这期间，两个人一句话都没说，也没动。

陆西源抽完烟把烟屁股装进塑料袋里，然后回到驾驶位，又把打开的窗关了之后才叫她：“过来。”

祝南浔学他，一脚跨回副驾驶位。陆西源看她一眼，说：“你……头发有点乱。”

祝南浔随意地抓了两把，扎了个丸子头。陆西源再次看到她脖子下方的那个翅膀形状的文身，不由得伸出两根手指轻轻地摸了摸那个地方。祝南浔感到一阵酥麻，停下手里的动作，问他：“好看吗？”

“好看。”他答。

祝南浔又问：“这些年，我是不是做得很好？”

陆西源点点头：“你做到了。”

车子开始翻越沙丘时，祝南浔看了看时间，六点整。

攀上沙丘后，她终于在晨曦中看到了这片土地的另一种样子。波澜壮阔，浩瀚无边，神秘又辽阔。它完完全全是最自然最原始的模样，和一路走来的任何一个被开发过的景区都不一样。

听见祝南浔的肚子发出咕噜咕噜的声音，陆西源说："饿了先吃点面包，如果运气好，中午能让你吃到好东西。"

祝南浔叹气："到了西北，吃饭好像就没规律过。陆西源，你一开始来的时候吃得惯这边的东西吗？"

陆西源看她的脸，好像是瘦了。仔细想想，这姑娘已经离家一个月了，西北的饮食口味偏重，对于打小吃杭帮菜的她来说的确难以适应。

他说："不习惯啊，有一阵子就想吃鸭血粉丝汤和蟹黄包，但再馋得不行也只能喝碗羊汤。说到美食，还是南方的精细。"

祝南浔听他这样说，手里的面包吃不下去了，想到鸭血粉丝汤配上蟹黄包的口感，咽了下口水说："其实麦蒙烤的土豆就很好吃，我对吃也没那么讲究。但是好像一想家，首先想到的就是吃。"

"想家了？"他问她。

祝南浔撑着脸说："爷爷走了，爸妈也走了，就剩下我和祝南泽，他也没什么好想的。我想回南浔古镇了。"

陆西源听着，说："是要回去，还有事情要去查清楚。"

"认真一想，明明还有很多事情要做，可我怎么觉得我变懒了。"祝南浔感叹。

陆西源说："我会一件一件做好，你就当是旅行。阿浔，你这不是懒，是你在依赖。"他没说依赖他。

祝南浔却会意，努努嘴："再怎么依赖，我也不会再让你一个人扛。"

陆西源笑："看看几点了，我得打探打探消息了。"

神庙地处沙漠深处，在庙海子附近，那里是整个风景区的核心，是进沙漠的游客必到的地方。但这里接待的游客一年也不足三万人，即使是旺季，一天之内也不会有太多人进来。陆西源打了个电话打听情况，果然，昨天另一个车队只有一个车手带了两三个游客进来。他听到后稍稍放了心，可随后对方却又告诉他，昨天晚上另一个车队剩下的所有的车都从镇上离开了。这绝对不是个好消息。

"坐稳了，我们得赶路了。"陆西源加快了车速。

祝南浔从他的表情里看出情况并不好，但她什么也没问，抓紧了扶手，只祈求前面的路能好走一点。

日出之后，沙漠里便没有了风，气温渐渐升高，车里也越来越热。两个人都脱得只剩下一件T恤，却仍觉得热。祝南浔伸手摸了摸车顶，里侧被太阳晒得滚烫，想必表面的温度更高。

陆西源说："外面的沙子表层最低有60度，下层能有70到80度。"

祝南浔想了想，问："把鸡蛋埋进沙子里，能变成溏心的吗？"

陆西源笑了："看来你果真馋，但你现在不应该考虑鸡蛋的问题，而是应该考虑你的双脚。"

沙丘的海拔越来越高，颠簸感也越来越严重，他们终于遇到一个越不过去的陡坡。尽管车胎已经放了气，但陆西源连续冲了两次都没冲上去。要是想冲得再猛一点，那祝南浔就必须下车了。

"没关系，你给我买的鞋好。停车吧，我自己爬过去。"祝南浔说着绑紧了鞋带。

陆西源却按住她的手："绕路吧。"外面阳光灼目，地表温度太高，他知道热沙的威力，不忍她遭这种罪。

"别，太耽误时间，绕来绕去也还是要翻沙丘。我总归是要自己爬一爬的。"祝南浔说着，兀自打开了车门。

陆西源拉回她的胳膊，又伸手把门关了："之后有你爬的时候，现在气温高，能绕先绕。何况，就算你现在下车，我也不一定能翻得过去。"

祝南浔知道他是故意这样说的，但也知道他的脾气，于是没再坚持。

在沙漠里练过手的司机车技都不会太差。陆西源曾和车队一起穿过巴丹吉林和腾格里，所以在丙察察那次，程诺所在的那支专业车队都没办法安然走完那条"死亡之路"，而他却轻松带领他们安全走完全程。这件事是程诺讲给她听的。

祝南浔替陆西源擦了擦额头上的汗，说："你这个车技，不做车手可惜了。"

陆西源笑笑："生活所迫，总得有一技傍身。"

"回头你要好好教教我。"她说。

"教你，程诺绰绰有余了，他比我适合做教练。"

祝南浔抬抬下巴："不，我只能被你教。"

火车准点到达金昌火车站，祝南泽一路小跑着出站，他知道尤惜和琪琪格早已在出站口等着他了。

人潮涌动，他还未检票就迫不及待地往站外走，因为他一眼就看到个穿红裙子的小姑娘。被工作人员拦下后，他边找车票边找尤惜的身影。人影错开，尤惜正蹲在地上给琪琪格系鞋带。他看到她的那一刻愣住了，还是工作人员催促他，他才顺着人流往前走。

尤惜比以前成熟了许多，经过西北风沙的洗礼，她的皮肤不再白皙透明，但也没有因此黯淡无光。她的眉眼一如既往地温柔，也有了一丝为人母的成熟姿态，却一点也没有变老。祝南泽下意识地摸了摸自己的脸，这张脸在时光流逝中已经悄然改变了。他脚步由快变慢，越靠近母女二人，他心跳就越快。而尤惜起身的一瞬间也看到了他，她呆呆地站在原地，然后将琪琪格的手紧紧地握住。

两个人隔着人海对视，跨过这漫长的八年和路上的千山万水，他们终于再见面。

祝南泽冲过去一把抱住尤惜，尤惜重心不稳直往后倒，他抱得太紧，紧到尤惜无法呼吸。但只有这真实的触感才能让他相信，他终于找到了她。

他抱着尤惜语无伦次地说：“我终于找到你了，找到你了……”

尤惜在他的声音里听到了颤抖，她双手不知所措地抬起又放下，最后，一滴眼泪落在他的肩上。

这一切都像是一场梦，祝南泽久久不肯放手。直到琪琪格扯了扯他的衣袖问：“你是我爸爸吗？”祝南泽才从这个久违的怀抱中清醒。

他蹲下去，将琪琪格抱了起来，他亲吻了琪琪格的脸颊，把头埋在琪琪格的身上说：“我是爸爸。”

琪琪格面对这样的热情，不知如何回应，她问尤惜：“爸爸为什么哭了？”

祝南泽再次把尤惜搂紧，一家三口抱在一起，这样的温情画面在人来人往的火车站格外引人注目……

第十三章　激情

炎热的沙漠里似乎能听到水汽蒸发的声音，海子的边缘都是一层层被晒出来的白色盐渍。

因为沙漠里都是咸水湖，所以他们洗漱食用全靠陆西源带的两箱矿泉水，而从昨晚到现在，已经用去了半箱。防晒霜涂了也随着汗液流失了，祝南浔觉得连洗把脸都成了奢侈，她刚拿出来的湿巾也不过几分钟就速干成手帕，他们的车似乎吸收着沙漠全部的光和热。

“再热也要把防晒衣穿好，风巾和墨镜也要戴上。”陆西源对她说。

祝南浔问：“是怕我晒黑？”

陆西源说：“是怕你出了沙漠后，自己接受不了自己的新肤色。”

“黑一点健康，我看尤惜就比以前看起来精神。”

“但是你这样晒，是不均匀的。”

“那怎么办？我全脱了一起晒？”

陆西源无奈地笑了：“你这姑娘，真是越来越不害臊。”

车子绕过一座沙丘，又到了一个海子附近，这个海子旁竟有几间屋子和一个天然羊圈。远远看去，洁白的羊群在乐此不疲地寻找为数不多的植被啃食，它们异常耐热。屋顶升起袅袅炊烟，这应该是牧羊人的家。

“到了，这里住的是我的老朋友。你先进屋，我把车停到后面的棚子里去。”

祝南浔听陆西源的话先下了车，她刚走近屋子门口，就听厨房里传来一个粗犷的大烟嗓：“来了啊？我这里一年也不来几个客，老远就猜到是你，也就你喜欢开颜色这么骚气的车。”这应该是在跟陆西源打招呼。

骚气？祝南浔笑起来。

“哟，还带个姑娘来。”那人听见笑声，又说。

祝南浔怕再听着不该听的，连忙走到厨房门口打招呼：“你好，我是陆师傅带的客人，他去停车了。”

厨房里的是个三十多岁的男人，他身材精壮，皮肤黝黑，眼窝很深，胡子拉碴的。他穿着白色的背心系着围裙在煮东西，闻味道，像是羊肉。

“你好，”男人没见到陆西源，略显尴尬，但仍没忘记招呼客人，“这里热，你去屋子坐吧。没凳子，你就坐床上，随便坐。”

“行。”祝南浔倒也不拘谨，独自往屋子里去了。

这几间都是土造的房子，里面布局简陋，灶台都是最传统的，屋子里的床也是用砖块随意搭起来的。她刚走进屋子，男人也跟了过来，他把屋里的风扇打开对着祝南浔的方向吹，才说：“你叫我大川就行，我跟陆西源那小子认识好多年了，他还是头一回带姑娘来。”

祝南浔冲他一笑：“我叫祝南浔，来……旅游的。”

她想，如果是陆西源，应该也是这样介绍她。

大川招呼完就去做饭了。祝南浔透过窗子看到陆西源在外面打电话，他摘了墨镜眯着眼睛看远方，一直抿着嘴没有说话，像是电话没打通。几分钟后，陆西源走了过来，他先去厨房和大川打招呼。祝南浔听见大川问他：“这姑娘不是游客吧？”

陆西源说：“这是我女朋友。”

陆西源走进屋里，看见祝南浔正抱着胳膊打量她，她的表情显然是听到了刚才那句话，于是他说：“给你正正名。”

祝南浔不屑，问他：“我答应了？”

“你答不答应也就这样了。”他端起她的杯子，将里面的水一饮而尽。

祝南浔看见他的喉结上下滚动，上面还流淌着汗液，她盯着看，毫不避讳，然后才说：“先这样吧，总不能不给你面子。”

陆西源拧拧她的脸：“嘴上说不肯，眼睛倒很老实。”

祝南浔勾着他的领口：“你真没带姑娘来过？”

陆西源摸了摸鼻头，说：“带过。”

“自己交代。”

“尤惜和琪琪格。”

“……”

“吃饭了，别肉麻了。”大川端着刚煮好的一大锅羊肉进来。

祝南浔之前被热得没了胃口，现在却被这香味勾起了食欲。

陆西源摆好床上的小桌子，三个人盘腿坐着开始吃羊肉。大川打趣道：“你也真灵，怎么就知道我今天在这里，而且还炖了羊肉？”

陆西源大口吃着肉：“这不，运气好。”

祝南浔想起来他之前说带着她会运气好，暗自在心里乐。

“姑娘，吃得惯吧？这是原汁原味的，沙地里的羊比外面的羊结实。”大川说。

祝南浔点头：“嗯，很好吃。其实我以前很少吃羊肉，但今天这个很爽口。”

大川听了解释道：“羊肉得用柴火慢炖，锅也得有讲究。我在这里啊，待了十年，别的不敢说，我做的羊肉绝对是一绝。”

“十年？”祝南浔起了好奇心。

陆西源说：“大川也是大学生，毕业后在社会上闯荡了几年，结果越来越想不开，于是就带着女朋友到这里来放羊，一放就是十年。”

“想不开？”祝南浔又问。

大川喝了口酒，说：“我这人不合群，厌世，看不惯社会上那些黑暗面，斗不过，更没办法迎合，干脆到这鸟不拉屎的地方磨一磨。这大漠里啊，一共才十几户人家，大家很难碰上面，互不干涉，安宁得很。唉，说白了，我就是逃避，我估计外面那些人都这样看我。”

陆西源没喝酒，端着水杯碰了他的酒杯一下：“各人有各人的活法，不存在逃不逃避，合不合群。”

祝南浔看得出大川不是个简单的人，也豪爽地碰了碰他的酒杯：“大川哥，你这是逍遥自在，在这个世界里，你就是王，怎么活关别人屁事。”

大川大笑一声，对陆西源说：“一看这姑娘就是跟着你混粗了。”

陆西源摇摇头：“这姑娘，我是管不了了。”

“女人可不是管出来的，是疼出来的。我这可是经验之谈，要不你嫂子能心甘情愿地跟我来这里吃苦？”大川说到他老婆，脸上的表情都不一样了，又把钱包里的照片拿出来给祝南浔看。

祝南浔看照片上的女子面容清秀，应该是十年前的样子，她问：“你们有孩子吗？”

“有，怎么没有？一儿一女，女儿八岁，儿子五岁。”

“有照片吗？”

大川想了想：“好像真没有。我媳妇孩子他们在另一个地方，我今天是过来看看羊。”

陆西源接话：“大川他们家，不仅养羊，还养驴和骆驼，还研究种植了很多耐旱植物，就连这里接待各国考察团的房子也是他一砖一瓦建的。对这片沙漠，他做的远比他说的多。”

大川听了摇摇手，对于陆西源的溢美之词，他没半点自得。

可祝南浔对他的崇敬又多了几分。在她看不见的地方，总有人做着震撼心灵的事情，这一路，她的许多固定思维都在被颠覆。是土地赋予灵魂新的使命，还是灵魂灌溉土地长出新的生命，她不得而知。

看了看陆西源和大川，再看看外面的黄沙和蓝天，她突然明白，在这里是熬，更是修。

这顿饭的气氛看起来倒真像是来旅行，吃完饭祝南浔问陆西源：“几点出发？”

陆西源看了大川一眼，说：“你就待在这里，我自己去拿东西。如果到晚上我还没有回来，你就跟大川去他家那边……”

“他们跟过来了？”她打断他的话。

陆西源耸耸肩：“消息被封锁了，跟我联系的车手突然联系不上了。我问其他朋友，他说我们的车队，在里面的车手都被困住了，我得去看看。”

“你开始怎么不说？”祝南浔急了，连大川都像是早已知道了事情的原委，就她一个人被蒙在鼓里。

陆西源却笑了笑，神情也轻松：“总得让你好好把饭吃完。”

“是不是跟着你会成为你的负担？如果是，那我就不去。但如果你已经做好了回不来的打算，你想只身涉险，我不答应。”片刻之后，祝南浔说。

见两人之间有些别扭，大川打圆场："得了姑娘，让他去，他要办不好，我们再去找他，成吗？"

祝南浔没说话，盯着陆西源，等他开口。

陆西源看着祝南浔认真的样子，觉得这姑娘当真可爱，虽然打心眼里不想跟她分开，但他还是淡定地说："相信我，分头行动比较安全。印章得保护好，你带着印章跟着大川，我放心。"

这下祝南浔没话可说了。陆西源并没有回避有危险，但找了个很好的理由，还要她相信他。他虽不说她是负担，但她知道，沙漠里穿行不同于公路上的较量，多一个人的确多一个累赘。她从来不是矫情的人，于是点头："行。"

她答应得果断，倒让两个男人都不知如何接话了。

她又说："陆西源，晚上你一定要回来。"

大川拍了拍陆西源的肩膀，对祝南浔说："放心，这家伙鬼着呢。这里都是他的朋友，不会出什么岔子。"

祝南浔勉强笑笑："川哥，要是他回不来，你就把这些羊都交给我，我在这里等他，死等。"这么一说，气氛竟莫名伤感起来。

大川继续放羊去了。陆西源领着祝南浔到后院去，这里有一口地下水井，抽水用的是老式水泵。陆西源按压水泵抽出来一些水，对祝南浔说："身上都是汗和沙，不舒服，你好好洗个澡吧。洗完再睡一觉。"

"我要自己抽水？"她问。

陆西源说："我总不能看着你洗澡吧。"

"你帮我抽水，我随便冲冲就行。"她不让他走。

陆西源只好继续帮她抽水。祝南浔把毛巾打湿，微微拧干，然后擦洗脖子、胳膊。当她把毛巾探进衣服里去擦洗身体时，陆西源把头偏了过去。

她穿着短裤和短T恤，此时身上已经湿了大半，身材凹凸有致，格外撩人。

陆西源背对着她，但仍帮她抽着水。祝南浔看着他濡湿的后背和他坚硬的黑发上渗出的汗滴，突然从背后抱紧他。陆西源身体一僵，手一晃，水泵里的水一下子弄湿了他的衣衫。冰凉的地下水，再加上她身上贴过来的柔软温热，使他身体里的每一个细胞都在躁动。

祝南浔轻轻地对他说：“你不许出事。”

陆西源听出她的担忧和不舍，各种情绪涌上心头。这一刻，他不想再克制了，于是转过身吻住她。他捧着她的头，长舌直入，两个人的身体亲密地贴在一起。

祝南浔竭尽所能地回应他，一只手搂着他的腰，另一只手伸进衣服里抚摸着他背上的疤痕。两人吻得比之前的任何一次都要热烈，像是要把余生的力气都用完。

祝南浔觉得大脑一片空白，皱着眉死死地抓着陆西源的背，她抬起头看到天空上有一只鹰飞过，阳光刺眼，她闭了闭眼，再睁开眼时，鹰已经盘旋而去。

像是幻觉。

她浑身颤抖着，任凭她面前的这个人攻城略地，她趴在他的肩头，跟随着他一起狂野。

渐渐的，她觉得自己变成了那只鹰……

陆西源没有去神庙，而是驱车前往车手们平时休息的地方。

他开了两三个小时才到目的地，还未靠近那几间屋子，便看到外面停着三四辆越野车。有他熟悉的车队的，也有对手车队的。

他停了车，大步往屋里走。看他进门，一个约摸五十岁上下的大胡子从凳子上站起身，显得十分惊讶：“小陆，你来干啥？”

陆西源坦荡荡地笑着：“没办法啊徐大哥，车队出了事，我不能不管。”说完他环顾整间屋子，除了最熟悉的徐师傅，还有两个他们车队的新车手，其余的都是对手车队的人。

“小陆，情况你大概也知道了，他们要你拿着东西去巴丹湖，不然车队……你也知道，队里有车手带着游客逃票也是因为想多赚一点，沙漠就几个月的旅游旺季，大家……都不容易。”徐师傅拉着陆西源走到一边低声跟他商量，神情里充满了无奈。

徐师傅在沙漠里穿行了几十年，是车队的领头羊，也是车技最好的老师傅。他带出来的徒弟个个都是车神，由他组建的这支车队在驴友们眼里也是神一样的存在。

他大概没想到，由他一手带出来的金牌车队会突然面临这样的危机。

对手车队被那帮人收买，先去景区管理处补上了带游客逃的票钱，之后又举报他们的车队曾带游客逃票。按规定，被举报带游客逃票，车队要被罚款，而罚款不是一笔小数目。车手们养家糊口不容易，一时之间让车队拿出这笔钱，十分困难。

陆西源抿着嘴没说话。

徐师傅又说："罚款这事，大不了大家凑一凑，我再把家里的存款拿出来。但是，那帮人明显是有备而来，目标是你，恐怕我们就算交了罚款，他们也不会放过你。你说，这个时候你来凑啥热闹？"

"徐大哥，你说得对，他们困住你们，用这种办法威胁你们就是笃定我会现身，现在我出现了，你们交不交罚款对他们来说其实已经不重要了。车队有事，我不能不管，当初我在沙漠里孤立无援，是你和车队里的弟兄接济我，现在车队因为我陷入困境，我得站出来。"陆西源说完，瞥了对手车队那几个人一眼，他们一个个神气得很。

两个车队的竞争不是一天两天的事情了，一个有难，另一个巴不得看笑话。

陆西源问对手车队里那个带头车手："交了钱你们以后就不带客人逃票了？"

那车手说："有人会赞助我们车队，逃票的那点钱不挣也罢。"

陆西源冷笑，掏出手机，把程诺发给他的那张逮捕令给他们看："通缉犯的钱你们也敢收？"那几个人瞬间傻了眼，抢过手机开始议论纷纷。

徐师傅问陆西源："这到底是怎么回事？"

陆西源看了看窗外，不远处的沙丘上黄沙四起，远远看去，有几辆车正在驶来。他轻声说："徐大哥，没时间解释了，你看，他们已经来了。"

那帮人是借陆西源相熟车手的口把他叫了来，陆西源跟祝南浔只说车队被困，没敢说更多，即使他当时已经知道这是个圈套，可他还是要来。他不出现，车队会遭殃；他出现，才能解决问题。他从来都不是明哲保身的人。

“这帮人涉嫌绑架、杀人，张掖警方已经搜集了证据，正在全力进行抓捕。还要不要为他们卖命，你们自己做决定。这几年，两个车队之间的竞争愈演愈烈，其实大家是同样的心思，竞争倒不如合作，大家如果有时间也可以坐下来谈谈。徐师傅就在这里，他可以跟你们表个态。”

陆西源并没有替徐师傅做决定，他说的都是实话。

对手车队是一帮年轻人，经验不足，又没有规范地经营车队，时间久了，口碑越来越差。而徐师傅早有将他们的车队合并过来的意思，一个巴丹吉林就一支队伍，大家一起挣钱，互相帮助，这样才是最理想的结局。

徐师傅附和：“让你们队长来跟我谈，我随时欢迎。咱们巴丹吉林是个宝地，车队是旅游业的灵魂，我年长你们一些，绝对倾囊相授。大家一起发财总比恶性竞争要好。”

几个车手听了，商量一番，有些心动。他们也是吃这口饭的，当然想要长远发展。

有个车手问：“那他们给的钱怎么办？”

“黑吃黑，怕什么，你们又没写收据。”陆西源笑着说。

那车手点点头，又给自己找台阶：“其实我们也没想怎么样，就是想让你们队放点血。那些人看上去就不是什么好人，想要我们为他们伤人卖命，我们才不干呢。”

陆西源说：“那就好，现在他们过来了，肯定也有你们车队里的人，怎么说就看你们了，说得动一切都好办。”

“嗨，放心吧，我们队里的车手都是些愣头青，这次看见钱，才……陆哥，你跟徐师傅说怎么办我们就怎么办。”

陆西源的心暂时放回了肚子里，看着外面的车越靠越近，他跟徐师傅说：“徐大哥，这几个人就交给你们了，制住他们后就往镇上带，张掖过来的警察已经等着了，你们一定要注意安全。我得去庙海子拿个东西，这东西对我来说非常重要，麻烦你安排一个得力车手跟我一起。我怕路上再出什么岔子，有个帮手才好。”

“放心吧，待会儿我们制住人，就赶路带回镇上。你小子，一年多不进来车技倒退了吧！去庙海子有几处地方不好翻，亏你还记得。别人我也不安排了，老哥哥亲自替你开车，行吧？”

徐师傅向来喜欢陆西源，眼下车队危机解除，他心情自然大好。

陆西源笑笑：“大漠车神徐师傅，我可请不起。”

外面的车终于到了门口，陆西源一眼就看到那天诊所里的几个残兵败将。他躲进里屋，让对手车队的车手先去周旋。听到他们进门，他屏住了呼吸。

成败在此一举。

屋子里有四五个人，外面来的大概十多个，声音变得嘈杂。陆西源听到那些人一进屋就四处搜寻他，也隐约听到对手车队的车手聚在一起商量事情。

“动手！”下令的是徐师傅。

陆西源听到这两个字后，就知道事情成了大半，他一脚踹开门，那三四个亡命徒刹那间明白事情发生了变化。陆西源很快钳制住其中一人，又对其他车手喊：“小心点，他们有刀！”

车手们都是大漠汉子，怎会惧怕这几个不速之客？他们将剩下几个人困住，两三个人通力合作，轻易就将他们一一拿下。

“徐师傅，希望你说话算数，管理处那边，我们会去解释，以后这里的生意你可要分我们一杯羹。”说话的是对手车队里能说得上话的人。

徐师傅很诚恳，答应道：“从今以后，巴丹吉林就一支车队，有我吃的就有你们吃的。”

那几个人被绳子捆着，在诊所扔刀子的那人对陆西源喊：“绑了我们你也跑不掉，现在沙漠的出口都被封住了，你插翅难逃。”

陆西源皱了皱眉，扯着这个人的领口呵斥道：“为他们杀人放火，就算坐牢也在所不惜，你们就这么忠诚？”

这人冷笑一声：“你们给游客当司机，我们给金主做杀手，大家都是为钱做事，有什么忠心不忠心的。陆西源，你运气也是真好，每次都能让你跑掉。”

陆西源听见这话，突然没那么气愤了。有的人不能分辨是非，即使能分辨，也会利欲熏心被蒙蔽心智。每个人选择的路都不同，有人走向光明，有人却偏偏向黑暗靠近。就像这些人背后的人，他们觊觎着不属于自己的东西，为此绞尽脑汁，坏事做尽，虽多年来一无所得，散尽财力物力，可他们仍执迷不悟，不肯回头。

陆西源放开那人，拍了拍他的肩膀："希望到了局子里，你也能这么硬气。"

说完这话，他看了看窗外漫天的黄沙和蓝天，这么多年，他终于让当年那件事的参与者落网。他离那天许下的心愿似乎又近了一步。

"兄弟们，我陆西源在这里谢谢大家了。我来巴丹吉林快七年了，大家都说我神秘，其实我就是被这帮畜生给逼的，我抓了点儿他们的把柄，他们就想要我的命，而我能力不够，没更多的证据自保，扳不倒他们，也不知道他们的头儿是谁，所以只能畏畏缩缩地活着。今天你们信我，帮了我一把，我记在心里，日后你们有用得到我的地方，言语一声，我一定效犬马之劳。"这番话说得铿锵有力。

在场车手都被触动。对手车队那个帮忙策反的小伙子说："他们想把你困在这里，也要看我们同不同意才行。别的地方我们不敢说，只要在巴丹吉林，我们就能为你保驾护航。"

陆西源点头："兄弟，谢谢了。"

巴丹吉林是他的宝地，这里有讲义气的兄弟和可靠的老朋友，还有祝南浔相随，他着实幸运。他相信事在人为，隐藏在背后的布局之人，也会很快浮出水面。

祝南泽包了辆车，一家三口从金昌到兰州后，再转乘飞机。

一路上，两个大人各自沉默，彼此都不知道该从何说起。他们偶尔对视一眼，想要开口，但最终还是陷入沉默。

这份重聚就像是跟上帝偷来的，祝南泽窃喜着，却也无所适从。只有琪琪格，她一张小嘴几乎没有停过，不是吃零食就是对着她刚出现的爸爸问长问短，听说过几个小时还要坐飞机，她兴奋得手舞足蹈："爸爸，我连火车都没有坐过呢，这下就要坐飞机了，我的同学肯定很羡慕我，可是……我还能再见到我的同学吗？"

祝南泽摸摸她的头："爸爸以后不仅带你坐飞机、坐火车，还带你去游乐场，去海底世界。你想去哪里爸爸都带你去，你想要什么爸爸都给你。”

琪琪格欢呼雀跃：“爸爸真好，爸爸说话要算数哦。”

尤惜看着父女俩，眼眶又红了，她无数次幻想过这样的场面。

祝南泽见了，偷偷地牵起她的手，声音颤抖地说：“谢谢你，尤惜，谢谢你……谢谢你给我生了这么可爱的女儿，谢谢你让我找到了你。”

尤惜的眼泪流了下来，她回握祝南泽的手，轻轻地说：“其实我一直都在等你们兄妹俩，你要谢谢南浔，是她找到了我们。”

“要谢谢南浔，更要谢谢陆西源。尤惜，这些年你们到底经历了什么？能跟我讲讲吗？”

“爸爸，妈妈，你们谢来谢去干什么啊！都是一家人，客气什么呀！我都听晕了，我要看故事书了，不跟你们玩了，真无聊。”

祝南泽和尤惜对视一眼，然后笑了。

临近黄昏，沙漠渐渐变得深沉起来，烈日不再猖狂，眼前的景象就像一幅唯美的沙画，有广袤荒凉的美感。

狂妄之徒被带走，徐师傅亲自开车送陆西源去庙海子。陆西源终于有了时间和心情欣赏美景。他感叹：“去了西北那么多地方，还是最喜欢这里。”

徐师傅说：“你是个停不下来的人，当初在里面能待三年，倒是磨出了你的性子。”

陆西源回想起刚到这里时，琪琪格尚在襁褓之中，尤惜身体羸弱，他和叔叔陆怀信更是身负重伤。他们就住在当初他来这里做志愿者时给车队搭建的房子里，是徐师傅和车手们不断接济他，才养活了他们四个人。

“性子是磨好了，可有时候也觉得自己太软弱。”

徐师傅宽慰道：“大丈夫能屈能伸，隐忍不是懦弱。”

陆西源说：“或许早一点露面，就能早一点反击，早一步掌握证据。但背后的人藏得太深，我害怕身边的人因为我的冲动而受到伤害，而我又揪不出那个人。”

当年他们三个人被逼到绝境，那些人就像魔鬼一样阴魂不散，他见识过，所以后怕。特别是有了琪琪格之后，他比以前更加小心谨慎。他不是输不起，是不能再输，他失去了叔叔，不能再失去任何人，更不能将祝家兄妹置于危险的境地。

“小陆，你做得很好。听说你带了个姑娘进来，她应该就是你叔叔放不下的那对兄妹中的妹妹吧。”

“嗯，是她。我叔叔是她爷爷的学生，又跟她父母有一段渊源，她家的事情我叔叔一直当成自己的事来做，她父母被人所害，我叔叔不可能坐视不管。”

“你叔叔这个人哪，不仅有才华，还有胆识和正气，你随他。”

陆西源摇摇头：“我可不及他，他被逐出师门受尽了骂名，还能不计前嫌，去做自己想做的事。换成我，还指不定答不答应呢。”

“被逐出师门，他师父到最后最信任的人却还是他，或许是他师父故意所为呢。这姑娘的身后可不简单啊！小陆，这条路你得好好走。”

陆西源点点头：“徐大哥，你算是说对了，这姑娘的家底非同小可，牵扯在这件事情里的恐怕不止一家两家。”

第十四章　绢帛

祝南浔和大川在海子边放羊，祝南浔探了探湖水，清凉又清澈。她脱了鞋，慢悠悠地走在海子边，踩到那些结成晶体的盐质，有磨砂的质感，她很喜欢。

“小心点，旁边这些草都特别硬，当心刺到脚。”大川提醒她。

她说：“没来沙漠之前，我以为沙漠里除了沙什么都没有。”

大川笑：“什么都没有的地方叫无人区，巴丹吉林也有，在西北边。现在我们处在东南边，这边经过时间变迁和人为改造，人类还是可以居住的。”

祝南浔想起陆西源他们曾经在这里住过三年，又想到琪琪格那双一尘不染的眼睛，问大川：“小孩子在这样的环境里长大，性格是不是都会特别好？”

“怎么，考虑在这里给小陆生个孩子？”大川会错了意，开了个玩笑。

祝南浔是开得起玩笑的人，况且照陆西源的话讲，她根本不会害臊，于是她顺着大川的话说：“陆西源的孩子还真就适合长在这里，容我考虑考虑。”

大川看着这姑娘，感叹道：“我看哪，这世上，也就你这样的姑娘能配得上他。”

祝南浔笑得甜：“我这样的姑娘是什么样的姑娘？我自己都不知道。”

大川说：“你这姑娘吧，机灵。看着挺独，刚相处时给人距离感，但相处久了，会发现你其实就跟这海子一样，热情也柔软。”

祝南浔听了，觉得大川虽久居荒漠，但比外面那些自诩阅人无数的人更有眼光。

她说："川哥，嫂子跟你在一起这么多年，虽然日子过得简单，但应该不会感到无趣吧？你是个很有趣的人。"

"那是，这鸟不拉屎的地方，我要是再无趣，你嫂子早跑了。你放心，你跟小陆过日子，他也不会让你觉得无聊。那小子，会哄人。"

和陆西源过日子……这是个好愿景。

祝南浔等着他回来，等他平安回来，他们也过日子去。

夕阳西下，黄沙颜色变深，天空也褪去光彩，但星星开始往上攀，一颗连着一颗，越来越密集。

巴丹神庙坐落在庙海子，庙不大，精巧却庄严，是这片沙漠里最宝贵的财富。此刻，神庙随着落日开始沉睡，与深色的海子一起呈现出一幅暗色调的画面，显得格外神圣肃穆。

陆西源和徐师傅赶到时庙门已经关闭，是徐师傅跟值班室里的工作人员打了招呼，才给陆西源争取了几分钟取东西的时间。那工作人员原本是不答应的，徐师傅递的烟他都不肯收，可奇怪的是，他看了陆西源一眼后，却意外地同意了。这一眼让陆西源很不安心，他迅速进了庙里，从藏匿地点取了东西便和徐师傅匆匆离去。

一上车他便问徐师傅："这个人是管理处的？"

徐师傅嗯了一声，又说："知道你谨慎，你进去之后，我特地留心到他打了电话，说了什么没听清，但估计与这件事脱不了干系。我们现在往哪儿走？"

陆西源皱着眉："应该是另一伙人，买通了景区里的人，追踪我的行踪。往北边走吧，那边路不好开。徐大哥，要辛苦你了。"

"哪儿的话。不好走才安全，我还就不信了，有人会比我路熟。"

陆西源打开绢帛，拍了张照片后先发给程诺又发给祝南泽，告诉他们一定要保存好图片，之后将绢帛藏在车里隐秘的位置。

他对徐师傅说："徐大哥，事到如今我也不瞒你了，这份东西非常重要，他们杀害祝家夫妇、火烧祝家老宅都是为了得到这份东西。我把东西藏在神庙里有四五年了，就是想等有一天让它重见天日，但现在还不是时候……如果我出现什么意外，你把东西收好，必要的时候它比我拍的照片管用。这是祝老先生的亲笔，是最关键的物证。”

徐师傅确认了绢帛藏放的位置，说：“放心吧，东西我会收好，你也不会出什么意外。”

夜空布满星辰，他们的车跟着北极星的方向走。陆西源想起祝南浔对北斗七星的期待，看了看天，他们的距离越来越远。

祝南浔坐在院子里看天上的星星，她很快就找到了北斗七星，问大川：“几点了？”

大川看了看月亮说：“应该有十一点了。”

祝南浔披上了围巾：“好冷啊，这里昼夜温差真大，一天就能感受到四季了。”

大川说：“吃点东西就不冷了。我热了汤，你再去喝一碗吧。”

“陆西源什么时候回来？等他回来再喝吧。”祝南浔看着陆西源离开的方向说。

“都怪我，我不用手机已经习惯了，却让你们联系不上。不过我估计快了，没听到车队有什么动静，应该没事。小陆本事大着呢。”

“川哥，你是我认识的第一个不用手机的人，牛！”祝南浔说完冲他伸了个大拇指。

大川直接坐在门沿上，点了根烟说：“在意的人都在身边，没人需要联系，见面全靠缘分。”

祝南浔撑着脸，觉得这句话很酷，她说：“我和陆西源是在青海湖重逢的，他带着我走了这一路，他的朋友个个都像你这么了不起，你们也是真心对他好。”

“小陆这个人吧，心思比一般人深，也比一般人细。他交朋友都是真心实意的，所以巴丹吉林就没有人对他不好。当初他做志愿者来这里帮沙漠做改造，吃了多少苦啊！后来他回到这里，他设计、我出力，我们一起建房子，种植沙地植物，规划起沙漠里的绿洲。他总说事情是我做的，其实他花的心思更多。”

祝南浔从来没听陆西源提起过这些事情，但她丝毫不觉得惊讶，这些确实是他会做出来的事。她由衷地说：“跟着陆老师，我的身心都在接受洗礼啊！川哥，我是不是也得拔高拔高，不然可就配不上陆老师了。”

大川听了，嘿嘿地笑起来。

他们都在等着，等着陆西源回来。

候机室里，祝南泽收到陆西源发来的图片。他拿给尤惜看，尤惜将事情原原本本地跟他讲了一遍。

得知真相后，祝南泽抱着琪琪格久久不能平静。他本以为他们兄妹俩的生活已经是如履薄冰，但没想到为了祝家，尤惜他们才是真正地走在刀山火海边缘。

他面前的这个女人承受着本不该她承受的一切，如今回顾那些苦难，她脸上却风平浪静。祝南泽握着尤惜的手，说什么也不肯放开，他想象着尤惜描述的那些画面，又问她：“你当时带着身孕……怎么躲避的追杀？”

尤惜回忆起当时的情境，吃过的那些苦还历历在目，但她很平静：“你差点就见不到我和琪琪格了。我快要临盆时，被他们逼到了海拔四千多米的理塘县，当时县里卫生所的条件特别差，我本来就高反严重，再加上身上带着伤，根本没有生孩子的力气。所幸我遇到个好医生，他救活了我们母女。你可能都不能想象，琪琪格那么小，身上的血都没有清理干净，更是没吃到一口奶，我们就又开始逃……”

祝南泽听着，慢慢地红了眼睛。

尤惜回握他的手：“这八年，我没有用过我的身份信息，琪琪格的户口都是上在别人家的。现在买了机票，身份信息泄露，估计一到杭州，就会有人盯上。”

“尽管让他们来，我不会再让你们出半点事情。之前怪我一无所知，但现在我知道了，就该我来扛。阿浔说我这几年自甘堕落，只知道醉生梦死，其实我是绝望，找不到你们我越来越绝望，但现在我只想跟他们拼，让他们为我父母的死，为阿浔的伤付出代价。我要保护祝家，更要保护你们。”

尤惜看着祝南泽的脸，犹记得初见他时他那副痴心模样，当时她虽然一心扑在陆西源身上，但这个少年用十足的热情将她的心融化，因此他们在离别之际有了那个疯狂的夜晚。现在，他从俊朗少年蜕变成一个真正的男人，给她信心，也给她依靠。

“爸爸，我也会保护好妈妈的。”一旁的琪琪格信誓旦旦地说。

发现有其他车灯出现时，徐师傅加快了冲沙丘的速度。他一眼就看出那辆车不是巴丹吉林的越野车，提醒陆西源坐稳，然后加足马力。

陆西源说：“比我想象中还要快，那几个人说得没错，我已经四面楚歌了。”

“身后就一辆车，不一定跑得过我。东北边有一片胡杨林，咱们往那边走。”徐师傅说着把大灯关了，借着月光凭着对路线的熟悉在黑暗中前行。

跑了一段，身后的车灯果然越来越远，徐师傅松了口气。

陆西源笑说：“还是你经验丰富。”

徐师傅指了指天上的月亮：“都靠它了。”今天是满月，月色格外好。

“车子走过，沙丘上总会留下痕迹，他们迟早还是会追上来，而且这车的油也快要烧完了，我们越来越被动。徐大哥，冲过这个沙丘，你把我放下来吧，他们的车手不像是业余的，我们这样躲下去不是办法。”车子又跑了一段后，陆西源说。

徐师傅看了看油表，最多还能行驶三十公里，但他不答应：“那怎么行？你下车岂不是白白去送死。”

“他们要了我的命，东西也拿不到了，我会想办法把他们往胡杨林里带，那块儿我熟，我会找机会脱身。你朝西边走，去大川家加油，再给嫂子报个信，让她去大川放羊的地方找大川，跟他说，让那姑娘藏好了，我一定会回去。”陆西源十分冷静地嘱咐着，又从车上找了个手电筒，紧紧地握在手里。

徐师傅还是没吭声，他看了看后视镜，后面的车渐渐跟了上来。他捶了方向盘一拳，呵斥陆西源：“你小子多久没走沙漠了，备汽油是最基本的……”

“大哥，别骂我了，你快走吧，你还得帮我看着东西呢。”陆西源笑着打断了他的话。

车子冲下沙丘，徐师傅停了车，看着陆西源系紧了鞋带，兀自下了车。陆西源关车门的时候朝徐师傅笑了笑：“没事儿，我手机的电还够，实在有危险，我躲起来，等你和兄弟们来救我。”

徐师傅把随身的瑞士军刀扔给他：“臭小子，我通知了大川就回来找你。”

陆西源见徐师傅走远，才朝东北方向慢慢走去，听见后面车子靠近的声音，他便装作想躲，往沙丘上拼命跑。跑了一会儿，为了节省体力，他又故意往沙子上倒。

被抓是顺理成章的事。

被绑住的时候他竟勾了勾嘴角笑了。这样的场面在七年前出现过，那会儿他也被抓住过一次，折了半条命也没交出东西，最后惊动了村民，那帮人只好将他藏起来，才给了他脱身的机会。不知道这一次他会不会还这么幸运。

其实对方加车手一共就三个人，但陆西源装作挣扎，却没反抗。

一个壮汉按着他的头问：“东西在哪里？”

他没正面回答，反问他们：“你们是谁的人？让他来跟我谈。”

壮汉也不急，拿了绳子绑住他的手：“带到车上去，慢慢问。”

风太大，纵使壮汉皮糙肉厚也受不了。上了车，他们的刀就拿了出来，刀口对准陆西源的脖子，逼着他开口。

借着车里的灯光，陆西源打量着三个人的样子。车手不像是当地人，但看他的行头和这辆车，应该是职业的。而这两个壮汉是他没见过的面孔，口音不是川南的，倒像是江浙一带的。他不由得想到了宋家。

“说，东西在哪儿？”壮汉逼问。

陆西源倒不惊慌：“有话好好说嘛，在刚刚那辆车里，车去胡杨林加油了，在东北边。”

壮汉问车手：“东北边有胡杨林？可以加油？”

车手点点头：“他没骗人。”

于是车子按陆西源的计划往胡杨林开去。

气温很低，风将沙子吹到脸上，口腔鼻腔里都是粗糙的颗粒物，眼睛也又干又涩。祝南浔坐在院子里等到凌晨一点，大川已经靠着门框睡着了，她还在等。

“川哥，进屋里睡吧。”她走过去低声叫醒大川。

大川站起来伸了个懒腰："我得去睡了，熬不动了。你别担心，晚上路不好走，兴许他明早就回来了，你也快去睡吧。"

"嗯。"祝南浔答应着。

大川进了门，躺进他自己搭的帐篷里，把里屋的床留给祝南浔。

可他躺下后，却又睡不着了，他也担心，但他得养精蓄锐。因为不管发生什么，他还得护着这个姑娘。他透过帐篷看祝南浔的背影，见她坐在院子里一动不动。

如果不是祝南浔坚持说等这一晚，他早就按陆西源的计划带她回家去了。这个地方处在通往庙海子的要道上，并不安全。

他始终悬着一颗心。

车子开进胡杨林里，黑暗中的胡杨林灌木低矮，像童话故事里妖精的聚居地，月光下，胡杨树投出的一块块投影张牙舞爪，看起来十分诡异。

陆西源看了看时间，凌晨四点。天快要亮了。

"车在哪儿？"壮汉问。

"这里面有块湿地，应该在那附近。"陆西源说着，偷偷把藏在袖口的瑞士军刀慢慢地往外抽。

壮汉："怎么走？你指路。"

陆西源把身子往外探了探，趁机拿出了瑞士军刀，他说："往西边走，左转。"

西边有个海子，海子边是湿沙地，那一块儿路不好走。陆西源看了看这几个人脚上的鞋，只有车手的还算专业。两个壮汉比川南人好对付，基本上是跟着陆西源指的路走，他们的目的显然只在那份记录上。

车子快靠近海子边时，陆西源已经用刀割开了手上的绳子，但他依然反手握着绳子。车手又往前开了一小段，车身猛然颠簸了一下，然后就动不了了。

是车胎陷进了湿地里。一切都如陆西源所料。

"怎么回事？"壮汉皱眉问车手。

这车手年纪不大，经验也不足，他慌忙下车，看了看后说："车胎陷进沙子里去了。"听口音，是内蒙古人。

“你别耍什么花样！”后座挟持陆西源的壮汉明白过来，拿刀抵着他的脖子。

此时陆西源双手没有了钳制，又岂会再被他威胁？他双手抓住壮汉的手，又抬起双脚踹开副驾驶上想来帮忙的另一个人，然后用力捏紧壮汉的手腕，逼着他松开了手。

前面的壮汉又扑上来，他拿起之前绑手的绳子套住身边这个壮汉的头，又用他的头去撞前面那个人的身体。两个人碰在一起，他有了逃脱的机会，快速打开车门，跳了下去。车手看着眼前这一幕，下了车却并不上前，其实他是分辨得出好坏的。

陆西源边往海子跑边对车手说：“兄弟，对不住了！等太阳出来，地干了，车子就能动了……”

车上两个壮汉下车追了过去。但他们没跑几步，就因为地太软而跑不动了，他们的鞋上沾满了泥沙，笨重不已。于是他们只好拿出手机跟其他人联系。

车手只是收钱开车，并不想卷进这些事情里，他没有帮忙去追，兀自回到车上试着把车从湿地里开出来。

陆西源跑完了这段湿地，看到身后的人被甩远了，才敢放慢脚步。

晚上没吃东西，再加上从昨天下午到现在一直在奔波，体力明显不支了。但那些人在慢慢地渗透沙漠，这两个找不到他，其他人也会找到，所以他依然不敢松懈。

陆西源边走边拿出手机，手机屏幕上显示，程诺在几个小时前回了他一条消息。他点开一看，内容是：宁岸他们决定跟警察说明实情了。

他握着手机，环顾四周，天真的快亮了。

太阳升起的时候，大川从帐篷里出来，他刚想伸个懒腰，便看到祝南浔坐在门槛上靠着门边睡着了。她垂着头，一只手撑在下巴上。

大川看到她眼圈都是黑的，轻轻唤她：“妹子，回屋里躺会儿吧。”

祝南浔慢慢睁开眼睛，看到对面山头上的太阳，问大川：“他回来没？”

大川摇了摇头：“天刚亮，再等等吧。”

祝南浔站起来，往院子外走，风把她的围巾吹了起来，她的背影看起来孤独又落寞。她理了理头发，强打起精神，快步走到栏杆外，黄沙还是黄沙，沙丘还是沙丘，没有半点动静。

大川跟她说：“我去做早饭，你等一会儿就赶紧进来。”

祝南浔说：“放心吧，我就看看。”

她话音刚落，看到远处的沙丘上扬起一阵沙，紧接着，那辆黄色越野车出现在视野里。大川刚拿起锅盖，就听到祝南浔朝屋里喊：“川哥，他回来了，陆西源回来了。”

大川跑出来，远远看着，车里坐了两个人，看不清楚司机是谁，但坐在副驾驶的那个女人好像是他媳妇。

他纳闷了，走到祝南浔旁边。等车开到近处，他看清了车里的人，那女的果真是他媳妇；而开车的，竟然是徐师傅。隔得老远，他就和祝南浔一起迎上去，车还没到面前，他就问：“小陆呢？”

一旁的祝南浔没看到陆西源，脸上的神情紧张不已。

徐师傅停稳了车，和大川媳妇快速从车上下来，祝南浔顾不上打招呼便跑到后面的车窗边去看，里面依然没有陆西源的身影。

“你是小陆带进来的姑娘吧？小陆……他没回来，我们路上遇到了追过来的人，车没油了……不过你放心，他一个小时前刚联系过我，他很安全。他托我跟你说，现在四处都有危险，让我务必把你送到大川家……”徐师傅也紧张，想着怎样能把话说得更清楚明白。

祝南浔听了，心里虽担心，但知道现在不是浪费时间的时候，她跟徐师傅点了点头，又对大川和他媳妇说：“川哥，嫂子，那就麻烦你们了。”

大川媳妇说：“哪儿的话，赶紧走吧。”

大川也不耽误时间，边往屋里走边说：“我去后院收衣服，你们在车上等我。妹子，别落下东西。”

祝南浔会意，快速收好她和陆西源的行李，一行人很快就出发了。

上了车，祝南浔问徐师傅借手机打电话，徐师傅说：“小陆现在应该到了无人区，那边没有信号，电话打不通。”

祝南浔问：“无人区没有信号，路好走吗？”

大川接话：“车不好走，但骆驼和人好走。小陆肯定比那些人脚程快，他要是顺着西南方向走，能找到食物和水源的话，今天晚上应该就能走到我家附近那片绿洲。”

祝南浔想象着陆西源一个人在荒漠里行走的情景，微微皱着眉，心也揪了起来。

徐师傅通过后视镜看到她担忧的样子，说：“把你们送到，我就沿路去找他，车队里的兄弟也在往这边赶。哦，对了，他还说，警方那边会有进展，让你放心。”

她稍稍松了口气，猜到应该是宁岸那边有了动静，于是跟徐师傅借了手机，打了个电话给祝南泽。眼下既然是这种情况，有些事情便可以让哥哥和尤惜放手去做了。

尤惜是最好的证人。祝南浔在电话里告诉哥哥，动静越大越好，要让那些人自乱阵脚。

此时，陆西源又翻过一座沙丘，他看了看时间，已经是早上八点多了，连续在沙地里走了四个小时，腿脚早已发软，嘴唇也已经干裂。

好在太阳还很温和，他还能坚持走到有水源的地方。手机没有信号，他干脆关了机节省电量，他不再去看手表上的时间，只顾闷头走着，期待着前方能出现海子……

八点半，张掖警方按照约定时间到达宁岸的病房。

差不多在同一时间，远在几千公里外的萧山机场，祝南泽一家也在警察保护之下，前往公安局配合调查祝家夫妇的真实死因。

随着两地警方共同取证，当年的真相渐渐清晰起来。

司机是中途被强迫换下去的，之后车子被他人开走，最后掉进山崖。后来司机连同祝家夫妇一起被宣布死亡，一切都像是一场意外……

把车开走的那人不见了踪影，司机知道了真相，却只能苟且偷生。为防止东窗事发，司机被软禁起来，而司机的家人为了保住自己亲人的命，死守着秘密。这次来西北的司机的三名子女，即宁岸和她的哥哥姐姐，更是充当了借刀杀人的那把刀……

这个组织来自川南，雇主始终没有露面……

两份几乎完全没有出入的证词，一份来自司机的亲人宁岸和她的哥哥姐姐，一份来自当年追查到真相并且遭受迫害的当事人尤惜。

两地警方联合立案侦查，川南当地公安也开始配合工作。

公安局办公室外的走廊上，祝南泽看着刚刚举证完的尤惜从询问室走出来，两人相视一笑，然后牵着琪琪格准备回家。

病房里，做完笔录的宁家三兄妹如释重负。程诺发了条短信给陆西源，得意地等待着他的表扬。除了幕后指使人，其他一切都浮出了水面。如果陆西源此刻能得知这个消息，他一定会感到欣慰。

只可惜，陆西源还处在与外界隔绝的状态。

到达大川家时，是中午十二点。见到家门口的骆驼群时，祝南浔又想起了那些羊。

说是绿洲，绿色却少得可怜，但大川夫妇种植的沙棘却大片大片地长在烈日下，异常繁茂。远处的草地里还有成群的驴，祝南浔想起祝南泽跟她形容的“巴丹吉林动物世界”，轻轻地勾了勾嘴角。

抬头看烈日，这样高的温度，他应该寸步难行吧！她舔了舔自己的嘴唇，已经干得起了皮，所以更加难以想象此刻的陆西源是怎样的艰苦状态。

“姑娘，这个东西你得保管好。为了安全，你最好还是在这里好好待着。”徐师傅从车里找出绢帛递给祝南浔，拒绝了她想要同去找陆西源的提议。

祝南浔看着绢帛上爷爷的笔迹，想了想说：“徐师傅，麻烦你等我一会儿，我还得借你手机一用。”

徐师傅还未回应，祝南浔便拿着绢帛进了屋。

大川媳妇端了水过来，见她正在鼓捣一个玉做的印章，问她：“是要打开吗？”

祝南浔解释：“记录分成两半，另一半就在印章里，可是我们想了很多办法都打不开。”

大川媳妇拿起印章看了看，乍一看，没看出什么端倪，她又把印章拿到阳光底下去看，然后把玉放在手里掂量了一下：“这绢帛薄如蝉翼，应该是塞进印章里去的。大川，把家里的放大镜拿来。”

祝南浔问：“是不是印章上有个小孔，而印章里面是空心的？”

大川媳妇问她："这印章是什么时候制成的？"

祝南浔想了想，说："应该是九年前，我爷爷去世之前。"

"那就对了，这应该是他专门做的。我懂点儿玉，这玉拿在手里就觉得重量不够，中间应该是空了一块。大川，把我的针线盒拿出来。"

大川媳妇用针一点一点把印章里的绢帛钩出来时，徐师傅都惊呆了，他感叹："你们南方人果然心细如针。"

取出印章里的绢帛，祝南浔将两份绢帛拼在一起，果然如陆西源猜测那般，一边是名目，另一边是藏匿地点。

"嫂子，你手巧，待会儿还得麻烦你把绢帛再塞进去。"祝南浔想出个办法。

"好不容易拿出来，又塞回去干什么？"大川媳妇不解。

祝南浔说："拿出来的是一份东西，塞进去的就是另一份东西了。"

祝南浔拿徐师傅的手机拍了两张绢帛的照片发给祝南泽，同时自己又将名目和地点仔仔细细地抄写下来。然后她用水洗去绢帛上面的字，快速晒干后，重新仿照爷爷的笔迹整理了一份虚假的名目和地点写在上面。

"我的乖乖，妹子你可真聪明。"大川媳妇明白过来，又拿针小心翼翼地把写有地点的那张绢帛塞进印章里。

祝南浔说："现在就算被他们抢到也不怕了，这些地点都在祝家的地盘，谁去拿东西，警察就能顺着摸线索。徐师傅，事情办完了，有了筹码，我的安全也有了保证，这下你可以带我一起去了吧？"

徐师傅发现这姑娘既倔强，又聪明，没答应也没拒绝。

就听祝南浔又说："那……我们出发吧！"

第十五章　枪声

陆西源顶着高温踩着热沙，艰难前行。他远远地看到前面有一个海子，但按他现在的速度，走过去最快也需要两个小时。

他脱了上衣系在腰间，结实的肌肉上都是流淌的汗液，光照刺眼但却没有墨镜，他眼睛越来越花，低头走几步，就得抬头看看天。

沙路难行，鞋带系得再紧，不一会儿里面也会灌满沙子，所以他每走一段路，都要脱鞋倒出里面的沙子。沙子温度极高，每每坐在沙地里，他都觉得身体快要被热沙点燃。他想起甘孜州的雪山，在海拔四千米以上的地方，因肌肉无力呼吸困难，也这样跟自己挣扎过，但最终他还是熬过去了。他拼命地想那些严寒和冰凉，潜意识里，似乎这样可以抵御极热……

徐师傅施展车技，一路狂奔，经过三个小时的穿行，终于到了无人区的边缘地带。这会儿已经过了最炎热的时候，祝南浔试了几次沙子的温度，正在慢慢地往下降。

徐师傅说："进去了手机就没有信号了，你再试着给小陆打个电话。"

祝南浔拨了电话，仍是关机，其实这样她更放心。电量充足的情况下，关机便说明他还安好，没有被追上，并且人还在无人区里。

她对徐师傅说："我们进去吧，我估计那些人守株待兔的可能性更大，往里深入，也只有你这样的老师傅才敢；陆西源，他也敢。"说到后面，祝南浔轻轻地叹了口气，好像就没有什么是他不敢的。

"有道理。这里面一共三个海子，我们找到海子应该就能找到人。"徐师傅分析说。

思路清晰了，信心也足了。随后两人便驱车进了无人区。

两个人不知道，他们进去后没多久，祝南泽就给徐师傅的手机打电话。他想告诉祝南浔的是，自己和尤惜在车里找到了监听装备，警方开始掌握更多的证据，而且他们将前往南浔古镇，彻查当年那场大火。

可惜无人区没信号，徐师傅和祝南浔没接到电话。

而已经十多个小时没联系上陆西源和祝南浔的程诺，在宁岸的病房里也是心急如焚。

宁岸和尤惜的证词已被警方掌握，有了警方的保护，两方的危机都被暂时解除，于是所有的危险都聚集到了巴丹吉林的无人区。

背后的人即使担心被查，也仍旧不会放弃那批价值连城的艺术品。一场局，先后布了十年，又怎么会在最后关头放弃？

根据车队目前掌握的情况，已经有十辆来自内蒙古其他地方的越野车进入到沙漠里。而车队也出动了全部车辆，现在正全力往沙漠深处赶，他们试图阻拦那些“外来客”。

在陆西源看不见的地方，大家都在为了向真相靠近而努力。

而陆西源站在风暴中心，即将迎接一场暴风雨。

看到背后有车追过来的时候，陆西源已经没有力气了。距离那片海子，只有不到一百米的距离了，他无奈地撑着腰，骂了句脏话。他干脆不走了，迎着车站在原地等着，就像一颗坚韧的树。

车虽然不是昨夜胡杨林里的那辆，但车上的人陆西源却有几分熟悉，领头的正是星仔的表哥。陆西源松了口气。

“请的车手不错，这里面也敢进。”那些人下车后，陆西源先开口。

“伤好了？你放心，我只要东西不要命。”说话的是星仔的表哥。

“你都追到这里来了，会只要东西？”

“还记得昆达吗？”星仔的表哥问。

陆西源笑笑：“怎么会不记得，他拿画去找你们了？”

“那个蠢货，拿着假画卖不成，被我们戳穿后恼羞成怒，仗着在当地有势力，对我们不依不饶，反倒耽误了我们的正事。不然，你逃不出青海的。”

难怪后面宋家的人没再出现，原来多亏了昆达。陆西源一笑：“那我得好好感谢他。”

“你也别嘴硬，今天你是跑不掉的。但我跟那帮人不一样，只要你把东西交出来，我就放过你，就当还你为我挡刀的人情。”

陆西源问：“那帮人你们也认识？”

“你有他们的把柄，所以他们才要你的命，但我们之间，可以只谈生意。”

星仔表哥的话说到这个份儿上，陆西源也能猜到八九分，他们之间肯定是认识的，不然不可能了解得这么清楚。现在他可以肯定的是，只要顺着宋家找线索，他就一定能摸到那条大鱼。

“一直被追杀，东西怎么可能带在身边？不如你捎我一段，出了这鬼地方，咱们坐下来好好谈。”

星仔表哥分辨着陆西源这句话的真假，虽觉得陆西源此时玩不出什么花样，但仍然不放心，继续盘问：“追杀你的人是谁，你知道吗？”

陆西源耸耸肩：“不知道，但不管是谁，这份东西都不可能交给他们，我把东西毁了都不可能交给他们。你看看我这副样子，守着东西只有死路一条。现在，谁能保我平安，这份东西我就给谁。”

陆西源为自己挡过刀，他的人品还是信得过的，星仔表哥细想了想：“走吧，上车。”

可陆西源却站着没动。

“怎么，反悔了？”星仔表哥又问。

陆西源看着远处的沙丘，问：“是你们的人吗？”东边，有三辆越野车正在朝他们开过来。而这些车，不是车队的。

星仔表哥回头看了一眼，摇摇头：“不是。”

“那我们的生意估计谈不成了。”

“怎么谈不成？只要你说话算数。这帮人早就欺负到了宋家头上，兄弟们，抄家伙！”

星仔的表哥倒是条汉子，而这句欺负到宋家头上……陆西源想起星仔表哥那句还他人情的话，他不要他的命便能还他的情？宋家本身是不要他的命的，那么，宋家又是为谁想要他的命？他们两家又是什么关系？陆西源来不及思考了。他穿好衣服和外套，摸了摸腰间的瑞士军刀，这两帮人火并是不可避免的了，他得准备好。

“怎么，想动手？”对方领头的见宋家人护着陆西源，手上又拿着刀，大声喝道。

星仔表哥毫不示弱："告诉你们主子，他谋财害命，宋家不陪着他玩了。这人说了，东西是不会给你们的。"

那人听了一笑："宋家要掰？这样省事多了，动手！"

陆西源听到"动手"两个字，拉着星仔的表哥就往车后躲，紧接着，他们就听到了枪响。

"妈的，还带着真家伙。"星仔表哥骂道。

陆西源探头看了看，宋家已经有一个人中了枪。

"快走！"他拽了星仔的表哥一把，两个人一起往沙丘下面滚。对方追了过来，边追边朝他们两人开枪。陆西源的耳边响起子弹射进沙里的声音，这声音熟悉极了，和他叔叔陆怀信中枪那天一模一样。

两人落入海子边的干草地，有了遮挡，陆西源猫着身子拽着星仔的表哥往海子边逃。

"看来他们早就不想合作了，我得通知家里人……"星仔表哥脚步一个踉跄。

陆西源回头望，星仔的表哥中了一枪，伤口正在背部。他往沙丘上看，那帮人也已经到了草地边缘。陆西源知道，枪没有打中他并不是他幸运，而是对方留着他还有用。

陆西源扶住星仔表哥，按住他血流不止的伤口，说："我会通知星仔，你别说话，留着力气。"

"你就不想知道他们背后的人是谁吗？"星仔的表哥眼睛半闭着，虚弱地问。

陆西源没吭声，那帮人已经围了过来。

"我告诉你……宋家是这几年才参与进来的，因为有黑道势力，所以被他们所用，他们的主谋不是一个人，都是祝家……祝家的学生，具体是谁我不清楚，但应该很有……很有地位……"星仔表哥还没说完，又一颗子弹射入了他的胸膛。

陆西源看着星仔的表哥睁着眼睛，慢慢地停止了呼吸。他擦了擦脸上的血，将星仔的表哥放平在干涸的沙地上，站起来，朝着那帮人一步一步逼近。

“来啊！往我身上打，你们不是要我的命吗？来啊！”他大喊，无所畏惧。

“东西交出来，我留你个全尸。”领头的人说。

陆西源抽了抽嘴角，一步一步朝他逼近，还指了指自己的脑袋对这个人说：“要东西？东西都在这里，你尽管来拿！”说话间，他突然抽出瑞士军刀，挟持住了这个领头人。

紧接着，一声枪响。陆西源的肩头中了一枪，他踉跄了一步，但仍钳制住这个领头人。接着，他的手臂又中了一枪。陆西源倒在了草地上，两颗子弹的威力让他瞬间失去了意识。

他们开始在他身上翻找，但翻遍了全身，一无所获。

陆西源的血把半个肩头都染红了，他们将他连同宋家其余的人一起丢进了海子里……

祝南浔看了看时间，晚上六点，他们已经在无人区穿行了五个小时。没有外面的消息，他们只能单车往前冲。祝南浔始终盯着前方，期待着陆西源的身影突然出现。

三辆越野车出现的时候，徐师傅率先掉头，他对祝南浔说：“这不是车队的车，我们得躲。”

祝南浔皱了皱眉头：“我们先绕一段，放些烟幕弹，然后我去跟他们谈。”他们得有逃跑的迹象，后面的戏才会真实。

徐师傅往西边开了一段，绕到了一座沙丘后边。太阳在下山，风沙慢慢开始起舞，温度适宜，祝南浔却出了一脊背的汗。这个位置已经靠近无人区的中心了，而他们只剩下最后一个海子没有去找。不知道陆西源是否也遇到了这帮人。

三辆车的夹击，他们是逃不掉的，被困在两座沙丘之间时，祝南浔摸了摸那块印章和绢帛，做好了心理准备。

领头的人下了车，祝南浔一眼便看见他脖子上有血，瞬间觉得心悬在了嗓子眼。

“东西交出来，不然就跟他们一样。”这人走近，举着手机给祝南浔和徐师傅看。

照片是被染红的海子，里面漂着几个男人。湖水不深，他们都浮在水面上，血水触目惊心。祝南浔呆呆地看着照片，脑袋嗡嗡作响，那几个人里好像有陆西源，但她不相信自己的眼睛。

徐师傅急红了眼，一把甩开这个人的胳膊："你们竟敢杀人？"

手机掉在地上，这人持枪对着徐师傅："东西交出来！"

此时的祝南浔似乎没有什么可畏惧的了，她挡在徐师傅前面："尽管开枪，杀了我！祝家的东西你们一样也拿不到，来吧！"

她勾了勾嘴角，冷笑出声，眼睛里的寒光让人不寒而栗。

"八年前你和你哥哥就该被烧死了，能活到今天是你们走运，现在恐怕你没这么好的运气了。"这人眼露凶光。

祝南浔面无惧色："你们要找的东西，多半藏在祝家的地盘，我死了，东西便跟着被毁掉。你问问你上面的人，问他肯不肯要我死。"

这人听了，犹豫了一下，把枪口再次对准了徐师傅："这个人的命换你的命。想救他，拿东西换！"徐师傅的头被枪口死死地抵着，"没了司机，在这无人区你只有等死的份儿。"这人继续威胁道。

"放了他！"片刻后，祝南浔把印章和绢帛一起交给了这帮人。这帮人倒不蠢，还带了个懂行的人鉴定了半天才把徐师傅放了。

"印章怎么打开？"那人问。

祝南浔冷笑："我只知道另一半在印章里，怎么打开，让你上面的人慢慢研究吧。"

"祝小姐，路还长，咱们好好玩。哦，对了，陆西源就是挨了两颗枪子而已，还不一定死，你要是能找到他，说不定还有点希望。不过啊，天马上就要黑了，我估计你是没这个本事了。"

任其自生自灭比直接打死更加狠毒。孤立无援的情况下，这是一个让活人都绝望的地方——何况他身中两枪。

"滚！"祝南浔忍着喉咙里的颤抖，大吼一声。

领头那人似乎并不在意祝南浔的愤怒，拿到了梦寐以求的印章和绢帛，他们没有理由再在这里待下去。上车之前，领头那人把枪口对准了祝南浔，徐师傅刚想护着她，就听见两声枪响。但这两颗子弹没有射向祝南浔，而是分别打中了两个车胎。

那人笑着上了车，三辆越野车向东边扬长而去。

徐师傅大声骂着，祝南浔瘫坐在地上。这一刻，才是真的绝望，他们没法再用车了。这个地方距离最后一个海子还有两三个小时的车程，如果徒步，起码也要七八个小时。何况天黑了，路更不好走。

陆西源生死未卜，他们心急如焚。

“徐大哥，你脚程快，你往外面走，有了信号，就可以打急救电话。这帮人拿了东西就不会再纠缠了，你路上说不定还能遇到车队的车。我记得车后备厢里有个尤惜准备的医药箱，我去找陆西源，他肯定没死……他肯定没死……”祝南浔说到后面像是自己安慰自己。

徐师傅拿了指南针和手电筒放进医药箱里，嘱咐祝南浔：“别急姑娘，路上当心点。海子就在北边，找到小陆，你们原地休息，保存体力，我会尽快带人回来。”

祝南浔点点头：“徐大哥，拜托你了啊。”

徐师傅听到这话，眼圈突然红了，他拍了拍祝南浔的肩膀：“快去找小陆吧。”

咸水湖的水对伤口来说绝对是一种刺激，陆西源被疼醒时天已经暗了下来。他睁开眼睛看了看夜空，用尽最后的力气游到了岸边。

空气里充斥着咸腥味，他大声喊：“还有人活着吗？”连喊几声，无人回应。

陆西源无力地倒在了草丛里，他想把几个中枪的宋家人找到拉回岸上，可是他已经没有力气了。

第一颗子弹是贴着肩胛骨擦过去的，所幸没有伤到筋骨。而手臂上这颗，却死死地嵌在外侧肌肉里，血一直在流。陆西源捂着伤口挪到沙丘边上，靠在沙子上，紧紧地按着伤口。确定子弹没有伤到骨头后，他决定把手臂里这颗子弹挖出来。不然，这只胳膊很有可能就废了。

借着月光，陆西源慢慢地褪去衣服，伤口在湖水的浸泡下，边缘都已经泛白。他的手指刚碰上伤口，就疼得撕心裂肺，于是他咬着衣服，快速地往伤口里探。摸到这颗子弹所在的位置时，他已经出了一脑门的汗。做好心理准备后，他再次咬紧了衣服，两根手指探进子弹所在的位置，直接把这颗子弹抠了出来。

即便隔着衣服，整个沙漠也能听见他野兽般的吼声。

血流不止，陆西源把衣服缠在伤口上扎紧，又把上半身埋进沙子里，用压力减慢血液流通，这是他现在能想到的唯一的止血办法。

这里是一个背风坡，风沙没那么大。他微微眯着眼睛看天上的星星，慢慢地，星星都连成了一片。他好像做了一个梦，梦到了祝南浔，她正倔强地走在沙地里。

陆西源知道，她一定会来找他。

夜里陆西源醒过来几次，都是被痛醒的。血止住了，但衣服和血肉黏在一块，根本不敢扯开看。后半夜的时候因为伤口感染，陆西源开始发烧，烧得迷迷糊糊。他已经感受不到饥饿了，失血加上体力耗尽，他连睁开眼睛的力气都没有了。但他一直不敢睡，潜意识里提醒自己，要保持清醒，要等着她的到来……

凌晨三点的时候，徐师傅找到了手机信号。报了警，打了 120，又通知车队后，他才回给祝南泽一个电话。

祝南泽接到电话时，正站在老宅里，他急切地跟同样没睡的尤惜说："找到了，找到了！"

尤惜问他："安全吗？什么时候能出沙漠？"

祝南泽表情凝重："阿浔没事，可是陆西源……挨了两枪，阿浔一个人在找他，他们还在无人区里。"

尤惜垂着头："当年叔叔就是挨了一枪后废了一条腿。"

"我会要他们一点一点偿还！"祝南泽一拳捶在门框上，见尤惜心急如焚，他平复了一下情绪，转述着刚才徐师傅传过来的消息，"位置能确定的话，警察和医生最快明天下午才能赶到，好在川哥会急救，可是他说车队的车都被他们打坏了，现在还在抢修……"

两人说话的声音，吵醒了正在睡觉的琪琪格，她从屋里出来，揉着眼睛说："我梦见阿布和姑姑了。"

祝南泽看着琪琪格的小脸蛋，对尤惜说："窃听器和跟踪器查得差不多了，都是宋家的人购买的，那个人利用宋家的势力为他做事，可惜朱赟不会是他的替罪羊。阿浔答应分他一成生意，他始终不曾出面来谈，恐怕是另有打算……明天一早，我就把证据交给警方，顺着朱赟查，不怕查不到那个人。"

尤惜点点头，又问："那这份记录怎么处理？"

祝南泽说："假的给了他们，真的这一份……我想把爷爷的那几个学生叫过来，大家一起商量一下。"

"不，阿浔他们回来之前，记录不能给任何人看。南泽，现在除了我们自己，谁都不能相信。"

天微微亮的时候，祝南浔看见了海子。镜子一样的湖水在离她一公里远的地方泛着微光。

祝南浔倒在沙丘上，筋疲力尽。一整晚，十个小时的艰难徒步，她坚持走到了这里，腿脚早已经麻木了，还好她带着食物和水。她不敢多吃，要留一些给陆西源，特别是水，她背着它们翻山越岭，是要给他解渴，更要给他清洗伤口。

在她的信念里，他不可能就这样死了。

那天在大川的后院，她把自己交给了他，他开玩笑说他要对她负责。她说他要活着，活着才能对她负责。她相信他会做到。

听到祝南浔的呼唤声时，他睁开眼睛，看到太阳正在缓缓升起。

天亮了。这一次，应该是真的亮了。

"陆西源，你怎么样了？"感受到他的呼吸时，祝南浔的眼泪和着脸上的沙子往下流。在担惊受怕了四十个小时后，她终于见到了他。

陆西源嗓子沙哑得根本说不出话来，他勉强抬起手摸了摸祝南浔的脸。祝南浔感觉到他的手心异常地烫，她看到他的嘴唇干裂开来，赶紧从医药箱里拿出水慢慢地喂给他。

陆西源喝了点水，开口叫她一声："阿浔……"

祝南浔把陆西源身上的沙子清理干净，然后试图揭开他的伤口，可发现干涸的血把衣服和伤口紧紧地黏在一起，她下不去手，红着眼睛问他："疼吗？"

陆西源牵着她的手放在心口："不疼，你来了就不疼了。"

祝南浔触到他滚烫的肌肤："你发烧了。"说着她把风巾从脖子上取下来，想了想，没用带来的矿泉水，拿了个空瓶打算到海子边去取水。

陆西源看了她带的医药箱，问她："你一个人背着这么多东西走了多久？"

祝南浔："夜里走，不热，好走。"

"一个人也敢在夜里徒步，你长进了。"陆西源心里不好受，"阿浔，你受苦了。"

祝南浔觉得心酸，喃喃回应："哪怕把无人区走遍，我也要找到你。"

祝南浔去海子边打水，看到海子深处有人浸泡在湖水里，不禁打了个寒噤。这是在电影里才能看到的案发现场的场景。她有一瞬间的恍惚，觉得这一切都不像是真实发生的。

祝南浔把风巾打湿后，擦拭陆西源的身体，给他物理降温。

陆西源吃了点东西，有了力气坐起来，他知道祝南浔不忍心下手，于是趁着她不注意的时候，自己把衣服扯开，把伤口露了出来。流血是必然的，他吸了一口凉气，额头上又是一层汗珠。

祝南浔看着血肉模糊的两处伤口，心跟着疼。她用矿泉水把伤口轻轻地清洗了一遍，害怕他疼，像是安慰他："忍着点，一会儿就好了。"

陆西源喜欢看她认真的样子，挤出个微笑："我哪有那么矫情？"

祝南浔叹气："还好跟阿舍儿学了点换药包扎的技术，也多亏尤惜准备了医药箱给我们。"

"尤惜他们怎么样了？"陆西源想到远在千里之外的那一家三口，急切地问。

祝南浔眼睛里闪着光，想到这帮人即将落马，她心里就觉得痛快，她说："他们安全到杭州了，警方应该已经掌握了证据，我相信我哥会处理好。现在要出了无人区，才能再次联系上他们。"

陆西源又问："这帮人你是怎么打发的？"

祝南浔苦笑一声："老办法，我弄了份假的记录给他们。每次化险为夷都靠骗，我也就只有这点本事。"

"那真的呢？"

祝南浔指了指自己的脑袋："在这儿呢。"

陆西源笑了笑，又皱起了眉头："小护士，你利索点，我不怕疼。"

祝南浔怕他疼，消毒上药都是又轻又慢。肩头那块不好包扎，纱布也不够用，她只好把衣服扯成条，裹着上了药的止血棉缠在他的手臂上。

陆西源看着这个独特的造型，打趣她说："你技术不错嘛，还懂创新。"

"老天保佑血能止住，本护士尽力了。"祝南浔撇了撇嘴，又突然想起来什么，瞪大了眼睛看他，"子弹呢？子弹还在里面怎么办？"

她一路上都不敢去想他中弹的事，眼下想起来，不免焦心。

陆西源不慌不忙，从旁边的沙地里找出了子弹，递到她面前："小护士，你学艺不精啊。"

祝南浔看着这颗带血的子弹，又看了看陆西源波澜不惊的脸，嗓子里像灌满了中药，又苦又涩，她哽咽着："你就这样……把子弹抠出来了？"

"没事的，肩头上是擦伤，这颗子弹也不深。"陆西源冲她眨了眨眼睛，见她克制着情绪，又说，"你光着脚走了一夜，脚底被沙棘扎成这样都不怕疼，我要是挨颗枪子儿都喊疼，我还是个男人嘛。"

"子弹和沙棘能一样吗？"祝南浔哭了。

她不敢问他是怎么从胡杨林顶着烈日走到了这里，也不敢问这一夜他把自己埋在沙地里是怎么熬过来的。徒步的艰难她体验过了，但把子弹从伤口里抠出来的滋味可能她这辈子都无法尝试。就连真枪实弹，她都是第一次见啊。

七年前他受过的伤，七年间他吃过的苦，都是因为祝家。现在他挨子弹，差点丢了性命，还是因为祝家。她没有办法消除对他的这份愧疚。

"你心疼我的伤口，我更心疼你的脚。你要是觉得不好受，不如你亲我一下，亲我一下我就不疼了。"陆西源擦着祝南浔脸上的眼泪，故意跟她开玩笑。

没想到祝南浔真的扑进他怀里，亲了亲他的下巴，对他说："陆西源，以后我绝对不会再让你受一点伤。"

陆西源心里一暖，用没受伤的那只手紧紧搂着她："行，以后你保护我。"

第十六章　救赎

太阳升了起来，阳光笼罩着整片沙漠，沙子又成了金黄的一片，海子也开始泛着水光。

两个人依偎在一起，哪怕在这荒无人烟的无人区，也觉得安稳。还有让他们安稳的，是祝南浔确信，徐师傅和大川他们一定正在全力赶来。

陆西源的高烧始终没有退下来，尽管祝南浔一直在给他物理降温，可是热度就像此刻天上的太阳发出的热量，只增不减。

“阿浔，其实我也怕，怕我再也见不到你，更怕你也遇到这帮人。”他跟她说话，能分散痛感。祝南浔把自己的外套盖在他身上，就这样一直抱着他。

祝南浔听见他这话，抽了抽鼻子：“我自始至终就没有想过你会死，我知道你不会的。你也要相信我，我多聪明啊，就算遇到他们，我也不会让自己受伤。”

“我说过，遇见你运气会变好。他们今天打定了主意要我死，可是你找到了我，我没死成。这都是托你的福。”

“陆西源……警方已经掌握了证据，他们何必多背一条人命？如果目的只是为了抢东西，根本没有必要非置你于死地啊。”

陆西源烧得昏昏沉沉的，但脑袋依旧清醒：“宁岸的阿爸他们都放过了，可就是不放过我们三个，就像不放过你父母一样，是因为恨，这个人恨透了我们。我叔叔被他们用枪打废了一条腿,那些人不要他死，就是要折磨他；不直接打死我，也是要折磨我。”

祝南浔听得心惊胆战，究竟怎样的恨才能如此阴毒？

她冷静地分析：“这个人，一定是了解祝家的人，甚至有可能他就是祝家出来的人……是我爷爷的徒弟。”

“祝老先生临死前给我叔叔寄过一封信，说让他回去拿那幅《浔溪畔》，钥匙就在你们兄妹俩身上。我叔叔当时觉得很奇怪，为什么钥匙不在你父母那里而在你们身上？于是我叔叔便去打听，这才得知你父母意外跌落山谷的消息。这封信的确是你爷爷所写，可他当时已经去世一年，又怎么可能寄信？后来我们查了寄信的时间，是在你父母离世的第二天。这封信应该是他提前嘱托人在某个指定的时间寄出。后来我们推测，你爷爷应该生前就得知了这个人的计划，又或者是，那个人觊觎那批艺术品被他发现，才做出这个最坏的打算，提前写好了信。你爷爷是想，如果你父母无法保护好那些艺术品，就让我叔叔去做……”前尘往事，时间久远，陆西源终于等到了向祝南浔坦白的时候。

“我爷爷死得很突然，连一句话都没有给我们留下……”祝南浔眼圈一红，“我怀疑我爷爷也是被这个人所害。”

陆西源抬头看看天上的太阳：“我叔叔也怀疑过，他说老爷子身体硬朗，性情也温和，脑梗……应该是受了什么刺激。阿浔，对不起，之前不告诉你，是因为危机还在，我担心你们兄妹俩知道得太多，会自乱阵脚。这个人，很可能就在你们身边，我们不联络你们，除了自保，还有就是要保证你俩的安全。你们不知道真相，便对他们没有威胁，而路上不告诉你，是害怕你告诉你哥哥，怕他冲动后陷入危险的境地。”

祝南浔听着，眼泪扑簌簌掉下来：“所以你们就这样瞒着我们这么多年？你到底还有什么瞒着我？”

陆西源擦了擦她的眼泪，轻轻地叹了口气：“如果还有秘密，那应该就剩下一个了，我叔叔陆怀信……他没死。”

陆西源告诉她，陆怀信的死讯是为了让那些疯狂的人暂时停手。那个人隐藏得很深，他利用各方势力帮他寻人找东西，自己却没有露出蛛丝马迹，但陆怀信早就猜到这个人是谁。这个人恨陆怀信，恨祝南浔的父母，恨祝家，更恨他们在美术界的威望。

祝南浔说出这个人的名字时，陆西源没有否认。

这个人牵着他们兄妹的鼻子走了太多年，他们信任他，更依赖着他打理祝家的生意。他和陆怀信一样，都是爷爷的得意弟子，陆怀信被逐出师门后他便是祝家最用心栽培的人，可他到底为什么这么恨祝家？

祝南浔脊背发凉，脑袋里一片混乱，只觉得浑身发冷。

“阿浔，你看过印章里的记录，地点中是不是有一个地方在甘孜州？”陆西源问她，此时他已经因为疼痛和高烧虚弱不已。

祝南浔将他扶稳，点点头，“嗯，在海螺沟。我爷爷曾经在川藏线上写生了三年，他在那边有一个画室。我父母那次去川南采风，就是为了去看一眼那个画室。”

“我叔叔守着那个画室，还在那里建了一座寺庙，你爷爷收藏的那些艺术品就藏在寺庙里。我叔叔……他从未恨过祝家，即使是被逐出师门。”

“他为什么会被逐出师门？陆西源……陆西源！”陆西源终于熬不住，昏了过去。

陆西源的衣服被自己的血洇红，祝南浔紧紧地抱着他，绝望地坐在沙地里。

他们为什么还没来？

南浔古镇，祝家老宅。

警方在当年被烧毁的画室里取证，找到了一枚金针。

祝南泽辨认出这是爷爷生前用过的东西，他猜到这应该是往印章里塞绢帛的那根针。随后他去走访当年帮爷爷雕刻印章的那位老先生，得知爷爷特意挑选了一块空心的老玉，制成了这枚印章。老先生还告诉他，祝老曾经多次跟他感叹过自己的两个徒弟，说自己可能再也见不到一个叫怀信的人了。

于是，祝南泽又把爷爷生前的遗物拿出来一一整理，在爷爷的日记里，提到了他收藏的那批艺术品和他最得意的两个徒弟。

爷爷写道：陆、郑二徒，各有才智，但年资尚浅，愿能宽怀人生，早成大器，遂，以怀字赠名。陆有正气，启用怀信；郑有聪慧，启用怀敏……

听到车声，祝南浔手脚并用拼命往沙丘上爬，当看到两辆有车队标识的越野车从远处呼啸而来时，她站在夕阳下流下了热泪。

陆西源已经昏迷了四五个小时，失血过多让他失去意识，呼吸也渐弱。祝南浔用衣服裹紧了他的伤口才勉强把血止住。等待的时间里，她握着那串佛珠，像当年他求神佛让她活过来那样，不断祈祷。她甚至幻想着，下一秒徐师傅他们就会出现。

徐师傅和大川他们冲下沙丘，下了车，看到陆西源一息尚存，纷纷红了眼眶。

祝南浔喃喃地说："伤口感染了，高烧温度降不下来。川哥，徐大哥……"

"家里能用的药我都带了，妹子，你放心，小陆一定会没事的。"大川看到大片的血红色，克制着手上的颤抖揭开止血的衣服。

沙漠里的人和动物，生了病都是他来治疗的。大川会急救，平时家里会备着各类药品，随时为游客和沙漠里的居民服务。他听到陆西源中枪的消息时，顿时也慌了神，子弹是要命的，所以他几乎把家里所有的药品和纱布都带上了。

徐师傅徒步了一夜，又开了一整天的车，眼下，他的眼睛都熬红了。

他们都相信陆西源还活着。

当知道陆西源自己把子弹抠出来的时候，大川和徐师傅都震惊不已。

祝南浔无奈地说："这种事，也只有他做得出来，如果中枪的是我，我宁愿死也不会去抠，我怕疼。"这话果然活跃了气氛。

徐师傅摇了摇头说："你这丫头，一会儿哭一会儿笑的，弄得我心里七上八下的。"

祝南浔叹了口气："反正陆西源死不了了，你们来了他肯定不敢死。他现在听得到这句话，你们信不信？"

"信。"大川接话，放开手脚给陆西源重新清理伤口，消毒，消炎，再止血。此时气温开始下降，人清爽了，做起事来格外投入。大川在包扎的时候，祝南浔一板一眼地学着。

大川笑她："你家男人多灾多难，你可要学好了。"

祝南浔努努嘴："呸呸呸，我男人以后再也不会受伤。"

大川包扎完伤口，又把消炎药、退烧药和止疼药喂给陆西源吃。

陆西源似乎有了意识，配合着大川把药咽了下去。

三个人都松了一口气。

“枪伤不是小事情，我也就这两把刷子。我们得赶紧回去，估计我们到家，医生也赶过去了。”大川说。

“警察呢？现在外面什么动静？”祝南浔问。

“在拦截追捕了，车手们也会帮忙。”徐师傅说。

祝南浔想起海子里的尸体，对大川和徐师傅说：“那……他们怎么办？陆西源说，这些人本不该死的。”

徐师傅：“大川，咱们还得再辛苦一点，把人都拖上岸。”

大川问祝南浔：“妹子，你害怕没？”

祝南浔垂着眼眸：“这是一场噩梦。”

陆西源醒来的时候，他们已经在回大川家的路上了。为防止车子颠簸伤口受刺激，大川和祝南浔坐在后座紧紧地扶着他。陆西源醒来第一句话是：“川哥，徐大哥，给你们找麻烦了。”

祝南浔喂他喝了点水：“你要是再不醒过来，这麻烦就白找了。”

大川说：“你小子，命真大，演电影似的。”

徐师傅开着车，笑了笑：“你这命可是我们捡回来的，伤好了，你得留下来帮忙。”

陆西源笑了：“会的，这里是我的福地。”昏迷期间，他做了一个梦，梦到他的父母和叔叔，他们鼓励他，给他信心；他还梦到祝南浔，梦到尤惜和琪琪格，她们在叫他回家。

“陆西源，等事情了结了，我们回这里来做志愿者吧。”祝南浔说。

大川听了开心极了：“那敢情好，咱们这儿就缺人才。”

陆西源点点头：“行啊，都听你的。”

祝南浔说：“陆西源，欠你的我这辈子算还不清了，所以，我只能用这辈子来报答你。我不仅要报答你，还要成为你。”这是一句情话，更是一种信仰。

大川和徐师傅都沉默了。只有陆西源目光闪烁，他轻轻地握着祝南浔的手……

张掖和内蒙古警方联合在沙漠里对不法之徒进行追捕，车手们功不可没，他们帮助警察成功抓获了来自川南的这个杀人团伙。但遗憾的是，领头的那几个人事先逃出了沙漠，不知去向。

被抓的团伙成员对七年前谋害祝家夫妇和七年间追杀陆西源三人的犯罪事实供认不讳，但他们否认火烧祝家老宅是他们所为。他们供出的几个人也只是领头的或是中间联络人，而并非幕后主使。

杭州警方顺着宋家这条线索查下去，但作为背后主谋跟宋家牵线搭桥的朱赟却在警察调查的过程中遭遇意外车祸身亡。而宋家人，包括朱赟的爱徒宋家独子宋连星在内，都不知道背后那条大鱼是谁。线索自此中断。

星仔的表哥成了唯一的知情人，他临死时跟陆西源说的话成了关键线索，于是警察从祝家的学生入手，开始进行调查。可连续暗查了好多天，都没有任何证据显示他们与此事有关。最有权势的那个人，警方更是没有办法深入调查下去。

祝南泽在祝南浔的提醒下，去医院查看了当年爷爷的死亡报告和治疗档案，他请权威的医学专家对报告进行检验，但由于档案记载得十分简单，报告也不详尽，根本查不出什么问题。可他认为这是个疑点，开始走访当年给爷爷救治的医生和护士。

有个护士透露，在送来的病患身上，发现了明显的因撞击形成的创伤，但病人的确是因为脑卒中而过世，而且老人走了，家人没有追问，最终的报告也就没有将这一点记录进去。

这绝对是个重要线索，祝南泽回想起爷爷过世的那天，一切都来得非常突然，父母外出写生，他们兄妹俩都在学校，回到家时发现爷爷倒在书房里，爷爷这才被送到医院。可那一天谁见过爷爷，爷爷经历了什么他们都不得而知。

朱赟的死，星仔的表哥为何知道内幕以及护士的话都成了关键线索。

查清这些线索并不难，难的是他们明明猜到了这个人是谁，但这个人的身上没有任何破绽。这个人习惯了借刀杀人，他将自己伪装得滴水不漏，让他们无法找到证据。

陆西源接受了专业治疗，伤势在慢慢恢复。

祝南浔一边照顾他，一边教大川的两个孩子画画，日子平静又安稳。

他们决定等陆西源伤好后，一同前往甘孜州找陆怀信，除了追查幕后指使，他们还要将那批艺术品带回杭州。

这天傍晚，祝南浔在院子里打水，陆西源从屋子里出来，拿着手机递给她看。这是他休养了几天之后，第一次从屋子里出来。

祝南浔说："能活动啦？走几步看看。"

陆西源走到她面前，一把将她搂进怀里，两个人很久没有这么温存了。

手机上，是祝南泽他们发来的视频。

视频一点开，琪琪格穿着新衣服，笑得很开心。小姑娘好像又长高了一点，她对着镜头说："阿布，姑姑，你们什么时候回来啊？我现在在新学校里上学了，同学们和老师都可喜欢我了……等一下爸爸，我还没有说完呢！"

紧接着，镜头里出现了祝南泽，他激动地拿着两个红本本："阿浔，妹夫，我和尤惜领证了，尤惜现在是我的合法妻子，他们再也别想伤害她了……"

"行了行了，说这些做什么……"镜头又对准了害羞的尤惜，她看起来更加漂亮了，"阿浔，老陆，现在事情进展得不错，你们就放心吧！老宅所藏的那批艺术品保存完好，南泽已经全部带回杭州了。我们一切都好，他们不敢轻举妄动。"

"好了吗，妈妈？我还要跟姑姑说话呢……"琪琪格吵着又把手机抢了过去。

祝南浔和陆西源也很想念他们一家三口，视频播放完，两人一起又看了一遍。看着他们的笑脸，两人无比期待与他们的团聚。

"妹夫……老陆，我要不要也给你一个合法的身份？"祝南浔狡黠一笑，之后，便是一个长长的吻。

"阿浔，我想带你回南京。"缱绻中，陆西源对她说。

祝南浔勾着他的脖子："陆西源，我爱你。"

沙漠里的生活远离了尘世的喧嚣，日子静谧又安宁，祝南浔很想和陆西源就这样待下去。但此时注定是个多事之秋，他们还肩负使命，所以必须告别。

黄昏时分，祝南浔和陆西源回到了巴丹吉林镇上。“琪琪格小院”完好无损，终于等回了它的主人。尽管第二天就要离开，但两人还是将小院仔仔细细地打扫了一番，这是陆西源的家，也是琪琪格生长的地方。他们和祝南泽一家三口约定好，事情尘埃落定后，他们一起再回来。

夜幕降临时，祝南浔和陆西源迎来了他们的老朋友。

程诺的头发又长了，胡茬倒是剃得干净。他从车上下来，走进院子里，背着大包戴着墨镜，走路的姿势看起来像个拍电影的男明星。

“嗨，祝小姐！”他先跟祝南浔打招呼，然后又一拳打在陆西源没受伤的那只肩膀上，“老伙计，还以为再也见不到你了。”

陆西源拉着程诺的胳膊，反手将他扣住：“命硬，没办法。”

“哟，一只手也不赖嘛。”程诺放下背包，从里面拿出一些东西递给祝南浔，“杭州寄到张掖的，东西我可都带到了。”

祝南浔看着那些书信和那幅画，对程诺说：“谢谢了，路费报销，这次不要发票，顺便再请你吃顿饭。”

程诺耸耸肩：“这荒村大漠的，哪有什么吃饭的好地方。到了张掖，我一定要好好宰你一顿。”

祝南浔冲他摇摇手指：“今天你有口福了，祝大厨亲自做饭。”

程诺可不敢相信她会做饭，偏过头看陆西源，见他扶着额头表情凝重，程诺叹了口气：“你……我可不想吃坏肚子，明天我还要开车送你们两口子去张掖呢。”

祝南浔白了他一眼：“放心，我不会现在就毒死你的，你不仅要送我们去张掖，还要陪我们走一趟甘孜州。”

“凭什么？我才不想当你俩的电灯泡，而且……我凭啥做你俩的司机，我也想……去谈个恋爱什么的。”程诺说到后面底气不足了。

陆西源懂他，说：“一起去吧，四川好姑娘多，我帮你物色物色，就找个宁岸妹子那种。”

“宁岸伤了腿，伤筋动骨一百天啊！她哥和她姐送她回川南养伤了，临走还打了个欠条让我转交给你，说医药费她一定会还给你，还说你们要是去四川，一定要去找她。唉，本来还想带她去敦煌的，她早就说过她想看莫高窟，但她阿爸被救出来之后她的心就飞回去了……”程诺絮絮叨叨地说着。

祝南浔和陆西源相视一笑。其实在电话里，宁岸的情况程诺已经和他们说过很多次了，她的开心与担心，他都放在心上。

“欠条呢？”祝南浔不合时宜地打断了他。

程诺回过神来：“喂，你这个女人怎么这么冷漠啊？”

祝南浔伸出手：“给我。”

程诺从口袋里把欠条拿出来塞进她手里，祝南浔看都没看，就把欠条撕成了碎片。程诺微张着嘴巴，有些诧异。陆西源勾了勾嘴角，并不感到意外。

祝南浔手一挥把碎纸扔进垃圾桶：“行了，我要去做饭了。”

祝南浔走后，程诺对陆西源竖了个大拇指：“你媳妇儿不错啊。”

陆西源十分得意：“那当然。”

祝南浔在陆西源的指导下做了几个菜，程诺去买了酒，又请了徐师傅来，四个人在院子里迎着秋风吃告别晚餐。

“这顿饭，是我要求在家吃的，我做得不好，你们权当是我一番心意吧。徐大哥，这第一杯酒感谢你，如果没有你，我和陆西源这一趟可能连命都没了。昨天跟大川和嫂子告别时，我们说好了，事情结束我们就回来，所以徐大哥，我们还会再见面。下回见到你，我给你带我家乡的好酒。”祝南浔一口气说完，将杯子里的酒一饮而尽。

徐师傅也把酒杯喝空，却看着陆西源说：“这姑娘是真好，下回见面要不是喝你们的喜酒，我可不来。”

陆西源笑一声：“成！”

一旁的程诺看了，连啧了好几声，动作极其夸张：“妈呀，我这鸡皮疙瘩都起来了，要不你俩今天就把事儿办了得了！”

祝南浔没理会他的玩笑，倒满了酒举着酒杯对着他，程诺心里发慌，问她：“做什么？跟我喝酒，你可不是我的对手。”

祝南浔难得对他温柔地笑笑：“第二杯酒敬你，程诺，谢谢你。”

程诺看着她，也不像平时那般痞痞的了，他认真地说：“虽然你比我小几岁，但你是我兄弟的媳妇儿，也就是我嫂子。这次……我是真服你。咱们之间不说谢字，喝完这杯酒，甘孜州，我陪你们走。”程诺说完将酒一口干了。

祝南浔冲他眨眨眼：“程老板，其实你车技不比陆老师差。”

程诺听了自然开心，他得意地对陆西源说：“老陆，听着啊，这可是你媳妇儿说的。”

陆西源笑得很不走心：“是啊，不哄好司机怎么上路。”

第十七章　困顿

酒过三巡，气氛正好。

陆西源没想到祝南浔这么能喝，酒量似乎比起上次在张掖时长进了不少。见她喝得差不多了，陆西源哄她：“明天还要赶路，这杯喝完乖乖去睡觉。”

祝南浔有些醉了，靠在他耳边喃喃地说：“陆西源，今天我就不感谢你了啊，想说的话，咱俩慢慢说。”

陆西源摸了摸她的脸：“好。”

这姑娘藏了一肚子的话在心里，有一些说了出来，但还有一些她不知道该怎么表达。陆西源懂。

徐师傅回去了，祝南浔也被送回了房间，安静的小院里只剩下陆西源和程诺两个人。烟雾缭绕，两个男人开始夜谈。

“杭州那边进展得怎么样了？”程诺问。

陆西源说：“朱赟车祸死了，司机还没抓到，那是辆黑车，经手的人太多，警方还在查。对了，你还记得星仔吗？他们家因为这件事被彻底盘查，生意黄了大半。”

“非法倒卖艺术品，够他们喝一壶的了。你说，他们家和背后那些人难道真的只与这件事情有干系？线索不应该断在朱赟那里啊。”程诺不解。

“嗯，朱赟只是个半吊子，打着祝老先生的旗号招摇撞骗，他的成就和地位还不足以支撑宋家的倒卖生意。宋家在他的牵线搭桥下，只是成了这帮人的一个赚钱工具。宋家经商多年，背景很深，能提供买卖渠道，而祝家的那几个学生都是在艺术圈子里有点脸面的人，他们在背后炒作，甚至是供货。”

“南浔给他们的假记录，不是特地设定了地点吗？瓮中没捉到鳖？”程诺问。

“低估了他们，他们对祝家太熟了，压根儿就没按照上面的地点去找。不过也证明了追杀的人的确是他们安排的。现在他们肯定有新的计划，不得到想要的，他们是不会罢手的。”

“那你的大舅哥岂不是查得很辛苦，你们不如先回去帮他，去甘孜州又是麻烦重重啊。”

陆西源拍了拍程诺的肩膀：“不去甘孜州事情就不会有进展，那条大鱼是始作俑者，得先解决他和我叔叔之间的结，逼他露出马脚。只有他现了身，他布的局我们才好慢慢解。”

“你叔叔不是五年前就死了吗？他还有什么结？他的目的不就是要得到那些宝贝吗？”程诺不解地问道。

陆西源舒了一口气：“我叔叔没死，就在甘孜州。我们去，不仅要取回艺术品，还要靠他来引蛇出洞。”

程诺瞪圆了眼睛：“靠，连我你也瞒着？”

陆西源抽完烟后才缓缓地说：“连尤惜都不知道。”

三个人到张掖后，直接转机去成都。

看到车水马龙灯火辉煌的城市时，祝南浔竟有一种不适感。

到锦里吃火锅是程诺的提议，祝南浔要请他吃饭，他自然要顺着自己的意思来才吃得尽兴。吃了几口肉之后，无辣不欢的程诺爽得眼泪都快要流出来了，边吃边感叹：“成都真是个好地方啊，哥下一步计划把分店开到成都来，不仅有火锅吃，美女还多，每天吃着火锅看着美女心情肯定好。”

祝南浔吃得直冒汗，但不忘揶揄程诺：“就你那破青旅，还开分店？要不我入点股，你在青海湖开家火锅店算了，也方便我们到了青海吃。”

程诺看着祝南浔，她不仅酒量长进，吃辣的能力也长进了，当然，伶牙俐齿的本事更有了长进：“老陆，你倒是管管你媳妇儿啊，成天到晚地怼我。我的青旅怎么啦？好歹哥也算是个网络红人，现在店里生意好着呢。只是那些住店的小妹妹见不到哥本人，太可惜了！”

论脸皮厚度，程诺最厚。

陆西源已经习惯了两人斗嘴，也习惯了程诺跟他告状，他放下筷子，一本正经地看着两人，认真地说：“我媳妇儿说得有道理。”

祝南浔听了夹了一块肉放进他碗里，而程诺翻了个白眼对他说：“真是娶了媳妇忘了兄弟，看来以后也是个粑耳朵。”

祝南浔听不懂四川方言，问：“粑耳朵是什么？”

程诺还未开口，陆西源抢了话：“就是疼老婆的意思。”

火锅店里热火朝天的，外面的街道上也熙熙攘攘。锦里每天迎接的大多是游客，大家都被这里的美食吸引，来来往往吃喝不停。但有一些人和这些游客不同，根本没工夫吃，比如他们带着的小尾巴。这几个人从机场一直跟着他们到火锅店，看着他们吃，不敢下手更不敢松懈。

三人吃好，程诺打了个饱嗝后说：“你俩往武侯祠正门走，我甩掉他们后去找你们会合。”

祝南浔拿着化妆小镜子看身后那桌坐着的人，这是一个新的组织，对他们而言也是新的挑战。她把服务员叫来买了单，又交代了程诺几句，然后才和陆西源出了火锅店。

他们刚走，那几个人站起来准备跟，程诺搬了把椅子坐到了他们的桌旁，大手一挥：“哥儿几个跟了大半天也饿了吧！祝小姐说，请你们吃顿火锅，你们吃饱喝足再继续跟。”

这几个人傻眼了，知道已被识破，而目标人物也混入了人群中。他们只好坐下来，一个个皱着眉看着带头的那个，等待示下。

程诺拿着菜单开始点菜，他边勾选菜品边问：“你们不会也是浙江人吧？能吃辣吗？喜欢吃猪脑吗？鸭肠要不要？”

感觉被程诺试探，那个带头的人看起来有些焦急，但他仍镇定地对程诺说：“祝小姐的心意我们领了。请问这位先生，祝小姐是什么意思？”

这说话水平，比川南那帮人强多了。程诺按照祝南浔的交代说道：“祝小姐托你转告你上面的人，杭州最近有雨，让他小心风湿病。”

程诺说完这话便离开了火锅店，他刚走服务员就给那桌上了锅底。

带头那人迎着辣味打电话向上面说明情况，刚说到“风湿病”这三个字，对方就挂断了电话，随后他收到一条短信，上面只有五个字：不用留活口。

祝南浔挽着陆西源被人群拥着往武侯祠走，他们看起来和那些来旅行的情侣一样，轻松又甜蜜，从他们的脸上，丝毫察觉不到被跟踪的紧张。

祝南浔问陆西源：“你不是第一次来成都了吧，这么轻车熟路。”

陆西源说：“第二次，大学时……曾经来过一次。”

听到了迟疑的语气，祝南浔追问：“和谁？”

陆西源也没想瞒，于是直接坦白：“当时的女朋友。”

“之前问你，你也没交代啊，女朋友……”祝南浔暗自嘀咕着。

陆西源放开她的胳膊，搂紧了她的腰老老实实地交代：“同班同学，她追的我，漂亮但没你漂亮，处了三四个月吧，后来被尤惜搅黄了，毕业后再也没联系。我发誓，只牵过小手亲过小脸，仅此而已。”

“都一起来成都旅行了，会仅此而已？鬼才信。”祝南浔撇着嘴反驳他。

陆西源耸耸肩：“没办法啊，不是所有人都像你这么合我胃口。”说完他摸了祝南浔的腰一把。

祝南浔按住他的手：“晚上再找你算账。”

话音刚落，程诺的声音便在身后响起：“哎哟喂，哥在后面冲锋陷阵，你们两口子在前面卿卿我我，真幸福啊！”说着他抢过陆西源手上的奶茶喝了一大口，然后又盯上了祝南浔手里那个糖人。

祝南浔干脆把糖人塞给他：“赏你了，情况怎么样？”

程诺哼一声：“哥出马，还会办不成？暂时应该不会跟上来了，不过我们的身份信息恐怕不能再用了，他们肯定还会有行动。”

祝南浔想了想：“待会儿住个高档酒店，安全性高。如果再有可疑的人跟过来，直接调监控给警方，让他们查下去。”

陆西源点点头：“嗯，今天这一试，还不知道会发生什么。得告诉你哥他们，要他们千万小心，特别是琪琪格，她每天都要上学，一定要特别小心。”

“我哥这几天天天拖着那几个人吃饭，就等着他们露出马脚。放心吧，他会保护好她们母女的。”

说起正事的时候，这两个人可不敢马虎，但有人却不改本性。

“高档酒店啊……不错不错，哥可以去学习学习，最好是总统套房，再有个大浴缸什么的，哥都好多天没好好洗澡了。”程诺吃着糖人沉浸在自己的幻想中。

陆西源看着他那傻样，无奈地摇摇头，然后牵着祝南浔快步往前走。

为了满足程诺的幻想，他们找到一家五星级酒店。拿着祝南浔的卡，程诺将三个人的身份证递给前台，无比阔气：“开两个套房。”

收到了房间密码，他拽着陆西源就往电梯间走，边走边说：“待会儿你帮我搓搓背啊。”

不料陆西源推开他的手，停下脚步，看了身后的祝南浔一眼，对程诺遗憾地说：“抱歉啊，你可能……得自己住一间。”

程诺看了看祝南浔，她耸了耸肩：“他自己选的，不关我事。”然后便挽起陆西源的胳膊进了电梯门，只留下程诺一个人孤单地站着。

程诺在心里咆哮：我去，哥也要找个姑娘谈恋爱！

进了房间，陆西源便将房门反锁，祝南浔刚放下背包，就被陆西源从背后环住。在沙漠里，原始风光是可以激发人的原始欲望的，他们之间的每一次都带着隐秘的气息。现在突然身在金碧辉煌的酒店房间里，情欲就像一只被关在笼子里的兽，他们看得到，摸得着，更加坦诚……

二人缠绵间，叮咚，一声门铃响。

以为是程诺，祝南浔边往门口走边说：“他肯定是一个人耐不住寂寞来找你了。”

陆西源却快步挡在了她前面，透过猫眼看到门外是酒店的男服务生。

“什么事？”陆西源问。

服务生说：“程诺先生为二位点了吃的东西。”

“稍等，”陆西源回应了外面的人，又轻声对祝南浔说，“打电话给程诺。”

祝南浔拿起桌上的手机打给程诺，结果提示对方已关机，她又拨了他房间的号码，也没人接。

“怎么办？”祝南浔问。

陆西源说：“先让他进来，看看再说。”

开了门，这个相貌不错的服务生便推着餐车进来，推车上面放着水果和甜点，还有一支玫瑰花。他将东西放到餐桌上，又摆放起餐具，他手法娴熟，看起来当真是酒店服务生。

“好了，二位请慢用。”他说完便推着小车离开。

陆西源站在餐桌旁，祝南浔靠近门口站着，服务生对他们一一点头微笑，然后经过祝南浔身边往门口走。陆西源觉得他笑得很不自然，又仔细看了眼餐盘上的大蛋糕，蛋糕中间部分有微微的凸起，于是他用叉子伸进蛋糕里拨弄了一下，发现里面有一个硬物。

他快速将蛋糕弄开，藏在蛋糕底部的竟然是程诺的手表。

陆西源三步并作两步，在这个服务生出门之前喊住了他：“东西是谁点的？”

服务生慌了，脸色一下子变得煞白，他颤抖着说：“我……我不认识，他是半路拦下我的。”

“那你慌什么？”祝南浔问，也长舒一口气。

“那……那个人有枪，是他逼我进来的，这些东西本来是另一个房间的客人点的，我回去要倒大霉的。”这个服务生如实坦白，连四川口音都被吓出来了。

陆西源没说话，又回到餐桌边翻看那盘水果，结果在水果里面找到了一把钥匙，钥匙很小，上面还拴着钥匙圈，钥匙圈上写着一串数字。陆西源问服务生：“这是酒店里的钥匙吗？”

服务生说：“是，这是酒店游泳馆更衣室衣柜的钥匙。”

陆西源握紧钥匙：“你先回去，该干什么干什么，不用害怕，这里到处都是监控。待会儿还有用得到你的时候。”

“你们要去游泳馆？在顶楼，不过更衣室里可没有监控。要不要我去通知酒店保安？”这个四川小伙倒挺机灵。

陆西源正想说话，祝南浔先开了口：“那就拜托你了。如果一刻钟后我们没有动静，你就去通知保安。餐车你推着，把实情告诉他们。”

“好，我还想问个事儿，你们……”

“我们是好人。”祝南浔巧妙地打断了他的话。

电梯里，陆西源抱着胳膊问祝南浔：“我拽着服务生的时候，你紧张什么？”

祝南浔说：“我们穿过白大褂，他们也有可能会穿服务生的工作服。陆西源，你手脚太快了。”当时，她是被突如其来的变故给吓到了，毕竟陆西源的枪伤还没好。

“嗯，有道理。四川小伙长得帅，口音也有意思。”陆西源笑了笑，如果不是他的口音和他专业的服务，自己也会怀疑他不是酒店的人。

祝南浔白了他一眼：“你就不担心你好兄弟的安危？”

陆西源却避开这个话题：“要是真出什么事情，一刻钟……阿浔，你低估我了。”

“大哥，你现在就一只胳膊。”祝南浔说。

“一只胳膊也够用，你懂的。”

每到危险临近，陆西源就爱逗她。但祝南浔心里仍七上八下的，她没说话，咬着嘴唇盯着电梯上的楼层数字。

陆西源见了，收起笑容淡淡地说：“程诺要是在这儿都能出事，这小子就没脸再见我了。现在我只担心他手机有没有设密码，写有名目的绢帛，我曾拍过照片发给他。”

叮咚……电梯抵达顶楼。祝南浔的心也跟着咯噔了一下。

走进游泳馆，一阵湿气迎面扑来。场馆内空荡荡的，只有工作人员在打扫卫生。

突然，泳池里冒出一个人的脑袋，他朝陆西源和祝南浔挥舞着双手：“喂，你俩怎么来了？”祝南浔瞬间松了口气，只要人没事，别的都无关紧要。

程诺上了岸，浑身沾着水，只穿了一条泳裤。祝南浔上下打量他的身材，对陆西源说：“还不错，陆西源，比你白。”

陆西源没吱声，但飞快地扔了条毛巾给程诺。

程诺丝毫不害臊，慢悠悠地披上了毛巾：“看吧看吧，哥的身材还是不输老陆……”

陆西源又把钥匙扔给他，堵住了他那张王婆卖瓜的嘴。

“我去，当时来了几个美女，害得哥钥匙圈丢了。哥在水下找了好几圈都没找到，怎么在你这儿？”

祝南浔一下子明白是怎么回事了，鄙夷地对他说：“快去衣柜看看吧，冒失鬼！”

程诺边走边解释：“她们有人呛水了，哥是英雄救美。”

陆西源怼他：“在你眼里，只要是个女的都是美女。”

从出房门起，程诺就被跟上了。钥匙是不小心丢的，被那些人捡了漏，但如果钥匙不丢，恐怕人就有危险了。

打开衣柜门，除了衣服，其他东西都不见了，手机、钱包、证件，甚至包括程诺随身带了多年的“飞燕草”的照片。好在手机是设置了密码的，他们要解开需要一段时间。程诺很谨慎，将照片存在了账户ID里，而登录账号和密码是可以在个人账号上将照片删除的。

“我靠，连哥的初恋都不放过。”程诺很生气。

祝南浔无奈地耸耸肩：“是你初恋的照片……”

这时，酒店的保安正好赶到。祝南浔看了看时间，皱起了眉头，她将四川小伙拉到一边问他：“保安是你去一楼大厅里叫的？除了更衣室，还有哪些地方是没有监控的？”酒店一共三十层，他们住在二十层，上来自然很快，祝南浔是一路看着电梯层数上来的。可不到十分钟，这么多保安就赶到了，祝南浔难免疑惑。

四川小伙刚开口：“他们是我在进电梯的时候遇到的……”

话音未落，四川小伙的话就被程诺高声打断：“南浔，小心！”

程诺也发现这几个保安不对劲，经过辨认，分明就是晚上在火锅店里遇到的那几个人，他刚小声提醒陆西源，就看到一个保安已经走到了祝南浔的背后，于是大喊一声。

程诺的话刚出口，就见这个“保安”瞬间用胳膊挟持住祝南浔的脖子，并将服务生的推车一脚踹到急切往这边靠近的陆西源面前。

四川小伙见势不妙，后退了几步奔出更衣室，他跑得飞快，边跑边拿对讲机大声呼叫酒店保安：“游泳馆有情况！”

打扫卫生的工作人员吓得纷纷四散躲避，场面混乱不已。

陆西源用没受伤的手挡开推车，又往前靠近一步。

祝南浔说：“他手上有刀。”陆西源一看，对方正拿着一把餐刀抵住祝南浔的腰，他只好停下脚步。

“真的记录在哪里？”这个人问。

祝南浔并不惊慌，记录在她的脑袋里，对她而言，只要陆西源没有危险，她没什么可害怕的。

“他急了，连我也要灭口？祝家的人他害得还不够？”她不慌不忙地说。

那人误以为祝南浔已经知道了幕后指使者，不小心说漏了嘴：“都是祝家出来的徒弟，怪只怪你爷爷太偏心。东西交出来，说不定他还能放过你哥哥一家三口。”

怀疑得到了证实，祝南浔冷笑一声：“记录在我脑子里，你让他来见我，我当面说给他听。”

陆西源却不像祝南浔那样轻松，他对那人说：“放了她！否则你们今天走不出这家酒店。”

那人笑了：“我们走不了，你们也活不成，那就试试吧。”

大概这人没想到，他们要对付的是连川南那个杀手组织都没能灭掉的“顽强三人组”。程诺一个打三个，很快便将他们撂倒。陆西源单手用餐车将一个人顶进了泳池后，又用餐盘砸伤了一个，但他仍不敢懈怠，眼睛死死盯着被挟持的祝南浔，生怕她出半点差池。

那人见情况不妙，挟持着祝南浔来到了游泳馆的露台上，这里是顶楼，他们已经到了边缘。午夜刚过的成都，夜色尽在脚下。

酒店真正的保安们在四川小伙的带领下也赶到了现场，看着这几个跟他们穿着同样制服的家伙，他们气不打一处来。他们联手制住了那几个家伙后，却都不敢靠近祝南浔他们，只能先围住等待时机。

警察赶到的时候，祝南浔感觉到背后的人紧张得发抖，她问他：“进了局子，他还会保你们吗？”

“我们跟川南那帮蠢货不一样，咱们之间是私人恩怨，你以为你们祝家就没有把柄在我们手上吗？”夜闯酒店，胜算很小，可即便如此，他们也要行动。他们是打定了主意要让这三个人死在成都，所以心急，那人接着说，“今晚进酒店的不止我们几个人，找得到东西固然好，要是实在找不到，你们也都活不了。”

“那你动手吧，咱们一起跳下去。东西只有我一个人有，就算死，我也不会给你。”祝南浔说着逼着他往后倒。

这人慌了，重心不稳，踉跄了一步。就在这时，陆西源和程诺冲上来，抢走了他的刀，将他制住。祝南浔对那人说：“转告他一句话，不是我爷爷偏心，也不是我妈妈看不上他，是他太自负，也太狠毒。”

两间套房里果然被翻得乱七八糟，酒店经理连连道歉，又配合警方调取了监控录像，封锁了酒店开始一一盘查。

程诺很无语：“连房间密码都搞到手了，却没办成事儿，就这些蠢货还出来做杀手？还想跟哥玩儿？”

陆西源说：“这明显是好几帮人做的。多亏了四川小伙，估计他也是凑巧遇到了假保安，将他们带到了顶楼。我怀疑当时游泳馆里还藏着另一拨人，他们才是故意将我们引过去的人。”

祝南浔说：“游泳馆是监控最少的地方。程诺，你大晚上游什么泳，钥匙丢得真蹊跷。”

程诺摸了摸后脑勺，然后猛地一拍：“我去，不会是那几个美女吧？”

陆西源和祝南浔对视一眼，异口同声：“很有可能。”

第十八章 阿紫

之后，一行人到公安局做笔录。

程诺说：“这下可好，好几个地方的警察围着你们祝家转，这算是个大案了吧。祝小姐，你那个‘风湿病’的损招威力真大。”

祝南浔瞪他一眼：“损招？从心理学的角度分析，他经历了一个因爱生恨最后到变态的心理过程，说明他的心理极其脆弱。我对他进行精神上的刺激，是可以让他自乱阵脚的，今天晚上的事情就是一次验证……”

“验证？今天晚上你差点就从三十层楼掉下去了，大姐。”

“要不是遇到他们，遇到别人说不定后果更惨。何况，他怎么可能让我掉下去，是吧，老陆？”祝南浔问一边的陆西源。

陆西源正在思考着什么，听到祝南浔问，他点点头：“嗯。”然后他又觉得哪里不对劲，“你刚刚叫我什么？”

祝南浔转了转眼珠子：“陆老师？”

“不是。”

“老陆？”

陆西源严肃起来：“为什么是老陆？”

程诺接话：“意思就是你老了呗。”

“呸！你才老！”祝南浔对着程诺呸一口，“陆老师，就当是我劫后余生的感叹吧，差点就叫不了你老陆了。”

陆西源将她的头揽进怀里：“你倒跟没事儿人一样，我到现在都缓不过来。”

祝南浔紧紧抱着陆西源，想让他安心，又想起他刚才的失神，问他：“刚刚在想什么？”

陆西源说："我在想他说的祝家的把柄……他们一直没动尤惜几人，是不是就因为手里握着把柄？阿浔，这些年祝家的生意有多少是他们经手的？"

当时情况危急，祝南浔来不及细想那个人的话，现在陆西源提起，她也陷入深思。

祝家有美术机构和画廊，也做古董字画等艺术品的买卖。这几年祝南浔在外读书，大部分生意都是祝南泽在打理，买卖方面的生意，大多用以前的渠道，店面也都是自己在管，但有一些大生意，例如一些价值连城的古董买卖，是要依靠他们提供供货渠道的，很多卖家都是先找到他们，再被推荐到祝家。原本祝南泽想放弃这一块生意，毕竟他和祝南浔都不够懂行，但是祝家的那些学生认为，祝家是一块金字招牌，赚钱的行当不应丢弃。

片刻之后，祝南浔说："如果说有把柄，应该是出在那些古董字画上面。这一行水太深，不知道他们是否做过手脚，祝家收了东西都会再卖出去，但收来的这些东西，其真假都是由他们判断的，买家……"

程诺打断她的话："买家即使买到赝品也很难知道，但他们仍然在这中间抽钱，他们就是利用你们祝家这块招牌，太坏了！你们兄妹俩就这么听他们的话？"

祝南浔皱着眉："这些人大多是看着我们兄妹俩长大的，也是我爷爷和爸妈曾经信任的人。我们在他们的庇护下经营祝家的生意，从没有出过什么问题，而他们也只是偶尔参与一下，所以我们没有起过疑心。"

"你想啊，你爷爷自己收集那些艺术品，不用于生意也不向世人展示，恐怕是对他们早有怀疑了。这事倒也不怪你们，这叫当局者迷。不过还好，你没把记录交给美术协会，现在这时候谁都不能相信。"

看程诺分析得头头是道，祝南浔话题一转："哟，那程老板有什么好的对策吗？"

程诺看了陆西源一眼，心虚地说："老陆肯定有办法，我这个外行能有什么对策？要我说，让你哥把通过他们收揽来的物件儿都重新鉴定一遍，如果发现有问题，先报警，抢占先机。"

祝南浔回头问抽着烟走在后面的陆西源："老陆，你怎么想？"

陆西源熄灭烟头，扔进路边的垃圾桶里："程诺说得有道理。现有的古董字画最好找个权威的古董专家鉴定一下，还有以前从祝家卖出去的货，但凡跟他们有关的，试着联系买家，重新做个鉴定。先联系一两个试试，如果真有问题，就把卖出去的东西全面收回，至于钱……"

"钱不是问题，如果查到是赝品，这是祝家的纰漏，我们应该赔偿。总之不能给他们留下把柄。"祝南浔说。

"嗯，再让你哥查一下账。听说祝家的账一直都是请一个老会计做的，按他的年龄推测……早就应该换人了吧。"

这一点是祝南浔没有想到的，她问："你叔叔告诉你的？祝家的事情他这么上心，不如这次请他出山……"

陆西源打断了祝南浔："他不会愿意的。"

从公安局回到酒店时，天已经快亮了。他们不打算再住在这里，因为这个酒店里，必定还藏匿了其他没被察觉的危险。婉拒了酒店经理为他们换房的好意，并拜托他跟四川小哥道谢后，三人简单地吃了早餐便去车行租车。

路上，祝南浔对他俩说："四川小哥让我想起了一个人。"

陆西源秒懂，说："张掖私人诊所的那个医生。"

祝南浔笑了笑："他们都是我的贵人。"

"我是不是也是你的贵人？"程诺谄媚地接话。

祝南浔拍了拍他的肩膀说："同志，任重而道远啊！"

去甘孜州要走川藏线，路险难走海拔高，并且只能开车。当程诺挑了辆性能价格都很高的车后，祝南浔看了他一眼说："又要辛苦你啦！"

程诺感叹："虽然是租的，但是哥总算开了辆好车。祝小姐，银子还够吗？"

陆西源问："你确定要开这么好的车走川西？"

程诺说："不宰你媳妇儿我宰谁？好不容易遇到个金主，哥当然要体面一回。川藏线哥走过那么多次，路上熟人多着呢。"

"哟，那这个面子我可得给你撑足了，要不再给你配两个美女带着？"祝南浔嘲讽他。

“需要导游吗？川藏线不好走，带个女导游呗！”接话的是车行老板。

陆西源和程诺对视一眼，程诺问：“现在车行还提供导游服务？”

老板满脸堆笑：“现在景点被过度开发，哪些能玩哪些不能玩，导游最清楚。况且这路真不好走，有个向导总没坏处。”

“那你给推荐一个吧。”陆西源说。

车行老板没想到陆西源答应得这么爽快，连忙招呼了一个高挑的妹子过来。

“这是川妹儿吗？比我嫂子还高。”程诺嘴里这个嫂子，指的是祝南浔。

祝南浔看着眼前的高个美女，又看了眼陆西源：“你确定需要带个女导游？”

陆西源搂着她说：“程诺就喜欢大长腿，跑得快，会游泳。”

女导游名叫阿紫，四川人，比祝南浔大两岁。她说是看了金庸老先生的《天龙八部》，非常喜欢阿紫，所以给自己取了个同样的名字。祝南浔记得书里的阿紫是个亦正亦邪的小妖精，痴情得很；再看看这个阿紫，肤白貌美大长腿，操着一口吴侬软语，不像那个阿紫，更不像导游，倒活像翻版的台湾地区某女明星。

副驾上坐个美女，程诺自然开心，他对阿紫说：“你长得这么好看，怎么想起来做导游了？”

阿紫笑得很矜持：“哪里好看了，我喜欢到处玩，所以就去考了个导游证。走过那么多风景，还是川藏线最美，所以就留在四川了。”

程诺就喜欢这种会玩的姑娘，正欲开口与阿紫畅谈，祝南浔看不下去了，她问阿紫：“高原紫外线这么强，你做导游常在路上走，怎么防晒的？”

阿紫看了看在沙漠里被晒得有点黑的祝南浔说：“就是涂涂防晒霜啦！你看你，都被晒得不均匀了，要不要我把防晒霜借给你用用？”说着就要去包里拿防晒霜。

祝南浔按住她的手：“不用了。”

陆西源看祝南浔轻轻地皱着眉，大概是被那句“晒得不均匀”给弄的。他说：“我看着挺好。”阿紫从后视镜看陆西源，这个男人有气魄，有气场，当真叫人移不开目光。

祝南浔见阿紫在看陆西源，问她：“阿紫姑娘，你有男朋友了吗？”

阿紫摇了摇头。祝南浔又问：“你看这个司机怎么样？又帅又有钱。”

程诺对祝南浔翻了个白眼，阿紫没吱声，只是低头笑了笑。

早上从成都出发，中午便到了雅安。一夜未眠加上驾驶的疲劳，程诺难免扛不住，吃过午饭便在车里睡着了。阿紫见了，征询他们的意见说：“进 318 国道还有一段路，路好走，我也熟，要不让我来开？”陆西源犹豫一下后，点头同意了。

中午吃饭时，有其他车队的司机带着游客也在这家餐厅吃饭。趁上厕所的工夫，陆西源特意向司机们打听了一下那家车行和导游的情况。

这位阿紫姑娘的确是个导游，他判断准确，但因为她的江浙口音，他还需要进一步查证。阿紫的行事风格让他有一种熟悉感，他觉得就算有危险，带在身边也比看不见要好。直觉告诉他，这个阿紫即便是个坏人，也不是“他们”的人。

阿紫开车挺稳，程诺连连称赞：“女生把车开成这样，真是了不起！”

阿紫说她曾一个人开车走过川藏线，祝南浔问：“那你为什么还要做导游？完全可以做司机了。”

“我只带过一个人，跟你们差不多，像逃难的。那会儿我一个人开了辆破车出来玩，车技不好，见他是老乡才肯带的。”阿紫说。

陆西源听了，问她：“你到底是四川人还是江苏人？”她操着江浙口音说自己是四川人，又说喜欢四川才留在这儿。

阿紫撩了撩长发说：“生在南京，长在大江南北，现在扎根在四川，可不就是半个四川人吗？”

陆西源笑了笑，没再说话。

阿紫车开得好，一路开到了泸定。程诺见她打了个哈欠，便换下她由自己来开。陆西源开玩笑说：“程老板还是很会心疼姑娘的。”

程诺说：“这不都是跟你学的吗？别拿我开涮，不然我就把女老师、女护士、女警察的事情完完整整地跟我南浔嫂子讲一遍。”

阿紫来了兴趣：“陆大哥这么受欢迎啊！”

祝南浔接话："嗯，跟你一样。"

阿紫回头，凝视带着些许醋意的祝南浔说："祝小姐，你很像我见过的一个人，不过我是在画上见过的，你们都很美。"

"谢谢，叫我南浔就好。"祝南浔见阿紫说起画，突然想起了《浔溪畔》，又问她，"什么画？"

阿紫挑了挑眉，看向车窗外："油画，都没有名字，不止一张。"

对于这件事，陆西源丝毫没感到意外。祝南浔却来了精神，她急切地问："谁的画？你是什么时候见到的？"

阿紫回头看她，面带狡黠地说："江南祝家……"

"不可能，祝家早就没有这些画了！"祝南浔打断她的话。

阿紫淡定地说："是啊，大火烧了一部分，还有一些被盗走了。"

祝南浔平复了一下心情，问："你懂画？"

"不懂，但我有一个忘年交，他懂。因为他，我也爱上了油画。"阿紫说。

祝南浔说："方便透露一下你这位忘年交的名字吗？说不定他是祝家出来的人。"

阿紫没有半点犹豫："不太方便。"

程诺专心致志地开车，她们的谈话他听得云里雾里，他问阿紫："你还有忘年交呢？"

阿紫说："一般的男人我看不上，得有才华才行。"

陆西源问："游泳游得好算是才华吗？"

阿紫想了想说："算吧。"

"阿紫，你会游泳吗？要是不会，改天哥教你。"程诺很开心。

"会。"

"那有空一起游泳啊？"程诺说完这话，像是想起什么，突然盯着阿紫看了一眼，看得异常仔细，然后皱着眉头问她，"我是不是见过你？"

阿紫摘了墨镜，也认真地看着程诺，说："你仔细看看？"

程诺看了看阿紫的大长腿，恍然大悟："你昨晚是不是在游泳？在那家五星级酒店的顶层？"

阿紫耸耸肩："你终于认出我了。"

祝南浔问："是让你丢了钥匙的那个美女？"

"不是不是，要是的话，我压根儿不会让她上车。她帮我找过钥匙，可后来就不见了。你不知道当时她那个造型，还带着泳镜，我第一次在酒店的游泳池看到有人戴着专业泳镜，太夸张了！"

"泳池里的水不干净，戴着泳镜是为了保护眼睛。昨晚我刚好住那个酒店，凑巧帮了你一个忙而已。"

"那还真挺巧的，那你知道昨天夜里酒店发生的事情吗？"祝南浔又问。

阿紫问："你是说来了警察？"

祝南浔点点头。阿紫思忖过后说："程诺，你得感谢我。昨晚泳池里有人盯着你，鬼鬼祟祟的，我给放倒了，不然你早出事了。"

"啥？你在哪儿放倒的？"程诺无比惊讶。

阿紫一把摘了她的假发套，露出干练的短发："妈呀，志玲姐姐装得好辛苦。姐一身功夫不是白学的，我看着你也不像坏人，那几个人看起来就像黑社会，他们准备在泳池里动手，被我发现……"

"我去！你过来帮我找钥匙就是因为发现哥有危险？哥这身手竟然被一个美女给救了，太丢人了！喂，你到底是谁？"程诺竟然有些懊恼。

祝南浔看着她的假发套，一脸疑惑，再看看一旁的陆西源，他一脸云淡风轻。她没问阿紫，直接问陆西源："你知道她是谁？"

"我叔叔的人。"陆西源说。

阿紫这才慢慢说起她的故事。

那一年她大学毕业，租了辆车一个人从成都出发去西藏，路过一个叫"仁烟"的地方时，发现路边一个残疾人在招手，她好心带了他上路，一路将他送到稻城。她发现这个男人的腿是被子弹打伤的，不由得对他产生了好奇。她发现，他除了一堆画，别的什么都没带，便问他要画看。

画上的人，都是祝南浔的母亲。后来，她知道了这个画家的故事，画家便变成了她的偶像。再后来，她追随他，留在了川藏线上。

阿紫所说的那个人，就是陆怀信。

"你们去的那家车行是酒店经理推荐给你们的吧？是我让他告诉你

们的。你们被跟踪了，我没办法直接现身，只好用这种办法和你们会合。刚上车的时候，不确定老板安排的车可不可靠，有没有安装窃听器，所以我必须演戏。”阿紫干脆和盘托出。

程诺听了，说：“你这戏演得够好的啊，我们可都没把你当成好人。难道是陆大叔安排你来的？”

阿紫笑了笑：“不用他安排，他的事就是我的事。”

陆西源似乎从她的话里听出了什么，眉头微微地皱起。

祝南浔问阿紫：“中午吃完饭你鬼鬼祟祟地在车上找东西，是为了找窃听器？”

阿紫从口袋里拿出一个跟踪器说：“窃听器没有，跟踪器倒有一个。”

“妈的，那现在怎么办？”程诺问。

“到了磨西古镇，你们先下车，下车后往镇子西边走，那里有一座庙，你们可以栖身。有一批东西藏在海螺沟景区内的藏民家附近，我得开车去取。如果顺利的话，我会将他们困在景区里，然后回镇上去接你们。”

对于阿紫做主进行安排，陆西源很不习惯，但他路不熟，又有伤，便只好由她。他对阿紫说：“你一个人行吗？让程诺跟你一起吧。”

程诺连连点头：“哥跟你去吧，你姑娘家家的，搬东西也需要人帮忙。”

阿紫想了想：“也行，山路你开得比我好。你开车，我指路。”

开往古镇的路上，景色已经有了藏区的风貌，层峦叠嶂的雪山和山上萦绕的雾气是只有在甘孜州才看得到的风景。

盘山公路并不宽阔，程诺开得很谨慎。阿紫看着窗外：“技术不错，后面的车被甩远了。前面就是磨西古镇了，你为他们争取了下车的时间，做得很好。”

程诺听了夸奖忍不住嘚瑟起来：“那是，哥好歹也是走过丙察察的人。”

“你走过丙察察？”阿紫好奇地问道。

“对啊，和后面那哥们儿一起。”程诺说着话，从后视镜里看了眼陆西源。

阿紫看着陆西源：“以后有机会，能带我走一次吗？”

“喂喂喂，你怎么不让哥带你走呢？”程诺表示自己受到了冷落。

阿紫解释道：“一看就是陆大哥的技术更好啊。”

程诺又遭到了嫌弃，祝南浔想笑，问：“怎么看出来的？”

阿紫说：“你看陆大哥虎口处的茧子，比程诺的厚多了。这是经常开车造成的。”

“茧子厚不一定技术就好啊，哥的手是保养得好。”程诺不屑。

阿紫只好安慰他：“得了程大哥，丙察察咱们一起走就是了。”这话就像是她勉强愿意带着程诺上路似的。

程诺心里不舒服，只好又拿祝南浔开涮：“南浔啊，你男人又被人惦记上了。”

祝南浔冷哼一声：“人家姑娘只是对你不感冒，别把脏水泼到我男人身上。”

一旁的陆西源想笑却不敢笑，因为祝南浔正一本正经地拽过他的手做着研究：“这茧子真是开车开的？”

陆西源握住她的手：“没关系，这手以后只给你开车。”

阿紫扑哧一声笑了，摇着头说：“陆大哥，你和陆怀信简直一个模子里刻出来的，对女人的宠溺程度令人赞叹。”说完她撑着脑袋看向窗外，沉浸在自己的世界里。

能为一个女人画半辈子的画，并且画上都是她，大概只有陆怀信能做得到。这是世间最极致的宠爱。

祝南浔问：“阿紫，你有男朋友吗？”

阿紫答：“没有，但我有爱人。”

磨西古镇是一个被过度开发的高海拔小镇，是走川藏线游客的第一站。

当然，成为必经之地并不是因为小镇有什么特别，而是因为要去海螺沟看冰川和贡嘎雪山就必须要住在这里。古镇上除了以“贡嘎”命名的学校和餐馆外，其余的建筑和街道看起来和其他地方的古镇没什么不同，一样的枯燥乏味，除了餐馆就是酒吧。

祝南浔和陆西源下车后，程诺便将车往海螺沟景区方向开。此时已是傍晚时分，景区不再开放，他们要找个理由混进去。

“你确定要引他们进去？”程诺问。

阿紫说：“要想顺利拿到东西就得冒险，这车……只能留在海螺沟了，咱们拿了东西坐藏民家的车出来。”

阿紫说着流利的藏语跟景区看门人打招呼时，程诺觉得她简直是女版的陆西源。他试探性地问：“陆大叔带出来的人都这么聪明？”

阿紫说：“我学得很吃力，但只要他会的我就要会。”

“阿紫，你不会是……”

阿紫没否认，直截了当：“我爱他。”

话说开了，就不必再扭扭捏捏了，程诺比了个大拇指：“勇敢去追求自己喜欢的，很酷。”

阿紫笑了，笑得很美：“他这个年纪可以做我叔叔了，但这不妨碍我爱他。”

“陆西源，你是不是又骗我？庙里有神灵，你不能跟我说谎。”两人往寺庙里走的时候，祝南浔终于忍不住开口问他。

陆西源问：“你是不是认为我早就认识阿紫？”

祝南浔点头。

陆西源说：“真的是今天才认识的。这几年我叔叔跟我仅有的几次联系应该都是通过她，所以我对她有一种熟悉感，但我是慢慢看出来的。她藏得很深，估计是跟我叔叔在一起久了，练出来了。阿浔，你不会是吃醋了吧？”

“没有，”祝南浔否认道，“我不会吃她的醋，如果我妈妈还活着，也许会吃她的醋。”

陆西源听懂了这话的意思，没再说话。

祝南浔说：“你叔叔不在寺庙里面吧，这座小庙装不下他。”

“庙是他出钱修的，他在哪里，应该只有阿紫知道。”陆西源看了看这座寺庙，只有一个小院落，里面有两三个喇嘛坐在院子里聊天，门口的转经筒将寺庙装点得很精神，门口还有一棵古树。

“我原本以为我不和他联系，世界上便没有人知道他还活着，现在看来，并不是这样。”陆西源继续说道。

“阿紫舍弃了她原本的生活，和他一起隐居，并且成为他和外界沟通的桥梁。这几年，有一位女画家颇负盛名，她的画多次卖出高价，别人认不出，但我认得出，那是我妈妈的画风，也是……陆怀信的画风。是阿紫，是陆怀信借她的手卖自己的画。今天见到她，我才想明白这件事情。”祝南浔说。

“画我不懂，但我知道他们为什么这样做。有了钱，才有能力守护那些艺术品。”陆西源说。

“可我一直想不通，我爷爷为什么要把这些艺术品存放在甘孜州？”

“因为藏地纯洁，藏民淳朴，他们是有信仰的人，他们对艺术品没有贪念。藏民再穷，也要为寺庙贴金，他们不爱金银珠宝，只爱寺庙和经幡。”陆西源说。

走完了转经筒，两人才进了庙门。

一进去喇嘛们就冲他们微笑，祝南浔便也学着陆西源合掌。两人到了大殿，双双磕长头。想起在沙丘那次许愿，祝南浔磕了好几个头，权当还愿。

陆西源没有问喇嘛陆怀信的下落，但他在大殿里看到了陆怀信所绘的佛像。而祝南浔在众多祈福的名目里，发现了大量她母亲的姓名。

即便她早已离世，但爱她之人仍牵挂她，为她在另一个世界的安稳祈祷祝愿。

车进了景区，后面的车果然也跟了进来，阿紫暗自庆幸他们也有进来的本事。她对程诺说：“前面往右转，我们从山后面绕过去。”

程诺看到右边是一个大陡坡，于是加足马力，车子加速往上爬。

“他们请了专业司机，技术不比你差，我们不能掉以轻心。”阿紫说。

程诺这人最禁不起激，他没搭话，全神贯注地开车，足足把身后的车甩出了好几个转弯。

“到前面那户人家，你先下车，然后进院子就说是我的朋友，躲在屋子里不要出来。车子给我开，待会儿我抄小路过来跟你会合。”

程诺不答应：“太危险了，我去吧。”

“那条小路不好走，一两句话说不清，你听我的。”阿紫说着就准备开车门。程诺只好作罢，他跳下车，看阿紫快速将车开走。

阿紫将车开到一块崖边空地后下了车，空地的一侧，是万丈深渊。

空地旁有两条小路，一条往山下走，会走进一片树林；而另一条几乎贴着崖边，便是她说的小路。她用足力气将跟踪器扔进树林里，然后往崖边走，她看着小路下面的万丈深渊，屏住了呼吸。

走崖边的时候，阿紫看到了远处贡嘎雪山上的晚霞，宛若一片金顶。

而此时，祝南浔站在寺庙的院落里，也看到了那片晚霞，这是她见过的最瑰丽的色彩。她想，阿紫和程诺是往晚霞的方向去的，他们此刻一定能看得更清楚。她拿了本藏文经书坐在树下，向喇嘛一一询问经文的意思。她想要祈祷阿紫和程诺能平安归来。

陆西源坐在边上，做她的翻译，看着她认真的样子，心中满是感慨。

还记得在青海湖边，她夺走他的佛珠时，她说自己是不懂佛的，但在这里她变了。

在这个瞬间，这个姑娘也有了信仰。

第十九章　使命

在与甘孜州相隔两千多公里的杭州，祝南泽迎来了他的贵客——宋连星。

为便于掩藏行踪，他们约在琪琪格的学校里见面。这一天正好有校园活动，他们混在家长堆里，不易被人察觉。

星仔果真如同陆西源和祝南浔推断的那样，他的确从未参与过家族倒卖艺术品等非法买卖，他只是个热爱美术的大男孩，家里遭遇了变故，他仿佛一夜之间长大了。

祝南泽表示出最大的诚意，将祝老先生和陆怀信的真迹各赠予他一幅。

星仔拿着画，苦涩地笑："可惜我表哥回不来了，我师父也回不来了。我不怪他们，宋家落得今天这个下场，是因为他们被人牵着鼻子走。我师父恨祝家，恨他当年被逐出师门，但他不可能动杀心，只是贪心了点，他和他们不一样。他应该受到惩罚，可不该丧命在他们手上。"

祝南泽说："其实你师父不算是被逐出师门，那并不是我爷爷的本意。"

"什么意思？"

祝南泽在爷爷的日记里看到过对这件事情的记录，原来朱赟心高气傲，不受其他徒弟的待见，经常跟别人发生争执，那时候只有郑怀敏护着他。而且不但这样，朱赟还总是无心学画，最后爷爷只好劝他回家。

可在朱赟的眼里，他就是师父的弃徒，所以他恨，恨祝家容不下他。

朱赟的死亡真相警方还在调查，但基本能确定是他杀。宋家倒了半壁江山，见不得光的产业也被渐渐清理，但就在这个时候，星仔拿到了一份非常关键的东西。

这是朱赟生前留下来的那些人犯罪的证据。

星仔把一盘黑色的卡带交到了祝南泽的手上，而祝南泽为表谢意，承诺了他一件事情。

祝南泽希望宋家在星仔的带领下可以走上正途，他愿意和宋家合作，给他们提供正规的买卖渠道。这也相当于兑现了之前祝南浔给星仔开出的条件，更是给星仔振兴宋家增添了许多信心。

其实在祝南浔开出条件后，朱赟就已经动了心，他早就明白那些人只是利用他和宋家，于是他留了一手，录下了他们的一次谈话。

“因为对自己师兄的信任，他上了这条船，可是最后却因这份信任丢了性命。祝大哥，那人会落马的，对吗？”

祝南泽握了握星仔的手：“会的，一定会。对了，把艺术品带回来后，南浔想先做个展览，到时候你来杭州看展，我亲自接待你。”

星仔笑了笑：“好，有需要我的地方随时招呼，代我向南浔姐和陆大哥问好。”

祝南泽点头：“以后就是合作伙伴了，放心，我绝不客气。”

程诺向藏民大叔问了路，前去接应阿紫，当他发现得绕崖边走半座山才能找到出口时，格外担心起阿紫的安危来。

程诺贴着山壁走，尽量不去看山崖下面，他有恐高症。走到一半，他发现了一个洞口，想起他们说过的画室，便往洞口走。这个洞穴入口狭窄，但走了一段路后便宽阔了起来，他拿手机照亮了山洞，第一眼便看到石壁上悬挂的画。

画上的人，有阿紫；还有一些，像祝南浔。

“我去，陆大叔可真会玩，在这里修仙吗？”程诺自言自语。

突然，程诺听到有动静，是有人闯了进来：“你还挺聪明，竟然找到了这里。”

是阿紫，程诺松了口气。

“废话，哥从悬崖边走过来的，吓得腿都软了。”程诺说。

“谁让你走过来的？万一掉下去我可赔不起。”

“哥是那种怕死的人吗？我要不来，这些东西你怎么搬得走？”程诺指着两个大箱子说。

阿紫走到箱子边，将箱子一一打开，里面的东西完好无损，她安了安心说："我告诉你哦，从山洞侧面的出口出去，就是藏民大哥家后面的小树林。"

程诺傻了眼："我去，敢情哥是绕着悬崖走了一个圈过来的？那个大哥怎么不告诉我？"

"说明这大哥很可靠。愣着干啥，快帮忙搬东西。"

程诺不情不愿地走过去："陆大叔是怎么找到这个地方的？"

阿紫说："被人追到海螺沟，藏民大哥收留了他，告诉了他这个藏身的地方。"

"那会儿都已经放出消息说陆大叔死了，连他的坟墓都有人去考证过，怎么还有人追杀？"

阿紫叹气："姓郑的怎么可能放过他？别人都认为陆怀信死了，包括他的同党，只有他一直还在暗地里找人。他认得陆怀信的画风，市场上的画是瞒不住的，所以他认定陆怀信没死。"

"看来情敌之间的恨才是最毒的啊。要哥说，不就是一个女人嘛，她爱我最好，如果不爱我，不管她爱谁我都祝福她。"

阿紫瞥了他一眼："没想到你活得还挺通透。"

程诺说："那是，哥经历的事多了，你不懂。"

阿紫突然认真地问："你知道什么是爱一个人吗？"

已经很久没有人这样问过程诺了，他也不和任何人谈论感情问题，但在这个时刻，他还是第一时间想到了"飞燕草"，于是他说："有什么爱不爱的，爱又不能解决任何问题。"

阿紫说："爱是厮守，不论以何种方式。"

阿紫和程诺将箱子搬回藏民家后院后，借了藏民的车将这批艺术品转移到了磨西古镇上。程诺一路上都在思考阿紫的话，直到回了寺庙，他才悠悠地反驳阿紫："有些爱无法厮守，但不能证明不爱了。"

祝南浔听到这句话，问程诺："你在作诗吗？"

程诺耸耸肩，没有答话。然后他的手机响了，他打开手机看了半分钟之久，一句话也没说。陆西源见他不对劲，问他："怎么了？"

程诺将手机屏幕对着陆西源："你看看，这是谁？"

陆西源看了一眼："飞燕草。"

祝南浔拿过手机一看，上面是一个被绑着的女人，她喃喃地问出声："这是……飞燕草？"

程诺在六年前就失去了跟飞燕草的联系，作为前女友，更是深爱过的人，她的照片一直被程诺带在身上。

"他们的条件是什么？"阿紫问。

程诺说："让我反水，把东西给他们。"

阿紫说："难怪我们取东西如此顺利，螳螂捕蝉黄雀在后啊！现在镇上肯定有他们的人。程诺，你先别急，他们的目的在东西，这姑娘……不会出什么事的。"

程诺没吭声，他一心想着飞燕草的安危，心中忐忑不安。

陆西源问："她在哪座城市你知道吗？先报警。这照片像是在她家里拍的，你把照片放大一点，仔细看看有什么线索。"

程诺放大了照片，这的确是飞燕草的房间，墙上还有她一家三口的照片，她和她的丈夫还有她的孩子。

"程诺，你放心，飞燕草不会有事。"说话的是祝南浔，她已经收到了祝南泽发来的消息，说他拿到了铁证。她可以用这份铁证去换飞燕草。

陆西源却看出她的心思，说："阿浔，或许有更好的办法。"

箱子打开，祝南浔看到了许多藏族风格的彩绘瓷器和佛像，这是她爷爷在藏地收集了多年的艺术品，是他毕生的心血。

"这只是一部分，另一部分在亚丁，看来你们得兵分两路了。"阿紫说。

陆西源对程诺说："你带着东西往回走，约个地方跟他们交易，我们会联络警方协助你。飞燕草那边你不用担心，他们是狗急跳墙了才敢在家里实施绑架，只要锁定了范围就很好查。"

程诺点头。

阿紫叮嘱："晚上路不好走，千万小心。"

程诺打起了精神："放心吧，哥技术好着呢。"

祝南浔看着他：“程诺，这一路要是没有你，我根本没办法找到这些东西。既然飞燕草已经嫁人生子，等你平安回来，我陪你去找宁岸。”

程诺听了，露出笑脸：“这可是你说的。”

程诺走后，阿紫独自进了禅房。祝南浔跟了过去，想向她询问爷爷画室的事情。一进门，便看到阿紫在检查自己的伤口，她走过去一看，发现阿紫的手臂上有一片刮伤。她迅速拿了医药箱过来，给阿紫上药。

阿紫见她手法娴熟，打趣她：“这一路练出来的？”

祝南浔笑道：“这一路，刀伤，枪伤，也算都见识过了。你这是在哪儿伤的？”

“我走悬崖的时候刮伤的，不碍事。”阿紫说。

祝南浔很惊讶：“悬崖？这可比跟那帮人打架还要危险。”

阿紫说：“那就要去问你爷爷了，为什么当初把画室选在这么危险的地方，后来竟然误打误撞被逃难的陆怀信给找到了。否则，大家可能永远都不知道这个地方藏了一批艺术品。”

祝南浔想起绢帛上记录的地点，明白过来。原来藏匿艺术品的地点正是爷爷的画室，而陆怀信能逃难到这个地方躲避风雨，这大概也是冥冥之中的缘分。

“阿紫，陆怀信现在在哪里？”

阿紫说：“我也不知道，也许在亚丁，也许在别的地方，我们一路沿着寺庙找，就肯定能找到他。现在甘孜州到处都是他们的人，只有寺庙是最安全的地方。”

陆怀信腿脚不便，阿紫提到他时心有担忧，祝南浔见了，问：“是我们来四川让他们更加确定陆怀信还活着？”

“挺聪明啊！陆怀信借我的手卖画，我多多少少透露了一些在四川的行踪，这次你们也往这里赶，又摆明了是来找东西，两件事情加在一起，他更加怀疑陆怀信根本没死，而且人就在甘孜州。是我们商量了一下才决定去接应你们，不然你们怎么可能找得到藏东西的地方。”

“你在酒店……是怎么对付他们的？”祝南浔始终对那天晚上的事情很好奇。

阿紫想了想说：“这几年跟着陆怀信，没点打架的本领怎么行？我用防狼喷雾把他们逼到楼梯间里，他们几下就被我放倒了。”

祝南浔看了眼阿紫的长胳膊长腿，果然是个打架的好底子。

她想，如果程诺这边进展顺利，祝南泽明天就可以把那份证据交给警方了，那么离他们落马的日子也就不远了。那个人，竟然打起了程诺旧情人的主意，看来果真是急了，可万一程诺不认账呢？

这不像是那个人的行事作风，又或许他们之间出现了分歧，毕竟大多数人还是想要东西，毕竟不是谁都和陆怀信有这么大的恩怨……也许现在他们各有谋算？

祝南浔陷入深思。

“你跟你妈妈长得太像了。我现在根本不担心还会有什么危险，倒是担心陆怀信见到你……唉，那我这几年的努力岂不是白费了？”

阿紫的一声叹息让祝南浔回过神来。直到想明白阿紫要表达的意思之后，她才开口：“你们近期卖出去的画，上面画的可都是你。对于美术，你可能是个外行，但是我懂。他那幅《浔溪畔》，世人争相追逐，可要我看，不及画你的那幅《紫》。虽然大家都看不出这是出自同一人之手，包括我，但见到你我才发现，虽然他过去和现在的用色和笔法都不尽相同，可是对于人物的描摹是同样的技法。他在画我妈妈时带着胆怯，因为他爱得隐忍，所以画中的女子没有全然融入景色里，带有一种强烈的孤独感，那是他的孤独。但他在画你时，这份感情全部都得到释放，所以画面融会贯通。你和画里的一切都融合，这同样是他现在的心境。”

阿紫回想起陆怀信画画时看她的神态，对祝南浔说：“我们明天一早就出发吧，我想他了。”

祝南浔好像被阿紫的爱意感染了，她看了一眼窗外，陆西源正在院子里和喇嘛们交谈着。夕阳洒在他身上，给他镀上了一层金色，他和身后的景色是融为一体的。

过了几分钟，陆西源似乎发觉有人在看他，转过身寻找这双眼睛的时候看到了屋子里的祝南浔，他冲祝南浔笑，又冲她招手。

祝南浔到了院子里，陆西源牵着她的手用藏语跟喇嘛说了一句话。喇嘛伸出手在她的脑袋上轻轻地拍了一下，又笑着回了一句话。

祝南浔问陆西源："你们说了什么？"

陆西源说："我说这姑娘太聪明了，我简直难以招架。我问他有没有什么办法可以让她变笨一点，笨点好养活。"

祝南浔瞪了他一眼："大师怎么可能听你胡说八道？"

陆西源一把将她搂进怀里，下巴抵着她的头没再说话。

晚霞终于被黑夜吞噬，程诺开着藏民家的车行驶在黑夜中，他等待着飞燕草被警方解救的消息，神经一刻也不敢松懈。

对方来电，让他在泸定交货，可泸定快要到了，飞燕草那边都迟迟没有消息。

情急之下，他心生一计。

祝南泽请了一个会计团队对祝家这些年的往来账目一一清查，果然在里面发现了猫腻。而请来的古董专家告诉他，祝家现有的待出手的画作里也有大量的赝品。

他不禁感到自责，这些年他太轻信这几个人了。但他没有轻举妄动，他打算从货品来源入手，先找到证据，然后将市场上从祝家出去的赝品都一一收回。他们的野心殃及的或许不止祝家，他心中已经有了计划，宋家将成为他最大的帮手。

夜里，祝南浔和阿紫都饿了，两个人一商量，决定摸到厨房里找吃的。可一出门，就碰到了坐在屋外的陆西源。陆西源守着她们的禅房，就这样守了半夜。

镇上到处都是他们的人，即便这里是寺庙，他也仍旧不放心。而且程诺那边没有消息，他不可能睡得着。

他问两个姑娘："饿了？"

祝南浔点头，看了眼阿紫，阿紫也点点头："陆大哥，厨房里还有吃的吗？"

"没有，得现做。走吧，馋猫们。"陆西源站起身来，领着她们去厨房下面条。

祝南浔问阿紫："你会做饭吗？"

阿紫摇头："陆怀信做饭好吃，我不用学。"

"老陆会做饭，我也不用学。"祝南浔附和。

陆西源听了，问祝南浔："你还挺得意是吧？"

"那当然，以后我可有好日子过了。"祝南浔说。

后来，祝南浔带着阿紫去问那个喇嘛，问他当时陆西源说了什么。喇嘛告诉她们，陆西源问他自己有没有命跟这个姑娘过一辈子。喇嘛拍拍祝南浔的头告诉陆西源，这姑娘会给他带来福气，即使有劫难也会迎刃而解。

祝南浔在意的是，他已经打算和她过一辈子，这比什么都重要。

面条下进锅里时，他们收到了飞燕草那边的消息。飞燕草被警方找到并成功解救，绑架她的人也被抓获，而且直接供出了幕后指使者。

陆西源三人放下心来。再过一个小时，喇嘛们就要起床做早课，而且今天会有一个祈福活动，镇上的居民都会前来祈福。他们决定也参加这次活动，他们想给程诺祈福，也想为未来的路祈福。

此刻程诺也收到了飞燕草被成功解救的消息，但他的车已经开出了泸定县城。他谎称自己反水被发现，更换了交易地点，目的是想再拖一阵子。现在飞燕草已经安全，他便拨打警方的求助电话，请求他们的协助。

程诺和那帮人重新约在泸定管辖的一个镇子上碰面，车开进镇子时，他将手机的录音功能打开，准备来个现场取证。

星仔给祝南泽的那盘卡带里，记录的是他们商量如何吞掉祝家这批艺术品的内容，如果程诺能再录到关键信息，就可以坐实他们的阴谋。欺负到飞燕草头上，程诺不能忍。他能想到的还击办法，就是帮助祝家将他们绳之以法。

尤惜早上醒得很早，因为琪琪格又做噩梦了，她被吓哭了，躲进尤惜和祝南泽的被子里怎么也不肯去上学，说除非给阿布和姑姑打个电话。

祝南泽拨通了祝南浔的电话，没有人接听，又打了陆西源的，还是没人接听。他有些担心，见琪琪格哭闹不止，干脆给她请了一天假。

尤惜问琪琪格："做什么梦了？吓成这样。"

琪琪格抽着鼻子说："有人来学校里抓我，还有人抓姑姑和阿布，阿布受伤了。妈妈，阿布的胳膊好了吗？我梦见他又流血了。"

“琪琪格，爸爸今天就和警察叔叔把坏人抓走好吗？以后你就不会再做噩梦了。”祝南泽接话。

琪琪格的眼泪终于止住了：“爸爸，你可不许骗我，我想让阿布和姑姑早点回家。”

祝南泽和尤惜告诉过琪琪格，要等坏人被警察叔叔抓住，阿布和姑姑才能回家和他们团聚，所以琪琪格一直盼着这一天。

尤惜安慰她：“爸爸什么时候骗过你？今天你乖乖在家，妈妈陪着你，好吗？”

琪琪格点点头，再次一头扎进被子里。尤惜和祝南泽又陪她睡了一会儿，她才睡得踏实了。

祝南泽抬手看了看时间，早上七点，他边穿衣服边对尤惜说：“琪琪格今天不去学校，我就直接去公安局。你们哪里都别去，就在家等着我回来。”

尤惜问他：“证据充分吗？”

“等不及了，先将他们一军。”祝南泽说。

尤惜给他穿上外套：“路上小心，甩掉尾巴后再去公安局。”

“嗯，放心吧。”

一家三口无论谁出门都会被跟踪，这种状态已经持续了很多天。祝南泽渐渐习惯了这样的生活，每次自己开车时都格外谨慎，后来他干脆请了个司机陈师傅。

今天也不例外，车子一出小区就有车跟上了，而且比平时跟得更紧。他只好让司机先绕路到琪琪格的学校，装作和往常一样。

车子停在学校门口，后面的车也停下来。

司机问祝南泽怎么办，祝南泽略微一思忖：“我跟学校打个招呼，把车开进去，我们走后门去公安局。”

尤惜被物业通知有快递的时候，琪琪格刚醒。尤惜觉得十分蹊跷，但快递员说是从四川寄来的东西，让她务必本人签收。

她留了个心眼，先找陆西源确认这件事，可是陆西源和祝南浔的电话依旧打不通。

尤惜记着祝南泽的叮嘱，不想给陌生人开门，但又担心真的是陆西源他们寄来的快递。于是，她没让快递上门送货，而是和他约定好在小区的物业管理处取货。

她交代好琪琪格后便往物业赶，此时已过上班时间，小区里只有几个老人在锻炼身体，好在保安还算负责，一直在巡逻，她稍稍安了心。

到了物业管理处，里面有四五个值班的工作人员，穿制服的快递员也在里面等着。快递员看她的眼神让她很不舒服，那分明就像在等待着被捕食的猎物。

她迟疑了脚步，没有马上进门……

陆西源吃了面后还是睡不着，干脆闲坐等着喇嘛们的早课结束。早课开始之前，程诺来了短信，就三个字：事已成。

外头有光亮的时候，早课正好结束。三个人去大殿前参加祈福活动，所有的物品都留在了禅房里，包括手机。所以，他们没接到祝南泽和尤惜打来的电话。

大殿的小院子里聚满了磨西古镇上的居民，大多数是老人，他们带着自己的孩子虔诚地坐在地上等待着仪式的开始。

有一些藏民开始磕长头，一个接着一个，好像不知疲倦；还有的手里拿着小转经筒和佛珠在念诵经文。他们看上去朴实又纯净，眼神里有光亮，身上透着信仰的美。这是他们习以为常的生活，也是他们一生笃定的神圣使命。

陆西源告诉祝南浔，藏民信佛但不求佛，他们不追求任何欲望的达成，信仰便是他们的人生。

祝南浔从在青海湖看到环湖磕长头的藏民开始，就对这种信仰有了一种深刻的认知，所有的向善都是让人愉悦的，因为心安理得。祝南浔在这些藏民的脸上看到了这样的欢喜。

作恶定会结恶果，这不是迷信，这是自然法则。做坏事要绞尽脑汁，要精心布局，要撒谎，更要圆谎，自身还要付出代价。这本就是劳心劳力的事情，危害到了他们的利益甚至是生命，最终还不一定能得到想要的东西。

有些人穷其一生都不懂这个道理。他们的愚昧或许也是一种信仰，但那是一种恶的信仰，一种被蛊惑了心智的迷失。那叫“执迷不悟”。

此刻，祝南浔将那个人领悟得极彻底。

祝南泽赶到公安局门口时，接到了尤惜手机打来的视频通话。

尤惜的头被枪顶着，挟持她的是一名身穿快递制服，戴帽子和墨镜的男子。视频背景在他们小区的物业管理处，门被锁了，物业工作人员也都被控制住了。

祝南泽的心悬到了嗓子眼，歹徒让他用录音卡带换尤惜的命。

这是意料中的事情。他摸了摸放在口袋里的卡带，看着尤惜在惊惶中带着水汽的眼神，站在原地犹豫了一下。

“半小时后，在小区门口，我把东西给你，你把人放了。那里是个十字路口，也方便你脱身。”祝南泽说这话时，人已经走进公安局门口的值班室。

值班警察也看到了手机里的这一幕，在祝南泽把录音卡带交给他的时候，这个警察有一丝惊讶，他没想到祝南泽会这么快做出决定。他对祝南泽说：“警察已经出动了，请相信我们人民警察。”

祝南泽在心里祈求尤惜能尽快被解救，他急切地跟警察说：“你知道祝家那个案子吗？这盘卡带你们能尽快看吗？还有我手机里的另一段录音，都是铁证。”

手机里的录音是程诺发过来的。在小镇上交易时，程诺套出了他们这个计划和之前密谋杀害祝家夫妇的都是同一个幕后指使者，他们没有明确说出名字，但是和朱赟所录的那盘录音带里的人物是完全吻合的。

杀人，放火，偷盗，抢夺艺术品……铁证如山。

“交给我，我现在就帮你送上去，你快去现场，必要时，可以伪装一下。”

祝南泽上了车，陈师傅在祝南泽的催促下将车开得飞快，并提醒他：“你要不要打个电话给琪琪格？”

祝南泽先是一愣，瞬间反应过来，急忙拨通了家里的电话。

没有人接。一阵阵的嘟嘟声让他心慌。

路上，那名歹徒又和祝南泽联系了一次，依旧是视频通话。祝南泽看到尤惜的神色已经变得非常平静，他提醒歹徒，离半小时还差五分钟，他马上就要到达小区门口，可歹徒却突然改变了主意，让他去小区后门碰面。

小区的后门背靠青山，有一条人工河，旁边是一个新工地，道路也还在维修当中。祝南泽猜测他应该是听从了他人的安排，在答应他之后，祝南泽及时将讯息透露给警方。

歹徒手里有枪，警察为了保证人质安全，只能在门外寻找机会。当歹徒将尤惜挟持着从物业管理处走出来的时候，警察悄悄跟随着他，伺机突破。

祝南泽赶到后门时，歹徒挟持着尤惜已到了河边，他赶过去的第一句话就是："东西给你，我来换她。"他手里的这盘黑色卡带和那盘真的外观相同，是那个警察让局里的工作人员给他找的"道具"。

歹徒看到录音带，稍有松懈，看着祝南泽慢慢靠近，喝令他把卡带扔过来，但没有放开尤惜的意思。

祝南泽把卡带高高抛出，歹徒伸手去接。趁此松懈间隙，尤惜身子一撞，拼命后退，和歹徒一起跌进河里。

河水不深，歹徒很快起身，他先是去找录音带，然后朝着尤惜就是一枪。

可是中枪的却不是尤惜，而是祝南泽。

祝南泽动作飞快，在尤惜落水瞬间便跟着她跳进河里，他一把捞起呛水的尤惜，在歹徒开枪之前挡在她的面前。

之后，歹徒被警察当场擒获，建筑工地里接应歹徒的其他成员也被警方抓获。

第二十章　逃生

琪琪格听到门铃声，踮起脚尖看到是警察叔叔，但仍旧拒绝开门。她试探性地询问：“你们有证件吗？我怎么确定你们不是穿着警察衣服的坏蛋？刚刚就有穿着快递员衣服的坏蛋来过。”

警方调了监控，刚刚的确有可疑人员来家里敲过门。那会儿正好家里的电话响了，正是祝南泽打来的那个，但琪琪格想装作家里没人便没有接电话。

后来那个“快递员”一直按门铃，琪琪格询问了他几个问题，他不仅回答不上来还显得凶神恶煞，琪琪格看出他不是快递员，所以没有开门，避免了一场劫难。

最后警察叫来了小区里琪琪格见过的物业人员，琪琪格才愿意把门打开。当警察们都在称赞这个小姑娘竟然这么聪慧时，琪琪格的脸上却看不到一丝得意。

她皱着眉头问：“我妈妈呢？她怎么还没回来？”

然后，她听到了一声枪响。

是跌落河里的歹徒打出来的那一枪。

祈福活动结束后，寺庙里的人群陆续离去，只剩下零星几个游客，寺庙又回归平静，院子里洒下的阳光比之前更灿烂。

此时已经是上午十点，他们回到禅房后才得知祝南泽中枪的消息。

祝南浔独自走到院子里，静静地坐在树下，抱着膝盖，脑海中不断闪现着祝南泽中弹的画面。祝南泽虽然足够强壮，但比起常年在外面漂泊的陆西源来说，他还是文弱了些，子弹正中左侧背部，再往前几厘米就是心脏……她不敢再往下想。

离家几个月，她第一次这么迫切地想要回家。

阿紫在门口等程诺，他一到，他们就可以出发去亚丁。陆怀信跟她失去了联系，她要尽快去找他。

陆西源在一旁打电话，他在跟警方确认案件的进展。

除了郑怀敏，其余一干人均已落网，而郑怀敏就在昨晚，独自从杭州出发，也到了四川甘孜州。警方将要彻查被抓的这几个人，祝家夫妇被杀害，朱赟意外车祸，非法购买枪支，组织川南黑色势力追杀证人……桩桩件件都是他们所为。

陆西源并没有尘埃落定的感觉，因为祝南泽还在急救，生死未卜；而郑怀敏这颗大毒瘤正在潜逃中，说不定就在他们身边。

陆西源挂了电话，抬腿往树下走，可是树下没了祝南浔的身影，只有落叶和尘埃。他四处找，阿紫也帮着找，但寺庙里里外外都找不到人。

陆西源急了，沿路问到镇子上，连小孩子都问了，却毫无线索。

阿紫在寺庙后门发现一条小路，她问喇嘛小路通向哪里，喇嘛指了指海螺沟的方向。

这是陆怀信当初设计的路线，而阿紫竟然不知道。陆西源和阿紫顺着山路往前走，前面出现一个岔路口，这里地势凶险，很容易走错方向。不确定哪一条能通往海螺沟，他们决定先回寺庙，然后去镇上找辆车再去山洞的画室里找。

刚回到寺庙门口，程诺赶到了："嗨，朋友们，你们的英雄回来啦！"警方把东西送到成都了，之后会空运回杭州，这件事他办得妥妥的。

可陆西源和阿紫此刻没有心情，阿紫勉强挤了个笑容："辛苦你了！南浔不见了，我们得去找。"

程诺皱起眉头："南浔去哪儿了？难道……又被绑架了？"

"今天庙里祈福，应该是有人混了进来，趁我们不注意时把她绑走了。"阿紫说。

"啊？竟然敢在庙里绑架？"

一旁的陆西源淡淡地开口："她不是被绑走的，是她自己跟过去的。郑怀敏来了。"

他打电话的时候，看到喇嘛接待了一个客人进了大殿，这人独自一人，穿着打扮很气派，但看起来明显腿脚不好。当时他还未得知郑怀敏出逃的消息，所以并未留意这个人。听喇嘛说祝南浔也去过大殿，他才反应过来。

程诺的表情更加夸张："我去，大老板自己现身了？这唱的哪一出啊？"

三个人来到大殿，在祈福名单里果然找到了郑怀敏的名字。

他们几人中，只有祝南浔认识郑怀敏，也许她是看到这个人，才迫不及待地追过去的。可郑怀敏怎么会知道小路能通向海螺沟呢？

寺庙里的喇嘛封锁了后门之后，阿紫带着陆西源和程诺开车到了藏民家里，由她带路，准备从后院的小树林里直接进山洞，可到了洞口才发现里面的路被堵住了。情况不妙，他们只好加快脚步绕山走悬崖过去。

"我们得分两边走。程诺，你带着陆大哥走这条路，我去另一边。"阿紫说。

陆西源却拦住她："你和程诺走这边，我从山上绕下去，你大致告诉我怎么走就行。租的那辆车的钥匙在谁那里？也给我。"

祝南浔发现郑怀敏，的确是因为看到一个熟悉的背影独自进了大殿里。这个人衣冠楚楚，两鬓已有白发，微微驼着背，脚步缓慢，左腿的膝盖走路时显得很直，似乎是风湿病犯了。她以为自己出现了错觉，急忙跟上去。

一路顺着大殿走到后门，这个人转身了。

果然是他。

郑怀敏几个月不见似乎苍老了十岁，精神面貌看上去已像个老人，和那个表面道貌岸然实际心思狠戾的祝家大师兄判若两人。他看见祝南浔时，眼神里毫无惊讶，似乎还带着一丝恍惚。

祝南浔站在廊下没有动，想等对方先开口。尽管她想到爷爷和父母的死，很想将眼前这个人千刀万剐，但此刻，看到他这个样子，她的心底竟生出一丝淡淡的怜悯。他并不好过。千方百计地算计，想要置人于死地，可最终除了背负上罪孽，一无所得。

可他依然不可饶恕。

“是南浔啊，我去见我师弟，你去吗？”

祝南浔怎么也没想到这竟是他开口说的第一句话，她依旧站着没动。

郑怀敏冲她招招手：“你过来，帮我看看这个图纸，我师弟留下的。我老了，眼睛看不清了。”

祝南浔走过去，发现是一张地图。原来画室一共有三个入口，一个在藏民家树林背后的山洞里，另一个在悬崖边，而第三个竟然就在寺庙背靠的这座大山的背面。就像一个圆，大家都以为要进了海螺沟景区才能找到画室，其实不然。寺庙是起点，也是终点。

“陆怀信在哪里？”祝南浔问。

郑怀敏指正她：“按辈分，你得叫他一声叔叔。”

这就是郑怀敏，年轻时便是祝家的大师兄，习惯将规矩挂在嘴上，看似懂分寸、识大体，实则伪善。

“他在哪里？”祝南浔没理会他，再次逼问。

“他在画室里等我，我得去救他。”郑怀敏无奈地笑一声，“你不信？我的人找到他之前，他就被绑走了。是我犯下的错，我会承担……”

祝南浔打断他：“你犯的错，是指杀人放火还是指非法倒卖古董艺术品？又或者是指勾结美术协会做不法勾当？你就一条命，够你承担这些罪责的吗？”

祝南浔受不了郑怀敏这副死到临头仍若无其事的样子，在他口中，这些罪恶变得轻飘飘的，好像一句承担就能化解。可就算这些损失和痛苦十倍百倍地偿还在他的身上，祝南浔都觉得不够。

“南浔啊，你爷爷过世后，我见你的次数就不多了，其实我是怕见你……如今你出落得这么漂亮了，也有能力独当一面，我很欣慰。我知道你恨我，但很多事情不是你想象的那样。万事皆有因，人会迷失，会利用别人，也会被别人利用。走吧，我告诉你原因。你放心，我不会伤害你，看在你母亲的面子上，我不会伤害你。”郑怀敏说着便按照地图上指示的路线，往小路上走。

祝南浔紧跟上去，想要跟着他去一探究竟。

郑怀敏腿脚不利索，走得颤颤巍巍。祝南浔想，这大概就是因果报应。

“我师弟这个人啊，是个闷葫芦，但他犟得很，师父不让他娶你妈妈，他便和师父闹僵，师父一气之下把他逐出了师门。师父是顾及我的心情，不想我们师兄弟离心。你妈妈当时才十几岁，多招人疼啊，谁不喜欢她呢？但她就中意我师弟，两个人分也分不开……他走后，你妈妈念他，师父更念他，他还是师父最喜欢的徒弟，就连我这个首徒也不及他十分之一啊……”

“所以你恨，恨他们都喜欢一个弃徒。你也说陆怀信犟得很，所以他怎么可能因为被逐出师门就和我妈妈断了联系？陆怀信最终选择了妥协，是他顾及你的心情，你是他进祝家后最信任、也是对他最好的大师兄。哦，对了，还有你们的小师弟朱赟，他虽然心高气傲，可在祝家就只拥护你，他的下场又是什么？你在艺术成就上不如陆怀信，但我爷爷觉得你聪明，甚至想过要把祝家交给你。可你呢？得知爷爷秘密地收藏艺术品，就对他产生嫌隙，认为他不信任你，知道他欲将此事托付陆怀信时，心态更是变得扭曲……可你知不知道，这个秘密，就连我父母也不知道。爷爷不让祝家的人知道，是因为早有人对这些东西产生觊觎之心，爷爷是为了保全你们，保全祝家，才将这份压力给了陆怀信。”

祝南浔的话音落下，郑怀敏停下脚步。他回过头定定地看着祝南浔，嘴巴微张，却发不出声音。

山间小路狭窄悠长，山谷里回荡着寺庙的钟声，清澈而悠远，直抵人的心灵深处。

这钟声没能警醒迷失的人，倒是清醒的人不知不觉红了眼眶，祝南浔声音颤抖：“在你看来，我妈妈不爱你偏爱陆怀信，我爷爷对陆怀信的牵挂，这都是他们对你造成的伤害。可我妈妈敬你如兄长，除了陆怀信，你是她最信赖的大师兄，她事事都与你分享，连我看了她的日记，都觉得你是个大好人，而她最终选择淡忘，嫁给我爸爸淡出美术界，将祝家的一切风头都让给你，她甚至隐藏自己的画技，就是不想外人拿你俩比，让你丢了自尊心。而我爷爷，他待你如亲生儿子，为了你赶走了他培养多年的爱徒，将一生所学传授于你。在业界，他最推崇你，将你一路推到了江南画派的巅峰，让你成为美术协会最年轻的会长……这些，你都感受不到吗？他们为你做的所有事情都抵不过你对陆怀信的妒忌，这份妒忌让你变得面目全非。他并不是画技比你高超，也不是比你有天赋，而是他做到了我爷爷希望你们能做的宽怀。陆怀信有一个宽广的心胸，有一身正气，他心无杂念，能包容万象，所以才能描绘出动人的画面……”

“住口！咳咳……你才学了几年画，就来跟我谈艺术？我师弟那幅《浔溪畔》有什么值得推崇的？不过是少年心事，偷窥……有什么正气可言？你妈妈既然敬重我，为什么陆怀信走后她不嫁给我？连师父也不同意，到底还是看不上我，可你爸爸又是多好的出身？入赘到祝家，做了上门女婿。你理应叫你爷爷外公，你和你哥哥都不该姓祝！你们都不是祝家的人！”郑怀敏急了，倚着石壁开始剧烈地咳嗽。

父亲是靠祝家资助长大的孤儿，但他凭借自身的勤奋考上大学，他改姓祝，是表示对祝家的感恩。爷爷顾及他的面子，从未对外说过这件事情，只有自家人知道。

祝南浔正想反驳，郑怀敏突然咳出一口血，溅在了石壁上：“肺癌，晚期。我已经是个将死之人了。”

祝南浔听到这话，呆呆地站在原地。究竟是怎样的妒忌可以让一个垂死之人还坚持作恶？她实在无法理解。

祝南浔尽量保持着清醒和理智，对于眼前这人，她无法做到不警惕。果不其然，迎面而来的脚步声证实了她的猜想。

川南那几个熟悉的面孔出现时，她抬头看了看天空，微微笑了。

这一次，终于是她先面对危险，终于可以让她保护陆西源一次了。

但她没想到，这几个人的枪口竟然对准了郑怀敏的脑袋。砰砰两声枪响，郑怀敏睁着眼睛倒在地上，嘴形保持着微张。他像是在看着祝南浔，死死地看着。

祝南浔颓然坐在地上……

临近正午，太阳越来越热烈，陆西源沿着大路走到了悬崖边。

这里停着他们在成都租借的那辆越野车，他从车上找了根绳子，又带上了那把瑞士军刀。按照阿紫的嘱咐，他很快便找到那个入口。

这的确是条鬼斧神工的崖边路，阳光之下，山间雾气散去，空旷的山谷里听不到任何声响，更看不到崖底。眼下，顾不上受伤的那只胳膊了，他侧着身体，两只手前后扶着慢慢往前走，他身材高大，不比阿紫纤细，走这条小路格外吃力。

一路上，脚下的石头不断地往山崖下滑落，他额头渗出一片细密的汗，但他没有畏惧，仍硬着头皮往前走。

另一边，程诺因为走过一次这条路，竟没了上次的紧张，所以脚步也变快。阿紫走在他身后，一边走一边观察道路两旁的痕迹，她发现石壁上有熟悉的记号。她用手指探了探，发现这记号是新的。

这是陆怀信留下的。

陆西源笃定祝南浔会到山洞里来并不是凭空猜测，既然郑怀敏能出现在这里，那么他就一定会把祝南浔带到画室里来。可洞口为何被堵住？他们暂时还猜不透。

阿紫和程诺很快来到洞口处，里头有亮光，他们放慢脚步进洞，格外小心谨慎。

“南浔——”程诺试探性地朝里喊。

无人应答。

他们又走了几步，阿紫闻到了一股烧焦的味道，她急切地往里走，程诺紧跟其后。

他们走到里边，看到画室被引燃，陆怀信留下的许多画作都堆放在中间。

阿紫扑上去，想把画抢出来，可是火势太大了。

程诺将她一把拉住：“先找人吧。”

他们透过火光，看到了川南的人。程诺想绕过去追，却被大火拦住了脚步……

陆西源走过一个转角，慢慢地停下脚步，前面的路被毁了，可这不是让他停下脚步的关键。他看到前面大树上，祝南浔被绳子吊着悬挂在崖边，她满脸是血，脚下是万丈深渊。

陆西源大喊一声“阿浔”，祝南浔有气无力地回应：“陆西源，你来了啊。”

看着祝南浔的样子，陆西源霎时觉得这比自己中枪还要疼。他看了看在风中摇晃的树枝，这棵弯曲的老树还算稳固，祝南浔被绑在树干的中间部位，以她的重量，树干不至于折断。

“阿浔，还能坚持吗？我现在就过来。”陆西源将绳子的一端绑在崖边的树根上，另一端绑在自己的腰上，他几乎是吊着自己，仅凭着臂力支撑着爬到了对面。

用尽了所有的力气，仅仅几米远，却走了十几分钟。他浑身都湿透，刚才他等于赌上所有的运气，自己先在死神前走一遭。

陆西源刚站稳，轰隆一声巨响从山体中传来……

祝南浔被烟尘呛得剧烈咳嗽了几声，身体也随着震动开始晃动，胳膊上渗出的血滴顺着手臂滑落下来。她抬起头，看到陆西源艰难地爬到了大树边，她挤出一个微笑对他说：“陆西源，你有命和我过一辈子了。”

在寺庙跟郑怀敏走的时候，她没有叫他。这一路，他总是只身涉险护她周全，这一次，她也要拼尽全力做一回他的守护神。她要让他留着命和她过一辈子。

陆西源拽着绳子，将她从崖边拉上来，紧紧地抱着她。

祝南浔看到他胳膊上的伤口正流淌着鲜血，问他：“疼吗？”

陆西源没说话，只是一动不动地抱着她，心里暗暗发誓，这个姑娘，他要用力守护她一辈子，再也不让她遭半点罪，吃半点苦。

他爱她。

突然，山体里再次传出爆炸声，比之前更剧烈，冲击更大。

陆西源迅速拿出手机给程诺打电话，被提示对方没有信号，打给阿紫也是同样的结果。滚滚的浓烟从山洞的方位涌出来，陆西源眉头紧锁，不好的预感涌上心头。

空荡的山谷对面是贡嘎雪山，雪山在阳光的照射下呈现出金顶，山形巍峨庄严，像神在俯瞰大地。有飞鸟从崖边掠过，发出一阵阵鸣叫，叫声穿过烟雾，划破长空。

此刻，祝南浔紧紧地依偎在陆西源的胸口，平静得让人心疼。

陆西源没急着问她发生了什么，从她的眼神里，他看到了深深的疲惫。

过了一会儿，祝南浔的泪珠落在了陆西源的手臂上，她对他说："我见到你叔叔了……"

川南那几人杀了郑怀敏，却没对祝南浔动手，因为她藏起了地图并记下了这条进山洞的路，她是唯一的知情人。她带着他们到了画室里，见到了陆怀信和另一帮川南人。

陆怀信一见她便问："你是南浔？"

虽然大火之后她与陆怀信未再谋面，但他们之间好像并不陌生，祝南浔红了眼睛："陆叔叔，我是南浔。"

她看到满画室挂着的都是她妈妈的画像，还有她爷爷生前的画作。眼前这个年近五十的男人，有着一张波澜不惊的脸，看祝南浔的眼神里都是欣慰。

"你长这么大了，真好，真好……"陆怀信说着递给祝南浔一张手绢，"把脸上的血擦擦。师哥，他走了吧。"

他好像什么都知道。

那些人把另一个出口堵住，又在画室里翻找东西，找了一会儿，似是无果，将陆怀信和祝南浔绑了起来。

"把这丫头放了，我告诉你们东西在哪里。"陆怀信从容不迫。

那些人商量了一会儿，准备将祝南浔带出洞外。

祝南浔挣扎着，大声问陆怀信："陆叔叔，其实还有人在背后，对吗？"

陆怀信没有正面回答她，只说："见到阿紫，跟她说，好好活着，别不听话。"

她最后看了一眼陆怀信，他镇定，不卑不亢，不畏生死。

"陆叔叔……"

陆怀信冲她摆摆手："快走！"

山的另一面，程诺架着阿紫带着满身的尘土从洞口出来，阿紫还想再进去，程诺死死地抱住她的腰。

“陆怀信——”阿紫绝望地哭喊着，悲戚声在山谷中回荡。

川南这帮人是陆怀信故意引来的，他告诉他们还有一批艺术品在山洞里，他们才将他带到海螺沟来，炸药他之前就放在这个山洞中了。他将打火机扔在那些画作上引燃了炸药后，那些人往祝南浔带他们进来的那个出口逃，但那里也埋着炸药。

川南的这些人，连同陆怀信，都被炸死在山洞中。藏在亚丁的那批艺术品就在这些人的车上，陆怀信不可能让他们把东西带走。

郑怀敏从成都直飞稻城，找到另一个画室时，陆怀信已经被带走了，他还是晚了一步，只找到了那份地图。地图不是留给他的，是留给阿紫的，若他没有拿到地图，没有找到海螺沟，或许他不会死得这么快。

郑怀敏曾经算那些川南人的半个老板，但他们真正卖命的却不是那几个老谋深算、妄想吞掉祝家的艺术家。郑怀敏的妒忌和阴暗让他理所应当地沦为被利用的工具，眼下事情败露，灭口也是理所当然的事。可他知道一切的时候已经晚了。

程诺和阿紫能逃出来也是九死一生。陆怀信留下的记号，只有阿紫看得懂，虽然明知道“有危险”，但阿紫怎么可能因为有危险就不去找他？

陆西源和祝南浔赶到洞口时，看见阿紫像丢了魂一样跪在地上。

祝南浔无力地跪在她身边，陆怀信的最后一面，只有她见到了，转告阿紫的话，也只有她听到了。

“好好活着。”

祝南浔仿佛又看到八年前的那场大火，如今，她摇身一变，成了给别人这个信念的人。

一切似乎烟消云散，但却一波三折。郑怀敏的确可恶，祝家所失去的一切都是他一手造成的，也的确是他们那帮人在谋划吞掉祝老先生毕生的心血，可他们仍是棋子。贪欲也有大小之分，他们有，但有人更盛。祝南浔和陆西源能做的仅此而已，剩下的，是警察的事。

一段往事，今天彻底告别，祝南浔见证了这个句点。

祝老先生的两位爱徒，殊途同归，只是死亡的意义大不相同。美术界霎时掀起一场轩然大波，对此事众说纷纭，祝家在一夜之间再次被推上风口浪尖，比八年前有过之而无不及。可只有他们几人知道这背后的故事有多凶险，所失所得也只有他们几人最清楚。

祝南浔在地图背面发现了陆怀信留下的几句话，是写给阿紫的，她直接把东西给了阿紫。阿紫拿着地图，没等陆怀信的尸体被找到，便消失了。

陆怀信被火化时，祝南浔当着众人的面，将妈妈生前的日记和为他创作的画作都烧给了他。

一切尘归尘，土归土。

尾　声

二〇一五年圣诞节，杭州。

藏地艺术品展览吸引了海内外众多艺术家，连续三天的展出，场馆内皆人满为患。

祝老先生的毕生心血终究没有白费。不久后，这批艺术品将被送往北京，收入国家博物馆珍藏。

祝家兄妹婉拒了各种表彰，他们认为这一切功劳都是长辈的，与他们无关。是祝老先生的先见之明，陆怀信和祝南浔父母的英勇智慧，守护好了这批价值不菲的艺术品。

展览最后一天，祝南浔送星仔离开时，在展览馆外看到了阿紫的身影。她穿着黑色的呢子大衣，戴着墨镜，从容优雅，比女明星还要有气场。

她应该活得很好，她是个懂爱的姑娘。

祝南浔追过去，阿紫却消失在街道转角，无影无踪。

“在看谁？”陆西源走到她身后，揽住她的肩膀。

祝南浔说：“一个老朋友。”

“阿紫？”陆西源问。

祝南浔笑了笑，他是她肚子里的蛔虫。转过身，看着西装笔挺的他：“这西服挺合身，要过年了，再做一套？”

陆西源低头看了看自己脚上的皮鞋：“算了，穿不惯，正儿八经的穿戴不适合我。”

祝南浔牵着他的手，走进展厅，边走边说：“开春就回你的高原和大漠去。”

警方将川南黑色势力一网打尽，但幕后主使仍在调查中。

世间的恶是层出不穷的，所幸善也在无时无刻地传递着，就像阳光总能渗透进黑暗里。

程诺发来的照片里，宁岸穿着她们的传统民族服饰笑得很灿烂。这小子果真在事情了结后就去川南找他心心念念的姑娘了。不知道明年再相见时，宁岸会不会成为客栈老板娘。

祝南浔期待着与他们再见面。

四月初，一辆黄色越野车行驶在青藏线上，祝南浔和陆西源途经纳木错和可可西里，直奔青海湖。他们将重走一次西北大环线，途经祁连、张掖，最终到达巴丹吉林。

车窗外，是连绵不断的雪山，这是藏地才有的独特风光。

风吹乱了祝南浔的头发，她开着车，看了坐在身边的陆西源一眼。陆西源冲她挑了挑眉，夸她车技有长进。

两个人驾着车，行驶在夕阳下。晚霞绚丽，落日伴着他们而行。

他们将在天黑前到达黑马河。

从南而来，朝西而去，旧事留在身后，眼前尽是好风景。

番外之方向夫妇

领证这天，南京下起一场大雪。

去民政局的路上，两人都穿着黑色大衣，神情严肃，步伐缓慢，走在洁白的雪地里格外引人注目。

冒着风雪到了民政局大厅，两人各自拍了拍自己身上的落雪，彼此没有任何交流。办手续的工作人员看到这架势，还以为两人是来办离婚的，差点儿招呼他们去隔壁。

“证件都带齐了吗？想好了吗？”工作人员程序化地问。

陆西源将两个人的证件递过去，包括在一个小时前拍好的照片。但两人依旧沉默。

“确定……是自愿的？”工作人员再次询问，拿起照片一看，上头明明是两张笑脸。

祝南浔点头，却不笑。

陆西源也开了口：“自愿的。”声音清冷。

“闹别扭了？要不，换个日子再来？”工作人员又问。

“盖章吧。”两人异口同声。

红本本一人一本，两人正式结为夫妻。

祝南浔瞅了一眼，也没有比祝南泽和尤惜的那本好看多少。

陆西源觉得照片拍得不错，拿起来又欣赏了一番，边看边说：“持证上岗，以后就不用那么麻烦了。”

祝南浔瞪了他一眼，自顾自地往前走了。

她别扭的原因是，有了驾驶证，老司机就可以更加肆无忌惮了。比如昨晚，关键时刻陆西源喘着粗气靠在她耳边说：“不戴了，多麻烦，明天就领证了，有了就生吧。”

然后她就有些后悔答应来这趟南京了。然后她就不想这么早领证了。

可陆西源怎么肯？一大早便用特殊方式将她叫醒，先去拍照，然后来办手续。要不是她说民政局拍的照片丑，他连去照相馆的时间都不想耽误。

祝南浔一路冷漠，不是不想嫁，是不想这么早生孩子。而陆西源一路沉默，只是因为要娶媳妇要生娃了，难得紧张。

“中午想吃什么？好不容易带你回次南京，一定要满足你对美食的欲望。”陆西源哄她。

祝南浔不咸不淡地问：“陆老师要请我吃饭？”

陆西源想了想，搂她进怀里：“看来我得艰苦奋斗才养得起你。”

祝南浔挑了挑眉：“我可不好养活，你准备怎么艰苦奋斗？”

陆西源勾了勾嘴角，眼神里透着奸诈：“不然，你先把欠我的三千块钱还上，我做个启动资金？”

祝南浔想起在黑马河出发那天，答应他的三千块钱的车费，一个白眼翻过去：“路费啊，路上都肉偿了，你我两不相欠。”

陆西源：“……”

两人去吃淮扬菜，隔壁桌三四岁的小女孩总盯着祝南浔手上戴的珠子看，眼睛滴溜溜地转，可爱极了。

陆西源见了，故意对她说：“你看，小姑娘多漂亮，咱们也生一个玩吧。”

“不是有琪琪格了吗？你回去玩她吧。”祝南浔继续板着她的冷漠脸。

陆西源解释道：“琪琪格都快八岁了，成小人精了，不好玩了。”

“那万一要是生个男孩怎么办？”祝南浔问。

“男女无所谓，生就行。”陆西源顺着她的话说，果然又遭到一个白眼。

祝南浔自知中了他的圈套，灵机一动，怼他：“行啊，生吧，据说生孩子也是看概率的，中不中就看你的能力咯。”

陆老师听了，露出邪恶的笑容。

接下来的日子里，祝南浔便为这句话付出了惨痛的代价。因为陆老师只要一有空就拖着她在各种地方、各种时间，乐此不疲地履行造人的职责。

他要证明他还是有这个能力的。

而且家里有一个一次就中的成功案例——琪琪格。

他怎么能服输？

领完证后两人回了趟南浔古镇。老宅长期没人住，也没人看管，里面一片萧条。

祝南浔看不下去，自己动手打扫起来。扫了会儿院子，她扶着腰自言自语："家里要是多几个孩子，也挺好的。"

她想着，一到假期，孩子们回来，老宅就可以不这么荒凉了。就像多年前她和哥哥每年都被父母领着回来过暑假一样，那会儿院子里充满了生气。

陆西源听到这句话的时候正在擦玻璃，本想抓着这个话头继续生孩子这个话题，但他刚走到门外，就看到祝南浔无奈地叹了口气。

他看了眼满是尘埃的院落，猜到了祝南浔此时的心境，走过去揽着她的腰说："我把这里彻彻底底地打扫一遍，咱们今年就留在这里过年吧。"

祝南浔回头看他，轻轻地"嗯"了一声，然后把头靠在他的肩头："如果有了，就生。"

她和祝南泽失去了家人，他又何尝不是？他渴望生命的延续，就如同她怀念老宅的过去。

整理画室的时候，陆西源不由得想起八年前，那会儿他是凭着对建筑构造的了解找到了藏在暗格里的保险柜。

画室虽然已被烧毁，但由于建筑牢固，格局并没有发生太大的变化。祝老先生对建筑设计颇有见地，所有的画室都由他一手建造，为了藏画，自然设置了机关暗道。

陆西源顺着地砖寻找，找到了当年存放保险柜的暗格。保险柜里已空无一物，但当他拿出保险柜时，在暗格里又发现了一块松动的地砖。

他将地砖拿起来，赫然看见一个木质的红漆小盒子，盒子的底部刻着四个字：小竹子制。

小竹子是祝南浔母亲的乳名，这大概是她年轻时自己做的木盒。

陆西源打开盒子，一层灰扑面而来。里面装着一些老照片，照片已经泛黄，照片上的人，都是陆怀信。每一张照片后面，都有小竹子记录的日期和拍摄地点，时间在一九八五年前后，地点遍布了整个古镇。

而有一张照片上，却出现了两个人。

是陆怀信和郑怀敏。

两人在院子里的树下罚站，头上顶着画板，却互相看着对方笑。少年般的模样，如春风似的爽朗。

往事如烟。

“找到了什么？给我看看。”祝南浔不知道什么时候走到了陆西源的身后。

陆西源错开身体，祝南浔看到了这些老照片。

她蹲在地上，将照片拿起来，一张张翻看。看了许久都没有说话，直到看到两个少年的那张，她终于开口：“他们应该再见一面的。”

郑怀敏不该被原谅，但死亡已经是最残酷的惩罚。

“爱而不得便认为从未得到过爱，这是很极端的想法。我想，他俩在我妈妈的心里有着同样的位置，只是一个是爱情，一个是爱。”

“但那只是年少时的深情，你妈妈最终还是爱上了你爸爸。郑怀敏也不是在跟他们较劲，他是在跟那个心理失衡的自己较劲。”

“你是在安慰我吗？”祝南浔笑着发问，他的确说出了她心中所想。

陆怀信和小竹子的爱情被歌颂得太久了，似乎大家都快遗忘了小竹子后来嫁人生子的事实。但祝南泽和祝南浔却都是后者爱情的产物，对于这一点，祝南浔心里一直有个结。

陆西源懂她。

陆西源用一个深吻做出了回应。

“我只是在陈述事实，在我这里，你别指望得到安慰。”

我不是那个会安慰你的人。

出了事，我担着。

难以启齿的，我替你开口。

你所有的一切，我都接纳，我都懂。

你的事，便是我的事。

你不需要被安慰。

午后的阳光铺在画室的地板上，洒落一地的不是画板和颜料，而是两个人所有的衣物。

这一刻，他们只想进入彼此的灵魂。交织的身体，纠缠的气息，没有任何距离。寒冷的南方冬天，两人却满身都是细密的汗水……

年夜饭的饭桌上，祝南泽给出了重磅消息——琪琪格要有小弟弟或者小妹妹了。除了陆西源，其他人的脸上或是羞涩，或是喜悦，都是欢欢喜喜的。

琪琪格更是兴奋，无形中还补了一刀："还是爸爸和妈妈说话算数，终于要生小弟弟小妹妹跟我一起玩了。"

祝南泽听了这话，无意识地瞥了祝南浔的肚子一眼。这一眼被尤惜看见了，她打圆场截住祝南泽想说的话，对祝南浔说："趁着年轻多玩玩吧，生孩子这事不急，有了孩子就再也玩不了了。"

琪琪格首先提出反对："可是你们有了我，不是一样玩得很开心吗？爸爸，你和妈妈每天在房间里玩得不开心吗？"

祝南泽："……"

尤惜："……"

祝南浔拿筷子敲琪琪格的头："就你话多，你妈把你养这么大多不容易啊。"

"那也不能怪我，要怪爸爸，秘密任务做得太久了，丢下妈妈一个人，没人陪她玩。还有你啊姑姑，阿布好不容易找到你了，你赶紧给阿布生个孩子陪他玩啊，阿布最喜欢小孩子了。"琪琪格说着说着，又开始教育祝南浔。

"没事的琪琪格，阿布可以和姑姑玩，阿布只喜欢和姑姑玩。"陆西源的这句话显然是违心的，带着隐喻的。

祝南泽和尤惜秒懂，双双朝他发出不怀好意的笑声。

一旁的祝南浔似乎要用目光杀死这三个人，还仗着琪琪格听不懂，丝毫不给陆西源台阶下："哥哥嫂子，你俩说玩就能玩出个孩子，有啥经验不要保留嘛，都告诉老陆。"

"哎呀，玩还需要什么经验，阿布，我告诉你啊。"琪琪格又将话题带偏。

"琪琪格，该改口了吧，不能再叫阿布了，要叫姑父。"祝南泽对她说。

琪琪格摇头："阿布就是阿布，等姑姑和阿布生了小宝宝，我就把阿布还给他，现在阿布就是我一个人的阿布。"

话题又绕回来了。

陆西源满心感动，这个小家伙还是有良心的，不枉费自己将她从小带大。

这下祝南泽又有了话说，他一句话，两层含义，一是催生孩子，让阿布变姑父；二是证明自己在"玩法"这件事情上的独到之处。他说："老陆啊，怎么玩呢，是天时地利……"

可祝南泽的话刚出口，陆西源就抓着祝南浔的手走了，还边走边说："阿浔，天时地利人也和，咱们得抓紧时间，好好玩儿。"

九个月后，西宁的某家医院里，一对双胞胎呱呱坠地。哥哥叫东东，弟弟叫小北。

一家四口，东南西北凑齐。

孕期的最后一个月时，陆西源带着祝南浔离开沙漠来到青海湖养胎，程诺和宁岸全程陪同，包括生产。

程诺感叹，那个跩得跟二五八万似的祝小姐如今也为人妻为人母了。当然，他在陆西源对祝南浔宠溺到极致的影响下，也想跟某人求婚了。

算日子，这对双胞胎是在老宅画室那次怀上的。一箭双雕，这回陆西源漂亮地扳回一城。

祝南泽和尤惜没能赶来分享喜悦，因为琪琪格的小妹妹刚出生一个月，孩子还小，他们一时半会儿走不开。于是陆西源一手抱着一个孩子，特意让程诺拍了张一家四口的照片发给祝南泽，得意极了。但祝南泽又多了一个小棉袄，也沉浸在喜悦中，丝毫不羡慕陆西源。

“阿浔，我们明年在老宅的院子里，搭一个葡萄架吧。”

祝南浔想起小时候院子里的葡萄架，微笑着点点头。过不了多久，院子里又会热闹起来了。

“南浔姐，你们不是要扎根西北吗？现在沙漠改造计划落地了，你和陆大哥怕是一时半会儿走不掉吧。”宁岸说。

祝南浔看了看家的方向：“可是孩子们总要回家过暑假啊。”

二〇〇六年夏，他们相遇。

二〇一四年夏，他们重逢。

现在，他们完成了使命并有了生命的延续。

东南西北，从此相亲相爱，永远守候在一起。

番外之一生守候

我叫阿紫，因为喜欢金庸《天龙八部》里的阿紫而给自己取了这样一个昵称。但实际上，这个名字是被陆怀信给叫熟的，他觉得好听，我便沿用至今。

遇见他是在川藏线上。那一年我大学毕业，二十三岁，不知天高地厚，独自驱车走川藏线。

行至雅安时，天色已晚，一个衣衫褴褛的中年男人在路边拦我的车，我看不清他的脸，以为是个乞讨者，盘算着是否要给他口水喝，他却开口："姑娘，有人在追我，救急。"

这分明是电影里才有的桥段，可他不卑不亢，不像个亡命之徒。我仔细一看，他的腰腹间竟有伤口，像是枪伤，腿脚亦是不便。我无法判断他是否是个好人，脑袋中闪过无数画面，比如香港电影里的古惑仔。我还在犹豫，后视镜里突然有车出现，目标似乎是他，那车疾驰而来，司机车技高超。

当年我自诩是一个天不怕地不怕独自行走江湖的文艺女青年，有着浓重的流浪情结，也憧憬着充满神秘浪漫的冒险旅程，于是在这一刻，我做出了影响我一生的决定——让这个男人上车。

所幸的是，我偷偷开出来的这辆 SUV 性能要强于身后的车，加上我一向莽撞的车技和黑夜护航，我们绕了一两个小时的路后终于甩掉了身后的车。

这个男人从上车后便不发一言，他明明受了那么重的伤，却连声呻吟也没有。他捂着自己的伤口防止血继续流，另外，他似乎是怕弄脏了我的车，显得小心翼翼、局促不安。

"没事，洗车不麻烦。"我对他说。

他勉强开口："谢谢。"

我问他："被追杀？"这仅是我的猜测，我没敢多问。

他竟点头："找家诊所把我放下就好。"他是怕拖累我。

"为什么拦我的车？"在我之前明明有好几辆车经过。

他看着我，眼神诚恳："你是南京人。"

的确，我的车是南京牌照；而我的口音，大概是带着乡音的。

"我也是。"他说，然后又补充道，"我不是坏人。"

没来由的，我心里凭空生出一股子信任，点点头："我信你。"

用导航在附近找了家诊所，又按他的意思，将车停在诊所的后面。

进了手术室，我正式看清楚他，很清俊的一张脸，约摸四十岁，带着些许风霜，像个落魄的艺术家。

诊所的医生似乎没经历过枪伤的诊治，开了个小会后才决定动手术，这期间他就这样忍耐着。

手术开始之前，他语气沉稳地对医生说明了身体状况和用药敏感性，这让我看得目瞪口呆，我甚至怀疑他学过医，懂医术。子弹取出时，我听见弹头落在不锈钢盘子里的声音。这个声响，让我终生难忘。这段经历于我而言，是震撼的。

这大概是在影视剧里才能看到的画面，却真实上演在我的旅途中。

在这之后，我便和他踏上了一段惊心动魄的旅程。

我一度认为我可以写本书什么的，可是自从接受陆怀信死亡的事实后，我便对这段长达三年的经历保持沉默。我再也不想提及有关他的任何事情。这段旅程也不再让我想起时能有惊心动魄的感觉，而是成为了我心底一块不能触碰的伤口。

可我从不曾后悔让他上了我的车。

因为他，我的人生多了一段故事，而这段故事的开端要从陆怀信和小竹子的事情说起。

一九八〇年秋天，十三岁的陆怀信拜入祝家门下，成为祝老先生的弟子。那一年，小竹子十二岁。

那会儿陆怀信本名还叫陆逊，小竹子唤他逊哥。

两人初次相识时，小竹子刚上初中，小女儿初长成，伶牙俐齿、霸道任性，对待家里这位新进的学徒格外刁蛮。因祝老先生常常替陆逊说话，夸他乖巧懂事天资过人，惹得小竹子十分不满，于是她将矛头对准陆逊。

这一天，小竹子弄坏了陆逊的砚台，被祝老罚她临王羲之的《兰亭集序》，十遍，让陆逊做“监工”。小竹子不情不愿地临着，陆逊虽说是当监工的，却不愿荒废了这份时间，同样拿着笔在临摹。

“我又不是故意弄坏你的砚台，你师父何苦要这样罚我？”小竹子单手撑着头，瞪着眼睛说。

一旁的陆逊勾了勾嘴角，手上仍在写字：“想要这砚台你拿去就是了，何苦要弄坏它？你弄坏也就算了，还硬装着不是故意的。依我看，只罚你十遍也算师父他老人家心疼你了。”

“你！”听了这话，小竹子又气又羞，放下手里的笔，走了。

“监工”没去追，兀自笑了笑，继续书写。

半日后，祝老来检查，两人都不在，台面上倒是规规矩矩地摆着临摹好的十幅《兰亭集序》。祝老看了看字，把小竹子叫了过来，直夸赞她技法精进。小竹子满脸问号，看了看字，心下了然。于是去陆逊的住处找他。

两人从此破冰，小竹子再也没有刁难过陆逊。

在陆怀信的口中，小竹子是一个天真烂漫又个性十足的小姑娘。他对她的宠爱已经无法在言语上体现，在他的口中，小竹子近乎完美，每每提起，他都会抑制不住自己的情绪，可最终却又敛起。

对于这段感情，这一辈子，他都是拿起了却永远也放不下。

在他画室里的画作上，有每个年龄阶段的小竹子，但让我记忆最深的却不是那幅《浔溪畔》，而是他后来凭记忆绘制的那幅初见小竹子的画作，名叫《初遇》。画上的小竹子看起来只有十一二岁，戴着红帽子，脸像个苹果，眼睛里有光……

我相信，陆怀信应该是在看见小竹子的第一眼就喜欢上了她。

小竹子十七岁这一年，陆逊考入中国美术学院学习油画专业，祝老为他和家里的大弟子赐名，他改名为怀信，那位考入中央美术学院的大师兄改名怀敏。

郑怀敏离家北上求学的那一天，小竹子和陆怀信去车站送他，小竹子泪眼婆娑："大师兄，你要常常写信给我，逊哥总爱和我对着干，只有你对我最好了。"

此时的三个人还是师兄妹关系，单纯得很。郑怀敏在祝家待的时间更久，小竹子对他很是依赖；他也常常将一些好玩的、好吃的都留给小竹子，十分疼爱家里这个唯一的小姑娘。

小竹子的话让他听得很是欢喜，觉得自己这么多年的付出总算没被辜负，一时之间竟舍不得走了。以前他们都还小，即便他对小竹子跟对他人不一样但也从未朝着儿女之情去想，如今他已经成人，小竹子也亭亭玉立，他这份感情的性质便在悄然之中发生了变化。

"怀信，你离得近，要好好照顾小师妹。"

留下这句话，再不忍别离，也要走了。郑怀敏是带着美好的愿景走的，毕竟此时离小竹子成年还有一年之久，而且他要去的可是北京，等长了见识技艺更加精湛以后，还愁不能将小竹子娶回家吗？

陆怀信却是截然不同的想法，他知道自己喜欢小竹子，于是半步也不想离开她。他是被一南一北两所美院同时录取的，于是想都没想，直接留在本地。

我因为此事鄙视过陆怀信，认为他心机颇重，他不否认，他是以爱情至上的人。

可他不知道，我也是。所以任凭他对我说过多少想要我走的话，我都没离开。

他守着小竹子，我守着他。

不过，哪怕是近水楼台先得月，小竹子也不是被感动才选择陆怀信的。

郑怀敏对她温柔体贴，这对她而言，更像是兄妹之情。而陆怀信既能应付得了她的伶牙俐齿，也能让她甘拜下风，这一点，显然更对她的脾性。而且陆怀信表面上从不迁就她，可却是打心底里疼爱她、包容她。

能让一个女人赴汤蹈火的男人，除了脾性相投，还必须有让她钦佩的才能。

陆怀信在自己的艺术生涯中也印证了这一点，他的艺术成就是高于郑怀敏的。我想，这不仅仅是天赋的原因，而是能打动人心的画作背后需要故事。陆怀信有故事，并且这个故事凄美动人，这是他一生的情思所铸成的，因此他的每一幅画作都有灵魂。

对于小竹子和陆怀信之间的爱情，我可能是这个世界上最有感触的人，因为这个男人穷其一生受尽困苦，几乎都是为了这个女人。

当然，这也是小竹子不选择郑怀敏的原因。抛开郑怀敏善妒，是许多事情的始作俑者不说，陆怀信这些年为小竹子做的那些事，无论哪一件，郑怀敏都做不到。

这也是我爱陆怀信的原因。

小竹子同我的眼光一样好。

陆怀信伤好之后，我们便往海拔更高的地方走。他当年曾带着陆西源和尤惜走过这条路，那会儿他们一路逃到了亚丁的牛奶海。听闻此事时，我是十分惊讶的。

后来，当我自己徒步去牛奶海，我试图想象过他们当年的样子。尤惜当年怀着身孕，而陆怀信瘸了一条腿……

最终我放弃了想象。

我不得不承认，在我追随陆怀信的那几年，他对我的保护和付出是非常多的，我没有吃多少苦。

后来，我一个人开车去过很多地方，再难走的公路我也不害怕，回想起来，我的车技是在川藏线上得到进步的，因为绝处逢生能激发人的潜能。

那一年从新都桥到亚丁，原本仅四五天的路程，我们却走了三个月。

因为这一路，我们都在东躲西藏。

在我的记忆中，陆怀信有十几次想要独自离开的念头，可他一次都没能得逞。事实上，在我还不知道他是个画家的时候我就已经爱上他了，尽管他身陷阴谋、一无所有，但我仍旧爱他。

爱一个人，与他有着什么样的身份无关。爱一个人，是爱他的灵魂。

我和他很默契，我从来不戳穿他为我设下的善意的谎言，而他也从来不质问我爱他的原因。唯有一次，他在为我画那幅《紫》的时候，他用轻若未闻的声音说了一句：“你越来越像我。”

那一刻，他似乎在我们两个人的感情上越了雷池，可我没有发觉。他对我有了不同于以往的感情，这一点我是在南浔对这幅画作的评价中得知的，是她点拨了我。

爱一个人是想成为他，或者是在生活中不经意地模仿了他。

后来，当我发现陆西源和祝南浔这对夫妻越来越像时，我才意识到，这么多年，我已经活成了陆怀信。

现在我身上所有的坚定品质，似乎都是陆怀信带给我的。我们历经困苦，他教会我坚强；我们身陷困顿，他教会我担当。就连他对爱情的执着，也被我领悟得彻彻底底。而我的领悟，无一不投射在他的身上。

是的，后来我又和南浔他们见面了，一是为了看望他们新出生的孩子，二是我想去看看陆怀信曾经生活过的那片沙漠。

在陆怀信离开之后，我这位借用国内知名画家做枪手的“女画家”也从画坛销声匿迹了。在祝家的帮助下，我们用陆怀信的名义，为他一生的画作举办了一场画展，画展的名字是我执意定下来的，曾一度遭到祝家兄妹的反对。

叫“爱人”。

陆怀信的一生中，所能描绘出来的最精彩的画卷都与小竹子有关，我想不到比这个名字更贴切的字眼。但我没有想到，这对兄妹为了能接受这个名字，竟在画展上展出了陆怀信为我所画的那些画，这导致那幅《紫》被业内人士炒作，这幅画的价值甚至在一时之间竟高出了当年的《浔溪畔》。

陆怀信再次被美术界推上高峰，而我也成为了众人口中的陆怀信的挚爱。

我不知道该喜还是悲。

后来我再次做出让众人大跌眼镜的事情。我没有像大家想象的那样，打算将这幅《紫》终生收藏，即便他们认为这是陆怀信在这个世间给我留下的最后一点念想。我将《紫》拍卖出一个高价后，将所得的钱全部捐赠给川藏线上的寺庙，用于修缮我曾和陆怀信藏身过的地方。

我想，这是我和陆怀信之间最后的一点默契。

其余的画，交由祝家保管，我相信他们会给这些画作一个最好的归宿。后来我听说祝南泽将这些画全部展览在祝家的美术机构，一幅也没有出手。他将祝家的美术机构更名为“陆怀信艺术中心”。

陆怀信所有的东西我都没有留下。我所留下的，大概只是我对他无尽的思念和爱，以及他在生命的最后所回馈给我的温暖。这一点温暖，足以支撑我剩下的生命，我会带着他的灵魂继续前行。

这是我爱他的方式。

我在他身上学到的最好的东西，就是怎样爱一个人。

爱一个人，是将自己变成更好的人，哪怕不能厮守，哪怕孤独终老。

我曾经认为，我将和陆怀信过着高山流水般的生活直至生命尽头。可后来当我明白他是怎样的一个人之后，我才知道，高山流水只能存在于我的心中。

现在，我的心里装着我的高山流水，每一座山、每一条河都有它的名字，这个名字叫陆怀信。

后记

二〇一四年夏天，我从西北回来后曾经写过一篇长达三万字的游记，记录了我走西北大环线的全部经历。二〇一六年五月，我又一口气走完了川藏和青藏两条线，第二次到达青海湖。

在我第二次走青海的时候，我的脑袋里产生了一个念头，我想写一个故事，将路上的事情都记下来，然后我开始构思并沉迷其中。

在这篇小说连载期间，我收到的最有感触的评论是有姑娘说我好想走一走你笔下的这条线路，我认为这是对我写作最大的鼓励。尽管这篇文被我设置了许多悬念，想让故事看起来更加饱满一些，但最终想让大家记住的是文中所写的这些风土人情。

我想，大家之所以看过故事从而开始向往这条线路，是因为它足够真实，这要感激那些真实的体验。

故事可以编造，但走过的风景难以编造。行走是可以让人成长的，而且这种成长无法从其他方式中得到，只有你亲眼看到、亲身经历，你才会有所感悟，才会对生命更加敬畏。

我设定了一些看起来坚强又善良的人物，他们每一个都是我内心想要成为的人。我写了一个复杂却简单的故事，复杂在背景，简单在人心，这是我对生活的态度，哪怕世界再复杂，也请保持简单。

每个人在有条件的情况下都应该尝试去更远的地方看一看，不为寻找诗和远方，而是为了找自己。

最终你会发现，离开你所置身的熟悉的领地，你会是一个全新的自己。

我热爱旅行，且喜欢冒险，所以我创造了一个在冒险中正义打败邪恶的故事。其实对我们而言，每一天的生活都是一场旅行，行走并不局限于我们的周身世界，我们的生活中每天都在上演正义和邪恶，我们都渴望做超级英雄。

愿你能走出一片天，成为人生中的超级英雄，也愿你旅途愉快，一路顺风。

夏诺多吉

二〇一七年二月二十一日